教育部人文社会科学研究青年项目（09YJC751035）基金资助
广东省高等学校人才引进专项资金项目[粤财教〔2013〕246号]基金资助

中国左翼文学的演进与嬗变（1927—1937）

陈红旗 著

中国社会科学出版社

图书在版编目（CIP）数据

中国左翼文学的演进与嬗变：1927～1937 / 陈红旗著. —北京：中国社会科学出版社，2015.11
　　ISBN 978-7-5161-7336-7

　　Ⅰ.①中… Ⅱ.①陈… Ⅲ.①左翼文化运动—研究—1927～1937 Ⅳ.①I206.6

中国版本图书馆 CIP 数据核字（2015）第 300763 号

出 版 人	赵剑英	
责任编辑	关　桐　陈肖静	
责任校对	王　楠	
责任印制	张雪娇	

出　　版	中国社会科学出版社	
社　　址	北京鼓楼西大街甲 158 号	
邮　　编	100720	
网　　址	http://www.csspw.cn	
发 行 部	010-84083685	
门 市 部	010-84029450	
经　　销	新华书店及其他书店	
印　　刷	北京君升印刷有限公司	
装　　订	廊坊市广阳区广增装订厂	
版　　次	2015 年 11 月第 1 版	
印　　次	2015 年 11 月第 1 次印刷	
开　　本	880×1230　1/32	
印　　张	8.625	
插　　页	2	
字　　数	225 千字	
定　　价	38.00 元	

凡购买中国社会科学出版社图书，如有质量问题请与本社营销中心联系调换
电话：010-84083683
版权所有　侵权必究

目　录

引言　左翼文学的发难动机与性质界定 ……………（1）

上编　1927—1930 年的革命文学

第一章　中国文坛的"左"转与新文学"革命"
　　　　道路的探寻 ………………………………（3）
第二章　浪漫与写实的互动相生：1927—1930 年间的
　　　　革命小说 …………………………………（12）
第三章　普罗诗人与革命诉求：1927—1930 年间的
　　　　革命诗歌 …………………………………（24）
第四章　演释"革命"与戏剧改革：1927—1930 年间的
　　　　革命戏剧 …………………………………（42）
第五章　批判、讥嘲与揭露：1927—1930 年间革命
　　　　作家的杂文创作 …………………………（57）

下编　1930—1937 年的左翼文学

第一章　"左联"的运作与文学的组织化 …………（75）
第二章　底层叙事与民族认同：1930—1937 年间的
　　　　左翼小说 …………………………………（88）
第三章　政治情势与狂狷诗风：1930—1937 年间的

　　　　　　左翼诗歌 ………………………………………（120）
第四章　一个日趋强势的文体：1930—1937年间的
　　　　左翼戏剧 ……………………………………（138）
第五章　游击谋略、骂世心态与抗争立场：1930—1937年间
　　　　左翼作家的杂文创作 ………………………（171）

结语　左翼文学的嬗变与多重意义的生成 ……………（213）

参考文献 …………………………………………………（235）

后记 ………………………………………………………（250）

引言　左翼文学的发难动机与性质界定

1927—1937年间是中国左翼文学大放异彩的一个历史时期，甚至有后人一度将左翼文学定性为这一时期的主流文学，这显然是不够准确的，因为左翼文学思潮在发展过程中始终处于被国民党政府、主流话语和主流意识形态打压的境地，它并没有与"主流"的政治权力和经济权力结合在一起，这就决定了左翼文学不可能成为这一时期的"主流的文学"[①]，也决定了左翼文学在20世纪30年代文学生态圈中始终处于一种边缘性的存在情状，并充满了生存危机感。1936年"左联"解散之后，左翼文学思潮在1937年毫无阻碍地也是极为自觉地汇入抗战文学主潮之中，这意味着在一段时期内作为一种主要意旨是为了与国民党意识形态、话语霸权和主流话语进行对抗的相对"独立"、"自足"的左翼文学思潮开始消隐。从历时的角度来看，20世纪30年代左翼文学思潮历经了10年时间，在两代文学作者身上得以完成，第一代作者以"五四"前后成长起来的鲁迅、茅盾、郭沫若、蒋光慈等为代表，第二代作者以"左联"成立前后成长起来的丁玲、柔石、胡也频、洪灵菲、萧红等为代表。后者对前者具有一定的承继性，但并非简单的师承关系，而是一种比较平等的"同路人"关系。这两代作者的文艺创作和文艺活动绞缠

[①] 王富仁：《关于左翼文学的几个问题》，《中国现代文学研究丛刊》2002年第1期。

在一起，他们共同构成了20世纪30年代左翼文学的创作主体。

以"左联"的成立作为标志来进行分期，左翼文学的发展大致可以分为两个时期：1927年至1930年"左联"成立之前是左翼文学的初期发展阶段，1930年"左联"成立以后至1937年抗战文学兴起是左翼文学的成熟发展阶段。从1927年开始，左翼文艺界有了明确的为无产阶级革命文学发难的强烈诉求。这里的"发难"主要取"发动反抗"之意，《史记·太史公自序》："天下之端，自涉（陈涉）发难。"另外，"发难"也有"质难"之意，王季友《酬李十六歧》诗："千宾揖对若流水，五经发难如叩钟。"① 而左翼文学发难的初始动机是通过激进的话语形式书写国民党的白色恐怖等情状，来表达自身的批判意识、抗争立场以及争取政治民主和思想自由的诉求。及至"无产阶级革命文学"口号被进步文艺界广泛认可之后，左翼文学得以不断演进。"演进"即"演变发展"。因此，"左翼文学的演进"主要是指左翼文学的演变发展和走向成熟之意，而其演进历程大致呈现为"革命文学—普罗文学—左翼文学—抗战文学"的情状或曰过程。或者说，正是在这一过程中，左翼文学发生了本质性的变化，实现了从"革命文学"到"左翼文学"的嬗变。

相比于创作主体和历史分期，文学性质的界定要更为重要一些。实际上，"左翼"不但是个可以表明政治立场的概念，而且本身就是个能够说明文学性质的概念。左翼文学运动首先发生在国外。"最早以'左翼'命名的文学组织是1922年在莫斯科出现的文学团体，无产阶级诗人马雅可夫斯基是这个团体'左翼艺术阵线'的组织者和领导人，这也许是世界上第一个采用政治上左翼

---

① 辞海编辑委员会编：《辞海》（上），上海辞书出版社1979年版，第1122—1123页。

激进派的概念来标榜自己革命的政治色彩的组织。"① 在内部阶级矛盾和外部民族矛盾日趋尖锐化的过程中,在政治革命无法完全反映中国社会问题时,在外国无产阶级文艺运动尤其是文艺思想的影响和催化下,20世纪20年代中、后期,以太阳社、后期创造社和我们社成员为主体的具有"左翼"立场的作家与理论家开始提倡无产阶级革命文学,由于上述社团成员或者留学过苏联,或者留学过日本,所以这就决定了中国左翼文学的发难者主要是由留苏和留日的知识分子所构成的。中国左翼文学在发难过程中,对其外来影响最大的是苏联无产阶级革命文学思潮,其次是日本无产阶级革命文学思潮。"十月革命"以后,苏联的社会主义革命成为世界范围内无产阶级革命的成功典范,并很自然地与马克思主义结合在一起。"十月社会主义革命"的胜利让一直在中国社会中找不到新出路的"左"派知识分子明确了可资借鉴的革命范本,并希图学习和利用"无产阶级革命"这种手段来彻底改造中国的社会、制度和文化。同理,"明治维新"使得日本走上了富国强兵的道路,所以留日知识分子希图借用日本近代化的成功经验来为中国社会改造提供一条道路。对应于这种变革社会的革命思潮和文学自身的发展趋势,中国新文学发生了从"文学革命"到"革命文学"的嬗变。在内容方面表现为:在反帝反封建、反专制反强权的同时,追求社会公平正义;在哲学观和历史观上,信奉"人民史观",认为人民群众是创造历史的主体和动力,力图通过无产阶级革命来改造政治体制和社会结构;要求思想变革和阶级解放。形式方面,表现为形成了新的表现手法、叙事模式和"大众话语"。这个变革的过程与半封建半殖民地的近现代中国的社会生产关系的发生、发展历史是保持一致的,它反映出了"五四"以来进步思想文艺界的共同诉求和价值取向。这意味着在俄苏和

---

① 艾晓明:《中国左翼文学思潮探源》,湖南文艺出版社1991年版,第20页。

日本发生的同样性质的文学变革也在中国得以发生，尽管国民党的统治延缓了中国无产阶级革命的发展进程，却加快了中国左翼文学的变革进程，并使得中国新文学的变革独具特色。寻找从"文学革命"到"革命文学"再到"普罗文学"的变革轨迹，也为左翼文学的性质界定和历史分期找到了多重依据。

　　一般来说，学界将1928年"革命文学"论争到1937年抗战爆发这段时期称之为"左翼十年"。可笔者认为，1927年才是中国左翼文学发难的起点。如是说并不等于意图用政治事件来定性文学问题，但思考中国左翼文学问题是不能回避政治因素的影响和作用的。从政治层面上看，1927年是中国历史上的一个重要年代，因为这一年发生了很多重大的政治事件：从国内情况来看，国民政府外交部收回汉口、九江的英租界，上海工人发动第二次和第三次武装起义，蒋介石发动"四一二"反革命政变，南京国民政府成立，中国共产党主要创始人之一李大钊在北京被张作霖处决，汪精卫在武汉发动"七一五"反革命政变，共产党先后发动南昌起义、秋收起义和广州起义，毛泽东率领部队到达井冈山建立了全国第一块农村革命根据地；从国际情况来看，日本已经制定了资本主义国家中最富侵略性的对华外交政策。综上所述，这一时期的政治局势变化实在太剧烈了。但话又说回来，从文学层面来看，1927年同样是中国文学史上的一个重要年代，因为是时的新文学出现了巨变前的种种前兆：在革命文学家蒋光慈的文学作品和理论文章中，我们能够感受到他渴望无产阶级革命、急欲突破"五四"文学传统的强烈诉求；冯乃超、李初梨、彭康、朱镜我、李铁声等人已经开始运用马克思主义理论来分析文艺问题；郭沫若、成仿吾、郁达夫、鲁迅、茅盾等人的创作也都显现出了一些质的变化。这些激进性的变化不仅展现了"从文学革命到革命文学"的发展轨迹，更表现了"革命文学"向"无产阶级文学"演进和嬗变的不可逆性。

当然,"左翼"的文学因素在1927年之前就已经开始萌生。我们可以追溯到1923年,那是"五四"文学革命由盛转衰、各种思想冲突日益激化的年代,郭沫若在文坛中提出了对新文学的"浑朴"希望——"要在文学之中爆发出无产阶级的精神,精赤裸裸的人性"①。1924年沈泽民在《民国日报》副刊《觉悟》上刊文,大力提倡作者写作能够反映社会、民众意识、无产阶级情绪的"革命的文学"和不空谈革命的"真真的革命文学"②。此后,又有人提出了"第四阶级文学"、"国民文学"、"农民文学"、"工人文学"、"工农文学"、"劳动文学"、"社会主义文学"等说法,尽管这些提法并未流行开来,但最后通通凝聚、精化成为"革命文学"这个概念。这些提法的出现意味着"五四"以后最具叛逆性的"革命"思想家和文学家正在涌现,也意味着"五四"文学变革的新因素早就在酝酿着、准备着和蕴育着。值得注意的是,尽管1923年以来的"革命文学"是左翼文学得以发生的本源,但当时"革命文学"的政治性质和文学性质并未得到明确界分,这是因为在第一次国共合作期间,国共双方在反帝反封建意义上都代表了先进的革命力量,也都在提倡"革命"和"革命文学",甚至到1927年国民党仍在提倡"革命文学",如在广州出现了所谓"革命文学社",出版了《这样做》旬刊,第2期刊登的《革命文学社章程》中就有"本社集合纯粹中国国民党党员,提倡革命文学……从事本党的革命运动"等语③。所以我们不能把提倡革命文学的功绩笼统地归结在共产

---

① 郭沫若:《我们的文学新运动》,《创造周报》,1923年5月27日,第三号。
② 泽民:《文学与革命的文学》,载北京大学、北京师范大学、北京师范学院中文系中国现代文学教研室编《文学运动史料选》(第1册),上海教育出版社1979年版,第403—407页。
③ 鲁迅:《革命文学》,《鲁迅全集》(第3卷),人民文学出版社1981年版,第545页。

党人和左翼文人的身上。至于国民党人提倡的"革命"和"革命文学"被定性为资产阶级革命和文学范畴，那是在国共分裂以后才被左翼文艺界逐渐确证和强化的事情。

1927年以蒋介石、汪精卫为首的国民党当权派发动反革命政变，大肆屠杀工农群众和共产党人，在这种特殊的政治局势下，为了彰显与国民党意识形态的歧异性，更是为了凸显反抗国民党当权派屠杀和压迫的政治倾向与思想立场，以郭沫若、蒋光慈为首的具有共产党员身份的作家开始将新文学创作与无产阶级革命和阶级斗争题材广泛结合在一起，并将这种"革命文学"改名为"普罗文学"（无产阶级文学）。此后，左翼文艺界对"普罗文学"进行了多重定义和本质界定，才使得其内涵和外延逐渐固定下来，也使得"普罗文学"成为一种与以往革命文学并不相同的新的文学形态。"普罗文学"作为中国左翼文学的一种具象形态，它是"红色的三十年代"国际性的无产阶级文学运动在中国的反映和体现，它的发生与同一时期的外国（主要是苏联和日本）无产阶级文化思潮形成了呼应，它的发难须依托于国际社会主义运动和无产阶级社会革命以及中国自身"文学思想有欧化之必要"① 的时代背景，它的发展是马列主义影响中国知识界的一种结果，而它的主要目标是"寻求统一的文学指导思想"②。中国左翼文学是国际无产阶级文学运动的有机组成部分，但它在发难之初就通过彰显自身力图解决中国无产阶级革命与文化问题的方式，实现了与外国无产阶级文学的精神对接，这意味着它不是一种简单的学习、依附、借鉴或被动接受外来影响的文艺形态。

左翼文学的发难成功还受助于"五四"以来文艺效用的强化和工具理性的泛化。总体来看，进步知识分子多将文学视为改

---

① 林语堂：《给玄同的信》，《语丝》，1925年4月20日，第二三期。
② 杨占升：《中国左翼文学思潮探源·序》，湖南文艺出版社1991年版，第3页。

造社会人生的重要工具。比如,鲁迅弃医从文的原因是为了提倡文艺运动以改造愚弱的国民的精神①,尽管他曾在1927年产生过文学无用的感慨②,但他依然努力通过文学进行社会批判,或曰要和黑暗社会"捣乱",这证明他并未丧失用文学改造社会的信念。鲁迅之外,创造社是最典型的例证。早在1922年郭沫若就认为艺术于无用之中有大用:"她是唤醒人性的警钟,她是招返迷羊的圣箓,她是澄清河浊的阿胶,她是鼓舞生命的醍醐,她是……,她是……她的大用,说不尽,说不尽。"③1925年他更是在上海大学讲演时以古今中外的事例证明艺术对于人类的伟大贡献,认为艺术的"衰亡"、"堕落"是造成当时中国乱局的"最大的原因之一",强调艺术具有统一群众感情并使之趋向于同一目标的能力,为此他激励文学青年道:"我觉得要挽救我们中国,艺术的运动是决不可少的事情。"④成仿吾在1923年声称新文学至少负有对于时代、国语和文学本身的三种使命,他的结论是:"文学是时代的良心,文学家便应当是良心的战士。在我们这种良心病了的社会,文学家尤其是任重而道远。"⑤1928年他又指出:"今后,我们应该由不断的批判的努力,有意识地促进文艺的进展,在文艺本身上,由自然生长的成为目的意识的,在社会变革的战术上由文艺的武器成为武器的文艺。"并进一步强调说:"文艺决不能与社会的关系分离,也决不应止于是社会

---

① 鲁迅:《呐喊·自序》,《鲁迅全集》(第1卷),人民文学出版社1981年版,第417页。
② 鲁迅:《革命时代的文学——四月八日在黄埔军官学校讲》,《鲁迅全集》(第3卷),人民文学出版社1981年版,第417页。
③ 郭沫若:《论国内的评坛及我对于创作上的态度》,载饶鸿競等编《创造社资料》(上),福建人民出版社1985年版,第16页。
④ 郭沫若:《文艺之社会的使命》,载饶鸿競等编《创造社资料》(上),福建人民出版社1985年版,第104—105页。
⑤ 成仿吾:《新文学之使命》,《创造周报》1923年5月20日第2号。

生活的反映，它应该积极地成为变革社会的手段。"① 也是在1928年，后期创造社成员纷纷表达了对文学工具论的支持。冯乃超在解析怎样建设革命文学这一问题时说："艺术是人类意识的发达，社会构成的变革的手段。"② 李初梨在建构"文学宣传论"时说："一切的文学，都是宣传。普遍地，而且不可避免地是宣传；有时无意识地，然而常时故意地是宣传。"③ 王独清在为《创造月刊》撰写"新的开场"时说："'那不是解剖刀而是武器'。这句话我们便用来作了我们今后艺术底制作的唯一信条！"④ 与创造社类似，其他进步的文艺团体和成员同样坚持文学的工具论，甚至连国民党御用文人也认为文艺宣传的功效"往往高出于一切的宣传品"⑤。上述高扬文学功效的言论以其激赏的语气和真切的表白凸显了当年知识界对于新文学的厚望。左翼文人在批评"五四"以来的新文学改造社会成效不佳时，也依据他们对马列主义尤其是对历史唯物史观和唯物辩证法学说的简单理解与粗浅认识，大力肯定了革命文学（左翼文学）的社会价值。20世纪30年代左翼文学运动的兴起表明，这是新文学中一种重要的新的文学形态，人们将依据它的存在重新界定文艺与生活的关系、文艺与政治的关系、文艺与革命的关系、文艺与爱情的关系、革命与女性的关系、文艺工作者的立场态度与创作实践的关系、作家与工农大众的关

---

① 成仿吾：《全部的批判之必要——如何才能转换方向的考察》，《创造月刊》1928年3月1日第1卷第10期。

② 冯乃超：《艺术与社会生活》，《文化批判》1928年1月15日创刊号。

③ 李初梨：《怎样地建设革命文学？》，《文化批判》1928年2月15日第2号。

④ 独清：《新的开场（卷头语）》，《创造月刊》1928年8月10日第2卷第1期。

⑤ 真珍：《大共鸣的发端》，上海《民国日报·觉悟》1930年5月14日第3张第3版。

系等一系列重大的理论问题。

1927年4月8日鲁迅在国共合作的广州黄埔军官学校做了题为《革命时代的文学》的讲演，探讨了大革命对于文学的影响，也预测了大革命之后文学的发展走向。这是中国革命文艺理论史上的一篇重要文献，它准确地表述了革命文学的发展趋势：从大革命前的"鸣不平"和"怒吼"的文学到大革命时期的"沉寂"的文学，再到大革命成功之后"讴歌革命"的文学和挽吊旧社会灭亡的文学。它告诉读者：革命者做出的东西才是革命文学；大革命可以改变文学的色彩；当时中国还没有对旧制度挽歌和对新制度讴歌的文学，因为中国革命还没有成功；中国还没有真正的"平民文学"；学文学对于战争除了可以作一些战歌之外并无多大益处；文学于革命有"伟力"的说法值得怀疑，但文学确实可以"表示一民族的文化"。① 此后，也就是蒋介石、汪精卫发动反革命政变之后，鲁迅写道："在革命时代有大叫'活不下了'的勇气，才可以做革命文学。"② 在这里，鲁迅界定了"革命文学"创作主体的身份，指出了何为真正的"革命文学"——富含革命者"愤怒之音"和反抗精神的"怒吼的文学"，界定了"革命文学"的发难起因，暗示了"革命文学"在内容、形式、语句和审美趣味上进行变革的必要性，也表达了他对文学"化大众"（启蒙群众）效用的期望。鲁迅对一切高调的文学主张都持怀疑态度，但他对真正的"革命文学"从未持反对意见。这意味着"革命文学"呈现出来的富含马列主义革命现代性的因素已经被进步文艺界所认可，这些因素推动了中国左

---

① 鲁迅：《革命时代的文学——四月八日在黄埔军官学校讲》，《鲁迅全集》（第3卷），人民文学出版社1981年版，第417—423页。

② 鲁迅：《革命文学》，《鲁迅全集》（第3卷），人民文学出版社1981年版，第544页。

翼文学思潮的发展和嬗变，增强了中国现代文学的政治色彩，乃至改变了新文学的性质。马克思曾经指出意识形态革命的巨大威力所在："如果从观念上来考察，那么一定的意识形式的解体，足以使整个时代覆灭。"① 由此推理可知，正是起源于1927—1928年间的无产阶级革命文学运动及其运用的马列主义意识形态学说消解了当时中国统治阶级的意识形态，并终致国民党政权和意识形态丧失了存在的合法性基础。

1927—1928年间的大量文学现象证明，中国新文学在思想观念、审美取向、价值观念、叙述方式、艺术体验、精神意向和思维方式上发生了质的变化。

1927年1月，蒋光慈的诗集《哀中国》（汉口长江书店）出版，这是诗人从苏联归来后目睹中国黑暗现状后的悲怆呼喊。其中《我是一个无产者》一诗，高亢地呼叫"我是一个无产者"，愤怒地诅咒有产者的野蛮和恶劣，誓言联合"全世界命运悲哀的人们"夺回"我们所应有的一切"。《哀中国》一诗批判了帝国主义者在中国的猖狂气焰，痛斥了国人自甘屈服的为奴心态。《在黑夜里》一诗悲愤地悼念了因追求自由、人权、正义和反抗专制而被帝国主义者、资本家、反动军阀联合杀害的上海总工会代委员长刘华，诗人诚挚地称颂他是"不幸者的代表"、"上帝的叛徒"和"黑暗的劲敌"，并坚信他的名字在人类解放的纪念碑上"将永远地，光荣地，放射异彩而不朽"。2月，丁丁编的《革命文学论》（泰东图书局）出版，收录了郭沫若、郁达夫、沈泽民、蒋光慈、瞿秋白、陈独秀、沈雁冰、成仿吾等人论及"革命文学"问题的16篇论文。3月，《文学周报》第267期上刊发了王任叔致郑振铎的信，直言批评《文学周报》第257期刊发的胡适给徐志摩

---

① 马克思、恩格斯：《马克思恩格斯全集》（第46卷下册），人民出版社1980年版，第35页。

一信中力主和平改造社会的观点,并明确告知世人:"被统治阶级推倒了统治阶级的固有势力时,为自己一阶级的利益,为防止统治阶级的反动","而有专政的必要";"中国现在有二大急需,一种是政治革命现在已经有相当的成绩。一种是思想革命。"[①] 4月,茅盾按中共组织指示赴武汉主编《民国日报》。5月,《向导》第194期刊发了《中国共产党为蒋介石屠杀革命民众宣言》和《蒋介石屠杀上海工人纪实》两文。6月,郁达夫在东京《文艺新闻》第4卷第6期上发表《诉诸日本无产阶级文艺界同志》一文,揭露了蒋介石勾结英、日帝国主义和旧军阀旧官僚势力大肆屠杀中国工农群众和共产党员的罪行。7月,茅盾、蒋光慈、潘汉年、钱杏邨、孟超、杨邨人、宋云彬等一批文化人离开危机重重的武汉奔赴上海;同月,上海学生联合会举办夏令讲学会,拟定的讲师和讲题有:沈雁冰讲《新文学》;蒋光慈讲《革命文学》;田汉讲《戏曲与人生》等。9月,茅盾在《小说月报》上发表《幻灭》。10月,鲁迅偕许广平从广州经香港来到上海,郭沫若、朱镜我、冯乃超、李初梨、彭康、李铁声等后期创造社骨干成员也纷纷来到上海。11月,蒋光慈的小说《短裤党》(泰东图书局)得以出版,再现了上海三次工人武装起义由失败到最后胜利的过程,提前[②]揭露了蒋介石反共反工农的真面目,作者在小说中借工人李金贵之口告诉读者:"你看,从前以拥护工农政策自豪的江浩史,现在居然变了卦,现在居然要反共?哎!这些东西总都是靠不住的!我们自己不拿住政权,任谁个都靠不住。"[③] 其中的江浩史就是蒋

---

① 王任叔:《通迅》,《文学周报》(第四卷),开明书店1928年版,第529、531页。

② 蒋光慈根据瞿秋白提供的材料和自己的所见所闻于1927年4月3日写完这部小说,当时距蒋介石发动"四一二"反革命政变还有9天。

③ 蒋光慈:《短裤党》,载《蒋光慈文集》(第一卷),上海文艺出版社1982年版,第248页。

介石的谐音。同月,"第一次世界革命作家代表大会"在莫斯科召开,参加会议的有包括中国作家在内的十一个国家的三十多名代表,会议宣布成立了世界革命作家的国际组织——"革命文学国际局(IBRL)",制定了它的政治纲领,并创办了机关刊物《外国文学通报》,它和苏联的"拉普"(俄罗斯无产阶级作家联合会)以及1928年成立的日本"纳普"(全日本无产者艺术联盟)对太阳社、后期创造社、我们社等革命团体的联合起到了明显的推动作用。12月,蒋光慈、阿英、孟超等人创办的春野书店开业,而陈独秀编辑出版了《革命文学史》一书。

　　1928年初冯乃超、朱镜我等创造社成员提出了"普罗列塔利亚文学"的口号。1月,从日本回国的新加入创造社的冯乃超等人反对与鲁迅联合恢复《创造周报》,他们依托《创造月刊》和《文化批判》等刊物宣传马克思主义,高举理论斗争旗帜,引进福本主义的"分离结合"理论,与既成文坛的鲁迅、茅盾等"老"作家决裂,挑起了1928年的革命文学论争。2月,成仿吾发表《从文学革命到革命文学》一文,系统论析了"从文学革命到革命文学"的历史必然性和"革命文学"的发展趋势,并对革命文艺工作者严肃提出了必须"大众化"的具体要求①。蒋光慈发表《关于革命文学》一文,强调"革命文学"的提出是"为着要执行文学对于时代的任务,为着要转变文学的方向"②。李初梨发表《怎样地建设革命文学?》一文,认为无产阶级文学是:"为完成他主体阶级的历史的使命,不是以观照的——表现的态度,而以无产阶级的阶级意识,产生出来的一种的斗争的文学。"他还强调文学家应该同时是一个革命家,其

---

　　① 成仿吾:《从文学革命到革命文学》,《创造月刊》1928年2月1日第1卷第9期。
　　② 蒋光慈:《关于革命文学》,《太阳月刊》1928年2月1日二月号。

"艺术的武器"就是无产阶级的"武器的艺术","我们的作家"是"为革命而文学"而不是"为文学而革命"的作家,"我们的作品"是"由艺术的武器到武器的艺术"。① 3月,钱杏邨发表了《死去了的阿Q时代》(《太阳月刊》3月号)一文,严厉批评了鲁迅的创作;鲁迅则在《语丝》周刊(第4卷第11期)上发表《"醉眼"中的朦胧》一文,对创造社、太阳社的观点进行批驳。鲁迅的回应引起了创造社、太阳社等的激烈"围攻","革命文学"论争持续发酵和步入白热化阶段。4月,潘汉年编辑的《战线》文艺周刊创刊,洪灵菲的自传体长篇小说《流亡》(现代书局)出版。6月,何大白(郑伯奇)发表了《革命文学的战野》一文并声言:"我们主张的革命文学是普罗勒特利亚的文学。普罗勒特利亚是用争斗来遂行它的历史上的任务的阶段。它要用它所创造的一切来代替既往的一切。所以我们的革命文学当然也是要用争斗的方式取一切既成文学而代之的。那么既成文学的领域就是革命文学的战野。"② 7月,中共在第六次全国代表大会上通过《宣传工作的目前任务》决议,提出当时宣传工作的基本任务是:"(1)增高一切党员的政治知识。(2)特别应该增高党在广大工农群众中工作和宣传员的理论上的认识。"至于党的宣传工作方式,除利用各社会团体的图书馆、党所开办的书店外,可由党员参加各种科学、文学及新剧团体;还必须组织每日出版的工农报纸向全国发行,但报纸的内容、文字、价格要十分适合广大群众的能力和程度。对不识字的工农,尽可能的组织读报小组③。9月,国民党上海警备司令部政训部社会科在报

---

① 李初梨:《怎样地建设革命文学?》,《文化批判》1928年2月15日第二号。
② 中国社会科学院文学研究所现代文学研究室编:《"革命文学"论争资料选编》(上),人民文学出版社1981年版,第497页。
③ 参见中共上海市委党史资料征集委员会等编:《上海革命文化大事记》,上海书店出版社1995年版,第206页。

上公布了一批所谓"反动刊物"的名单,计有《创造月刊》《流沙》《抗争》《现代小说》《血潮》《海上》《畸形》《峡潮》《洪荒》《奔流》《澎湃》《思想》《流荧》《戈壁》《前线》等多种,并指出售这些刊物的书局是共产党的大本营,诬蔑诸编辑和作者为"第三国际的走狗",其中许多刊物很快被查封①。10月,鲁迅的杂文集《而已集》(北新书局)出版,丁玲的第一部短篇小说集《在黑暗中》(开明书店)出版。12月,潘汉年根据党中央在10月提出的建立文化界统一的革命团体的指示,联合沈端先、沈起予、朱镜我、李铁声、王独清、周谷城等42位文化界著名人士在上海发起成立了"中国著作者协会",并在解析协会成立缘起时说:"我们痛心军阀的内战,我们愤慨帝国主义列强的侵略,当此存亡绝续之交,我们益感觉到自己责任之重大。我们是以出卖劳力为生活的,为维持自己的生存,故有改善经济条件与法律地位之要求;然而同时我们是智识的劳动者,中国文化之发扬与建设,其责任实在我们的两肩。我们为完成此重大的使命,敢结合中国著作界同志,成立中国著作者协会,并宣言如右。"②也是在这一年,《太阳月刊》《文化批判》《我们》(月刊)、《思想》(月刊)、《日出》(旬刊)等左翼文艺刊物得以发行,它们刊载了大量诗歌、小说、戏曲、杂文、论文,并显现出了为左翼文学发难的激进和前卫姿态。

客观地说,"五四"文学革命口号力量衰竭之后,很长一段时间内,中国新文学的格局并未发生根本改观,但是自1927、1928年以后,思想文艺界涌起了左翼文学这股无法遏制的文学思潮。作者们用新的术语、叙述、主张、思想、人物和情节,为

---

① 杨师群:《党治下的新闻报业——国民党专制时期(1928—1937)新闻报业的考察》,《华东政法大学学报》2010年第5期。
② 《中国著作者协会宣言》,《思想》月刊约1928年12月第五期。

已经因语法欧化、思想说教而渐趋"迷失自我"的20世纪20年代新文学开辟了新的发展道路。他们将唯物史观、唯物辩证法、阶级斗争论等马克思主义学说运用到文艺批评中来,他们重提文学的大众化之路,把歌谣、弹词等民间文艺和通俗形式引入左翼文学视域。这些都是促使20世纪20年代末中国新文学格局发生变化的重要因素。也因其如此,在左翼文学的研究中,1928年已经受到学者们的重视。旷新年的《1928:革命文学》一书就是最典型的例证,作者指出:"1928年的无产阶级文学运动突出地发展了马克思主义的意识形态理论,它解构了统治阶级的意识形态,最终颠覆了国民党的反动统治。"他还认为,1928年发端的"30年代文学"是马克思主义的启蒙运动,是无产阶级的"五四";"30年代文学"所表现的文学世界同"五四"文学所表现的文学世界有了巨大的以至根本的区别[①]。1928年最引人瞩目的文学现象是"革命文学论争",这场论争自然有其缺点,但学界更趋向于认为这些缺点与贡献相比"是居极次要地位的":"因为,正是经过这一场论争,才扩大了无产阶级革命文学的影响,探讨并传播了马列主义文艺理论,锻炼和培养了革命文艺队伍。也只有经过这场论争,统一思想,才有一九三〇年以鲁迅为首的'左翼作家联盟'的创立,开展了蓬蓬勃勃的左翼文艺运动,才有可能取得反对国民党文化'围剿'的胜利。"[②]的确,无论是从文学变革还是从历史演变的角度来看,1928年的文学意义都是不可小觑的。

近现代以来,由于文学与政治的联姻,使得左翼文学的演进嬗变与社会历史的发展演变产生了界标"重合"现象。我们知

[①] 旷新年:《1928:革命文学》,山东教育出版社1998年版,第1、15页。
[②] 中国社会科学院文学研究所现代文学研究室编:《"革命文学"论争资料选编·前言》(上册),人民文学出版社1981年版,第1页。

道,"五四"文学革命追求的是科学、民主、自由和个性解放,但肇始于1927—1928年间的左翼文学所追求的目标与上述精神意旨并不相同,甚至是有冲突的,政治的挤压使得左翼文学中充溢着另外一些现代意识——世界意识、阶级意识和群体意识,这就使得左翼文艺界一度将批判视域集中在了"五四"新文学这里。从形式方面看,"五四"文学革命时期的某些文体在盛行一段时间之后,难免有些"自成习套",所以在产生了《呐喊》《女神》《赵阎王》等优秀作品之后,"五四"新文学在整体上呈现出了后劲不足的征象。这意味着新文学须寻找新的"变革"之路。但近现代以来的文学实践告诉我们,单靠文学自身的力量是很难实现形式"革命"的,文体乃至文学"革命"的成功更须有经济和政治力量的助推才行。可以说,正是1917—1923年间"中国资本主义的黄金时代"和"五四"政治运动的胜利,才使得"五四"文学革命的发生和演进得以顺利实现;正是1923—1927年间资产阶级的经济危机和政治上的"失败"、"退位"以及无产阶级队伍的迅速壮大,才使得新文学反映无产阶级的精神活动、政治诉求、道德观念和阶级情感成为一种必然,进而使得左翼文学得以发难成功。同理,也正是因为1927—1937年间"官僚主义的恢复和资产阶级的衰落"与无产阶级革命运动的风起云涌,才推动了左翼文学思潮的兴起和繁荣①。当然,如果仅从经济或政治层面来直接阐析左翼文学的发难、演进与嬗变,所得出的必然是抹杀文学特性的庸俗社会学的结论,因为文学并非是直接从经济基础和政治基础中"成长起来的",文学多是与经济基础和政治基础间接地发生了关系,因此在讨论左翼文学的发难、演进与嬗变时,必须考虑到它与经济和政治之间

---

① [法]玛丽·克莱尔·贝热尔:《中国的资产阶级,1911—1937》,载费正清编《剑桥中华民国史》(上),中国社会科学出版社1994年版,第836—903页。

的"中间的环级"①——左翼知识分子探求无产阶级革命（建立社会主义国家）道路以及鼓动新的思想和革命启蒙运动的艰辛历程。

由于坚信无产阶级革命必将取得胜利和左翼知识界代表了文艺界的先锋力量，所以左翼文艺界的"断言"和"断语"极多。比如，成仿吾早在1928年就激情地宣布资本主义已经走向没落和灭亡："资本主义已经到了他的最后的一日，世界形成了两个战垒，一边是资本主义的余毒法西斯蒂的孤城，一边是全世界农工大众的联合战线。各个的细胞在为战斗的目的组织起来，文艺的工人应当担任一个分野。前进！你们没有听见这雄壮的呼声么？"②也由于把无产阶级文化运动视为"阶级斗争的感情的暴风"，所以冯乃超便推导出资本家的绝对意志必将对"人类的觉悟——阶级的醒觉"加以残酷蹂躏以至无产阶级遭逢"伟大的危险"，更断言解决这种艺术危机的答案就在"建设普罗列搭利亚艺术的问题里"③。"左联"成立时有成员认为："中国的革命工农势力，一天澎涨一天，任何统治阶级已都显出手忙脚乱的情势；所以事实上只能放弃乡村，把持城市。近来农村土地革命的迅速蔓延，和城市工人斗争的惨遭高压，都可以说明革命高潮的快要到来。"④钱杏邨在审视世界局势时声称："资本主义社会第三期总崩溃的潮流，在一九三一年已呈现了愈演愈烈的状态。"

---

① ［苏］普列汉诺夫：《论〈经济因素〉》，载《普列汉诺夫哲学著作选集》（第二卷），生活·读书·新知三联书店1961年版，第322页。

② 成仿吾：《从文学革命到革命文学》，《创造月刊》1928年2月1日第1卷第9期。

③ 冯乃超：《怎样地克服艺术的危机（卷头语）》，《创造月刊》1928年9月10日第2卷第2期。

④ 《左翼作家联盟的两次大会记略》，《新地》月刊1930年6月1日第一卷第六期。

他还依凭资本主义经济危机向政治危机转化的情形，预言了"资本主义社会必然崩溃的前途"①。尽管这类断语在逻辑上并不严谨，但是当左翼作家们共同举起"普罗文学"大旗时，他们似乎已经料到，他们发起的这场文学运动将引领乃至冠绝"1930年代中国文学"。

时至今日，数以百计的"中国现代文学史"书写者早已为1927—1937年间的左翼文学进行了正名。左翼文学为无比复杂的20世纪30年代中国历史留下了社会知识分子通过文艺活动抗争法西斯强权的纪录，留下了各种艺术探索的轨迹，留下了各种文艺领域的新经验和新教训，也培养了一批出色的文学家。尽管黑暗的社会没有给他们提供尽展才华的文学舞台，尽管混乱的时代没有给他们提供安闲的创作场所，尽管主流意识形态把他们视为文艺界的"暴徒"，尽管他们囿于理论素养只能简单理解和运用马列主义学说，尽管受限于激进的文学观念和狭隘的审美情趣，但他们依然创造了令人惊叹的文学成绩。有学者把京派文学比作"湖泊中的鱼"，把海派文学比作"海湾中的鱼"，把左翼文学比作"河流中的鱼"，这是非常精当的，的确："河流，并不是多么适于鱼类生长的；革命，并不是多么适于文学发展的。"② 可以想见，是时不知有多少青年才俊曾立志做一个"革命文学家"，也许他们的文化素养和艺术资质并不比那些留存在文学史上的左翼作家差多少，但他们大多被当权者无情地杀害或扼杀在了文学摇篮里，这才是左翼文学发难、演进和嬗变过程中最令人扼腕叹息的历史悲剧。当然，如果我们把中国左翼文学置

---

① 钱杏邨：《一九三一年中国文坛的回顾》，《北斗》1932年1月20日第二卷第一期。

② 王富仁：《河流·湖泊·海湾——革命文学、京派文学、海派文学略说》，《中国现代文学研究丛刊》2009年第5期。

于世界无产阶级文学范畴中来探究其创作实绩时,我们也会看到其历史光影背后仍存有很多艺术缺憾,这些缺憾的产生与左翼作家们备受政治压迫有关,与他们激情写作的延续性不足有关,与他们对创作方法和题材选取的不当有关,与他们偏离实际革命斗争生活有关,与他们偏重功利轻视审美的心理图式相关,更与他们在艺术才情和文学修养上的不足相关[①]。就此而言,左翼文学意味着一种"过渡",它为抗战文学、解放区文学、20世纪40—70年代文学乃至整个共和国文学开拓了道路。因此,它又不仅是一种"过渡",其本身更形成了一个独特的文学时代。

1927—1937年间的中国左翼文学已然成为历史,作为中国现代文学的一个有机组成部分,它具有不容置疑的"现代性"、"时代性"、"先锋性"、"历史性"和"阶段性"。当我们考察左翼文学的发难、演进与嬗变时,不能不注意到这种文学形态与"五四"新文学或抗战文学之间的分界线和有机联系。因此,本书不仅把1927—1937年间作为左翼文学发难、演进与嬗变的一个历史时段或文学时期,还把左翼文学视为连接"五四"新文学和抗战文学的最大纽带,因为它们的主体构成和精神品格是一脉相承的。此外,我们还应该注意到左翼文学与京派文学、海派文学和通俗文学之间互动相生的复杂关系,以及中国左翼文学与外国无产阶级文学之间"亦师亦友"的对话关系。总之,中国左翼文学是20世纪30年代中国文学中最为活跃和顽强的一股文学力量,它与其他文学形态、文学思潮、文学现象、文学批评一起构建了一个极为发达和复杂的文学生态圈,进而使得1927—1937年成为中国现代文学史上最为重要的一个文学时期。

---

① 陈红旗:《左翼文学的发难:贫弱的实绩与历史的光影》,《东北师大学报》2010年第3期。

上编 1927—1930 年的革命文学

第一章　中国文坛的"左"转与新文学"革命"道路的探寻

　　1927年4月，成仿吾、鲁迅、王独清、何畏等人签名的《中国文学家对于英国智识阶级及一般民众宣言》得以发表，这是签名者们对帝国主义"忍无可忍"的表示，他们对于无产阶级革命是确有信心的，他们呼吁"世界无产民众赶快起来结合去打倒资本帝国主义"，希望"英国底无产民众和无产的智识阶级联合起来"同中国人民一起打倒资本帝国主义[①]。这个宣言明示了文艺界的新目标、新气象，也透露出了非常复杂的信息，尤其是将文学与无产阶级革命联系在一起，表明了革命文艺界与资产阶级、帝国主义的决裂和敌对。1927年10月，鲁迅与中国共产党领导下的中国济难会取得联系，不久便加入该会；同月，语丝社在北京被军阀张作霖查封，《语丝》周刊暂时停刊后，同年12月由鲁迅在上海主编重新出版。1927年11月，根据郭沫若的意见，创造社的蒋光慈、郑伯奇、段可情与鲁迅讨论联合作战和恢复《创造周报》事宜，并决定共同签名发表《〈创造周报〉复活宣言》[②]。上述事实以及种种迹象表明，"五四"文学革命者和

---

　　① 成仿吾等：《中国文学家对于英国智识阶级及一般民众宣言》，《洪水》1927年4月1日第3卷第30期。
　　② 马良春、张大明编：《三十年代左翼文艺资料选编》，四川人民出版社1980年版，第7页。

新生代的革命文艺工作者正因为外部政治环境的恶化，在持续寻求着合作共赢以及生存发展的多种可能性。事后看来，革命文艺界之间的合作并非一举成功，诸多文艺和政治观念的歧异使得革命文艺界之间爆发了声势浩大的"革命文学论争"，这场论争的后遗症绵延到"左联"解散都未真正完结。另一方面，伴随着社会、历史、时代和文化的变化，无产阶级革命文学的旗帜却被顺利地树立起来，其标志就是《革命文学论》（1927）、《革命文学论文集》（1928）的出版发行和"普罗文学"的风生水起。

1927年冬，丁丁编辑的《革命文学论》由泰东图书局出版，他在相当于序言的"献诗"中写下了一段迄今已经被人们遗忘的诗句："是太平洋的急潮怒号，／是喜马拉亚山的山鬼狂啸；／美满的呀，美满的人间，／已经变成了苦闷的囚牢！／／我的灵魂飞上了九霄，／俯瞰人间的群众颠沛如涛；／宛如被射了双翼的群雁，／垂死的哀鸣，血泪滔滔！／那畜辈的良心早泯，／只知把民众作肉食血饮；／我们要恢复固有的幸福，／呀，但有我们自己的觉醒！"[1] 联想到1927年蒋介石在上海发动的"四一二"反革命政变和汪精卫在武汉发动的"七一五"反革命政变，丁丁诗句中所表现出来的激昂情绪和思想意蕴并不难理解。"献诗"的最后，作者希望他所织就的"文锦"——《革命文学论》——能够为"真善有为"的青年指引一条求取光明的道路。同时，他在该书结尾的《致读者》一诗中高呼："苏维埃的列宁永生，／孙中山的精灵不冥；／热血未干的朋友们呀，／莫忘了你们尊贵的使命！"[2] 显然，这种动不动就意图为青年指路、告诫青年不要

---

[1] 丁丁：《献诗》，载《革命文学论》，泰东图书局1930年第5版，第1—2页。

[2] 编者：《致读者》，载《革命文学论》，泰东图书局1930年第5版，第150页。

忘记自己使命的思想套路和价值导向并不稀奇。问题在于,"革命文学"自此以后确实发展成为无数青年趋之若鹜的一种文学形态和精神资源,究其原因,我们当然不能把它仅仅归功于丁丁和那些论文或诗歌作者①的鼓动(尽管这些作者都是当时赫赫有名的文人或政治家),它归根结底是源于马列主义在中国的践行和"革命文学"本身的吸引力,尤其是革命浪潮推动的结果。

应该说,学术界对《革命文学论》一书并无特出的评价,多视其为一本关于革命文学论文的资料合集,但透过这些论文可知,革命文学旗帜的树立并非偶然。郭沫若曾在《文艺之社会的使命》中认为,艺术的本身无所谓目的,但艺术有两种伟大的使命——"统一人类的感情,和提高个人的精神,使生活美化"②。他又在《文艺家的觉悟》中强调:"每个革命时代的革命思潮多半是由于文艺家或者于文艺有素养的人滥觞出来的";"我们现在所需要的文艺是站在第四阶级说话的文艺,这种文艺在形式上是写实主义的,在内容上是社会主义的。除此以外的文艺都已经是过去的了。"③他还在《革命与文学》中依据压迫阶级与被压迫阶级的客观存在,将文学分为"革命的文学"与"反革命的文学"两类,并鼓励青年去做革命文学家,因为这个时代所要求的文学是"表同情于无产阶级的社会主义的写实主

---

① 这些作者是:郭沫若、郁达夫、沈泽民、蒋光赤、瞿秋白、陈独秀、洪为法、沈雁冰、穆木天、中夏(邓中夏)、成仿吾、丁丁。这里的诗作是指穆木天的《告青年》,诗人对青年疾呼:"不要听路边喊的'苦闷','干噪','文化的','风花雪月天'。/要听自己的心声,昇汞水洗出的断续的辛酸。"(穆木天:《告青年》,《革命文学论》,载泰东图书局1930年第5版,第103页。)

② 郭沫若:《文艺之社会的使命》,载《革命文学论》,泰东图书局1930年第5版,第7页。

③ 郭沫若:《文艺家的觉悟》,载《革命文学论》,泰东图书局1930年第5版,第69、74页。

义的文学"①。他更在《艺术家与革命家》中放言:"一切真正的革命运动都是艺术运动,一切热诚的实行家是纯真的艺术家,一切热情的艺术家也便是纯真的革命家。"②郁达夫在《文学上的阶级斗争》中依据当时法国颓废派文学、德国表现主义文学、俄国无产阶级文学的发展变化情形得出了"二十世纪的文学上的阶级斗争,几乎要同社会实际的阶级斗争,取一致的行动了"③的结论。蒋光慈在《死去了的情绪》中探析了文学与革命之间的关系,认为旧俄罗斯诗人的情绪已经"死去",他们被新俄罗斯的革命文学家所取代是不可避免的,因为"历史的命运,革命的浪潮,任谁也不能将它压下去"④;他还在《革命与罗曼谛克——布洛克》中强调:"革命就是艺术,真正的诗人不能不感觉得自己与革命具有共同点。"⑤瞿秋白在《赤俄新文艺时代的第一燕》中认定,"真正的平民只是无产阶级,真正的文化只是无产阶级的文化"⑥。洪为法在《真的艺术家》中声言,真的艺术家须有其伟大人格,须是良心的战士和拥护者,其作品须是他良心的呼声⑦。茅盾在《拜伦百年纪念》中歌颂了拜伦慷慨豪

---

① 郭沫若:《革命与文学》,载《革命文学论》,泰东图书局1930年第5版,第99页。

② 郭沫若:《艺术家与革命家》,载《革命文学论》,泰东图书局1930年第5版,第135页。

③ 郁达夫:《文学上的阶级斗争》,载《革命文学论》,泰东图书局1930年第5版,第15页。

④ 蒋光赤:《死去了的情绪》,载《革命文学论》,泰东图书局1930年第5版,第33页。

⑤ 蒋光赤:《革命与罗曼谛克——布洛克》,载《革命文学论》,泰东图书局1930年第5版,第115页。

⑥ 瞿秋白:《赤俄新文艺时代的第一燕》,载《革命文学论》,泰东图书局1930年第5版,第38页。

⑦ 洪为法:《真的艺术家》,载《革命文学论》,泰东图书局1930年第5版,第63页。

侠的高贵品行和反抗精神,并直言当时的中国急需拜伦那样的"富有反抗精神的震雷暴风般的文学"①。邓中夏在《贡献于新诗人之前》中号召新诗人多作能表现民族伟大精神、描写社会实际生活的作品,并须从事革命的实际活动②。成仿吾在《革命文学与他的永远性》中断言:"(真挚的人性)+(审美的形式)+(热情)=(永远的革命文学)"③。丁丁在《文学与革命》中认为,"文学与革命,是融洽的","文学是能革命的,文学家也可说便是革命家。革命的文学,是整个革命的一种锐利的工具,也是一种必要的工具"④。从这些20世纪20年代的论文来看,进步的文艺家和政治家都认同文学与革命相结合的自然性、必然性与合理性,以及革命文学的革命性、现代性和前卫性。

就这样,《革命文学论》所选定的这些论文成了革命文学得以树立的理论支撑。不过这本书的缺陷也非常明显,有很多该收录的论文没有收录,正如霁楼在阐析自己编辑《革命文学论文集》一书的缘起时所说的那样:"革命文学的理论,从前本有丁丁君编的一册《革命文学论》;可是为时虽暂,许多已成为过去的陈迹,不能适合于眼前的范畴。而一方却已有许多论文,是很重要的,得成为革命文学理论的中心,是它所未经收受——不能收受——,所以我仍有编这册书的必要。"⑤《革命文学论文集》补收了鲁迅、顾凤城、赵泠(王任叔)等人的论文,从文学与

---

① 沈雁冰:《拜伦百年纪念》,载《革命文学论》,泰东图书局1930年第5版,第81页。
② 中夏:《贡献于新诗人之前》,载《革命文学论》,泰东图书局1930年第5版,第107—109页。
③ 成仿吾:《革命文学与他的永远性》,载《革命文学论》,泰东图书局1930年第5版,第140页。
④ 丁丁:《文学与革命》,载《革命文学论》,泰东图书局1930年第5版,第148页。
⑤ 霁楼:《革命文学论文集·序言》,上海书店出版社1986年版,第2页。

政治、文学与社会的关系等角度补充了一些重要观点。这有利于文艺界更准确地理解革命文学的内涵和外延。但不管怎么说，丁丁的《革命文学论》出版发行和影响效力在先，且向来顽固反对文学的使命意识和坚守纯艺术或正统文艺观者也开始发生思想松动。于是，在环境变化和时代驱使下，尤其是在进步文艺界的眼中，革命文学的合法性已不成其为问题，革命文学及其理论更是与阶级斗争、社会革命和民族国家命运绞缠在一起，进而演化为一种日渐显赫且影响力很大的文学形态和文艺思潮。

在倡导革命文学的报刊中，创造社创办的《创造月刊》是影响最大的文艺期刊，它也是革命文艺界提倡"革命文学"的主要阵地之一。该刊刊载的关于革命文学的文艺批评和论争文章有：郭沫若的《英雄树》和《文艺战上的封建余孽——批评鲁迅的〈我的态度气量和年纪〉》；蒋光慈的《十月革命与俄罗斯文学》；成仿吾的《从文学革命到革命文学》、《全部的批判之必要——如何才能转换方向的考察》和《毕竟是"醉眼陶然"罢了》；彭康的《什么是"健康"与"尊严"？——〈新月的态度〉底批评》和《革命文艺与大众文艺》；冯乃超的《冷静的头脑——评驳梁实秋的〈文学与革命〉》；梁自强的《文艺界的反动势力》；傅克兴的《评驳甘人的〈拉杂一篇〉——革命文学底根本底问题底考察》和《小资产阶级文艺理论之谬误——评茅盾君底〈从牯岭到东京〉》；李初梨的《对于所谓"小资产阶级革命文学"底抬头，普罗列搭利亚文学应该怎样防卫自己？——文学运动底新阶段》等。伴随着创造社和太阳社发起的革命文学论争，进步文艺界不断抬高革命文学的地位，锐意强化了革命文学的抗争色彩、社会效用和工具理性。郭沫若写道："文艺界中应该产生出些暴徒出来才行了。"[①] 成仿吾强调："以

[①] 麦克昂：《英雄树》，《创造月刊》1928年1月1日第1卷第8期。

明瞭的意识努力你的工作，驱逐资产阶级的'意德沃罗基'在大众中的流毒与影响，获得大众，不断地给他们以勇气，维持他们的自信！莫忘记了，你是站在全战线的一个分野！"① 他又说："今后，我们应该由不断的批判的努力，有意识地促进文艺的进展，在文艺本身上，由自然生长的成为目的意识的，在社会变革的战术上由文艺的武器成为武器的文艺。"② 冯乃超说："我们的艺术是阶级解放的一种武器，又是新人生观新宇宙观的具体的立法者及司法官。革命的整个的成功，要求组织新社会的感情的我们的艺术的完成。"③ 为了验证自己理论观点的正确性，革命文学倡导者们还发表了很多作品，如郑伯奇的《抗争》（一幕剧）、郭沫若的《一只手》（小说）、华汉的《女囚》（小说），君湛的《伟大的时代——一九二八·五一节，狱中歌》（诗歌）、龚冰庐的《炭矿夫》（小说）等。显然，创造社倡导"革命文学"是试图把自己打造成"五四"文学时代之后文坛的新偶像，是时他们触到了左翼文学及其理论的边缘，但尚未真正深入到左翼文学及其理论的内核。更确切地说，他们的倡导文字只能算是为左翼文学发难，还算不上建立左翼文学理论体系，因为他们基本上还没有进入对左翼文学文体特征的研究层面，他们更多的是在表明自身的阶级立场、批判态度和政治倾向。正如彭康在《革命文艺与大众文艺》一文中所说的那样：

革命文艺要把守阶级的立场，这是第一要件。在中国现

---

① 成仿吾：《从文学革命到革命文学》，《创造月刊》1928年2月1日第1卷第9期。
② 成仿吾：《全部的批判之必要——如何才能转换方向的考察》，《创造月刊》1928年3月1日第1卷第10期。
③ 冯乃超：《怎样地克服艺术的危机（卷头语）》，《创造月刊》1928年9月10日第2卷第2期。

在的社会，阶级的分化是很清楚，普罗列搭利亚特正要努力团结作解放斗争的时代，一起都须有这个意识，一切都须朝着这个方向。而从社会的结构上及中国的状况上看来，解放斗争必然地朝着政治解放的方向走，所以一切都受制约于此，因而革命文艺应有政治的意义。①

这段话清晰地说明了这批革命文学倡导者的主旨，这也使我们明白为什么"左联"成立前后的革命文学作品中"口号"很多，为什么这一时期的诸多革命文学作品说理透彻而艺术鄙陋，原来它们不是写给资产阶级或小资产阶级去欣赏的文艺精品，而是用来告知、启蒙民众尤其是青年起来进行阶级斗争的普通作品。至于理论译介方面，革命文艺界所做的一些工作也是比较粗略的，比如创造社在当时所发表的"唯物的文艺论"，"不过粗粗的解释了上层文化与下层经济基础的关系，和文艺与经济及社会环境的关系；至于上下层文化的相互关系或影响，上层文化各部门间错综复杂的关系，以及文艺的错综复杂的反映客观世界，都没有较详的解释或分析"②。但对于他们而言，这根本就不是问题。他们更看重被启蒙者是否愿意接受这种思想和革命启蒙，接受就意味着进步向上，否则就意味着落后愚昧。于是我们看到，在这种指导思想下，创造社与太阳社、我们社、引擎社等一起开创了革命文学创作"震动"文坛的局面，且一时间空前繁荣，令主流意识形态与国民党御用文人倍感压力和不解。

创造社之外，很多社团和刊物都以直接参与的方式提倡革命

---

① 彭康：《革命文艺与大众文艺》，《创造月刊》1928年11月10日第2卷第4期。

② 李何林编著：《近二十年中国文艺思潮论（1917—1937）》，陕西人民出版社1981年版，第172页。

文学，如太阳社、我们社、引擎社等。据学者统计，"左联"成立前，革命文学刊物和以刊登革命文学理论为主的刊物至少有15种①，但1928年革命文学论争将数倍于此的报纸、杂志和副刊卷入进来，这种情形正如有学者所阐析的那样："1928年的革命文学论战中，《创造月刊》、《太阳月刊》、《文化批判》、《流沙》、《战线》、《戈壁》、《洪荒》、《畸形》、《我们月刊》、《血潮》、《时代文艺》、《泰东月刊》等形成了'文化批判'的战阵和对鲁迅的全面围攻。《语丝》、《北新》、《小说月报》、《大众文艺》、《奔流》以及《新月》、《现代文化》、《长夜》、《狮吼》等杂志也卷入了论战。"②及至1929年，随着《现代小说》宣布"蜕变"和唯美派刊物《金屋》月刊对"左"倾作品《一万二千万》的译介，这在某种层面上证明"革命文学已经轰动了国内的全文坛了，而且也可以跨进一步地说，全文坛都在努力'转向'了"③，这更意味着进步文艺界对新文学"革命"道路的探寻已经取得全面成功。最重要的是，如果说"五四"运动成功发现了"个人"，令时人知道人要为自我而存在的话④，那么革命文艺运动就成功发现了底层民众作为集体受难的革命主体的存在，也令时人意识到人不仅要为自我而存，还要为他人和集体而存在，而一旦当这种思想传播开来并形成思潮时，中国的新文艺运动和无产阶级革命事业乃至民族国家的现代化进程都将随之发生翻天覆地的巨变。

---

① 马良春、张大明编：《三十年代左翼文艺资料选编》，四川人民出版社1980年版，第223页。
② 旷新年：《1928：革命文学》，山东教育出版社1998年版，第27页。
③ 邱韵铎：《"一万二千万"个错误》，《现代小说》1929年11月第3卷第2期。
④ 郁达夫：《中国新文学大系·导言》，载郁达夫编《中国新文学大系·散文二集·1917—1927》，上海文艺出版社2003年版，第5页。

第二章 浪漫与写实的互动相生:1927—1930年间的革命小说

自梁启超提倡小说界革命并将小说视为改造国民、道德、宗教、政治、风俗、学艺、人心和人格①的重要手段之后,小说在各种文学体裁中的地位也很快跃居为首位。小说地位的提升当然不是梁启超一个人的功劳,更多的是源自于其本身的特性。与其他文学体裁相比,小说在情节构建、人物塑造和环境描写等方面都占有得天独厚的艺术优势。为此,近现代以来的文艺刊物,都非常注重小说的刊载,1927—1930年间的革命文艺刊物也是一样。在革命小说创作过程中,作者们以自己的亲身经历和所见所闻为基石,他们关注大革命的发展进程,更倡导文学与政治的联姻、浪漫与写实的结合,所以他们迅速创作了一些反映社会现实和想象革命的作品。但是,急于彰显小说的斗争色彩和宣传功效的努力,使得作者们忽略了艺术的直觉性和嬗变性,以至于小说的内部伦理出现了问题,简而言之就是人物的言行与他们的身份严重不符,郭沫若的《一只手》就是最明显的例证——小说中小普罗的父亲瞎眼老爹在控诉社会的不公和有钱人的罪恶时,居然对自己的妻子说:"哲学家说:生是可贵的,生是可贵的,你要执意着,要使你的生有意义,有价值。宗教家说:自杀是罪过,自杀是罪过,你要体谅上天好生之德。这些话对于贫穷人的

---

① 梁启超:《论小说与群治之关系》,《新小说》1902年11月14日创刊号。

意义是：你要多活一点呀，多受我们一天的榨取呀！所以贫穷人的生对于有钱人倒真是有意义，有价值的。"① 一个未曾受过文化教育的老工人能说出这么富有哲理色彩的话语吗？这实在令人生疑。尽管郭沫若在《一只手》的后面标记了"童话"字样，但这部曾被高度赞誉的"革命"小说其实毫无童话色彩，它更像是一部体裁"新颖"的政治宣言书。不过，这类现象在当时倒不会令人觉得讶异，因为利用小说形式来讲述政治主张的情形在这一时期的创作者中间实在太常见了。

　　出于宣传马列主义、阶级斗争论的诉求，出于对工具理性和反映论的认同，加之深受自身日常经验的直接影响，革命文学作者们多书写农民反抗斗争、工人罢工暴动和白色恐怖下革命者的遭际，因此1927—1930年间的革命小说充满了政治意味。正如钱杏邨所概括的那样："一九二八年初期的中国普罗列塔利亚文学的作品，它的内容（这里指'取材'的一面）主要的可以说是有三种，一种是描写了一九二七年八月以后的普罗列塔利亚的对统治阶级的抗斗，一种是曝露了布尔乔亚统治的罪恶，再一种就是关于'白怖'与'反帝'了。"② 具体而言，茅盾著名的《蚀》三部曲彰显了动乱中国里小资产阶级的消沉心情、孤寂心境、幻灭心态、迷乱情感和灰色人生。《幻灭》中的静女士在女校风潮和社会动乱中迷失了自己的恋爱理想，她先是因同情而失身于轻薄的女性追猎者隋抱素，后受北伐革命胜利的感召奔赴汉口，并在伤兵医院当看护时爱上少年连长强猛，遂在世外桃源的庐山牯岭度过了一段甜蜜的时光，但随着强猛奉命归队，她的恋爱之梦和人生追求再次破灭了。《动摇》中的方罗兰在湖北某县

---

① 麦克昂：《一只手》，《创造月刊》1928年3月1日第1卷第10期。
② 钱杏邨：《中国新兴文学中的几个具体的问题》《拓荒者》1930年1月10日创刊号。

主持政坛工作时，左右摇摆、忠奸不分、遇事迟疑、举措不利；对待情感，他同样动摇于纯情贤妻陆梅丽和浪漫情人孙舞阳之间，最后在假革命派胡国光等人叛变时仓皇逃窜，直至抛妻远遁。《追求》写大革命失败后张曼青、王仲昭、章秋柳等青年知识分子孤独、苦闷、空虚、焦灼、彷徨于无地的困境和绝望、颓废、愤激、哀戚、愁苦的世纪末情绪。《蚀》体现了茅盾敏感强烈的政治意识和低落受挫的革命情绪，探寻了大革命失败的原因和知识青年的前途命运问题。蒋光慈的《短裤党》和《最后的微笑》，前者写上海工人阶级为了响应北伐革命举行了工人罢工运动，他们在史兆炎和杨直夫等"短裤党"领袖的领导下一下子就把上海由里向外"翻了个底朝天"，此后罢工遭到镇压，但不屈的工人们重整旗鼓，于是总同盟大罢工开始了，全上海都陷入革命的狂潮之中；后者写青年工人王阿贵因在工会做事被工头张金魁开除，他因看到蚂蚁抵抗同类入侵的场景得到启示，决定去反抗和报仇，于是他偷走了工人领袖张应生的手枪，在野外和旅馆等地杀死了张金魁等工头或稽查，最后他在巡捕的包围中自杀，但死后他的脸上却露出了胜利的微笑。华汉的《女囚》写女革命者赵琴绮在"四·一二"反革命政变时与丈夫岳锦成一起被逮捕入狱，敌人残杀了她的丈夫，而军官秦主任在她听闻丈夫被杀噩耗晕倒时借机奸污了她，她醒来后用手电筒把熟睡的秦主任砸得血流满面，她被判刑，但她在狱中顽强求生，还生下了丈夫的遗腹子，并把自己的经历以书信的形式告知了革命女友冰梅姊。洪灵菲的《大海》写南方农村三个酒友锦成叔、裕喜叔、鸡卵叔，是怎样从自发反抗乡间地主清闲爷的剥削压迫到自觉参加农会和走向集体斗争之路的。是时，革命小说作者们不约而同地在小说中影射现实社会的政治斗争，并且他们的政治寓意非常容易理解，那就是自然化的革命进程被反动的政治家和野心家破坏了。革命暂时陷入了低潮，但革命浪潮已经兴起并不可遏制，只要工人、农民等无产阶级团结起来,他们终将砸开敌人的牢笼解放全世界,"把满天渲染成新鲜的赤色"。显然,这些作者把极为复杂的革命斗争进程想得过于简单,也把非常丰富的革命小说创作这一精神生产过程"镜像化"了。

在国民党白色恐怖阴影的笼罩下,描写爱情的小说不减反增,像《野祭》《菊芬》《冲出云围的月亮》《丽莎的哀怨》《地泉》之类表现革命青年男女纠缠于"爱与不爱"问题的革命罗曼蒂克小说,更是风行一时。"革命加恋爱"小说得以盛行的原因很多,除了革命对"爱情"叙事的指涉和作者有意追求一种"新浪漫"叙事形式的原因外,读者的阅读期待尤其是传媒、出版机构的"导引"是其中最为重要的因素。正如阿英所描述的那样:"书坊老板会告诉你,顶好的作品,是写恋爱加上点革命,小说里必须有女人,有恋爱。"[①] 这是现代小说史上一个非常有趣的现象,由于小说作者对社会现实的热切关注,因此使得具有强烈社会性和政治性的革命斗争题材迅速融入古今中外小说中最为常见的爱情书写领域,并使得小说具有了明晰的时效性和意识形态性等特征。民国以来社会的各个方面,尤其是革命斗争场景在小说中得到了生动的描写、虚构乃至再现,作者们甚至立志以小说形式来为中国革命史提供"证据",于是这些"革命小说"提供了诸多比历史教科书所载内容更为真实、驳杂、细腻、有趣的时代氛围、历史片段、社会史料、革命风云乃至情爱场景。是故,钱杏邨评价《野祭》是中国文坛上第一部"真能代表时代的恋爱小说"[②];冯宪章则认为:"《冲出云围的月亮》是表现在'八一'事件失败之后的三种思想的倾向。拿主人公王

[①] 钱杏邨:《〈地泉〉序》,《阳翰笙选集》(第四卷),四川文艺出版社1989年版,第89页。

[②] 钱杏邨:《〈野祭〉(书评)》,《太阳月刊》1928年2月1日二月号。

曼英代表虚无主义的盲动主义的思想；拿曼英从前的爱人柳遇秋代表投机的卖灵魂的倾向；更拿曼英后来的爱人李尚志代表正确的坚实的革命党人！"①毫无疑问，这些"革命加恋爱"小说自有其成功之处：蒋光慈的《野祭》恋爱描写"别开生面"，《菊芬》人物形象生动鲜明，《冲出云围的月亮》变态心理描写技术成熟；洪灵菲的《流亡》《前线》《转变》自我观照细腻真切；华汉的《地泉》艺术结构恢宏大气，对于大革命失败后革命者纠葛于理智与情感、爱情与革命、个人与集体的矛盾心理及冲突表现得淋漓尽致。不过，大多数"革命加恋爱"小说描写得比较精彩的是革命者的恋爱情状和矛盾心理，而对于真正的充满"血与火"的革命斗争书写还是比较浅显、片面，比较公式化、概念化、脸谱化，甚至充满想象色彩，很多时候这些小说囿于作者个人的情感小天地，还不如报纸上刊载的新闻故事好读。也因其如此，这些小说的认识价值和思想意义远远超出了它们的审美价值和艺术意义，同理，也正是在明晰的"时代、社会和革命史意义"上，它们并不具备获得长久阅读吸引力和艺术生命力的可能性。

"革命加恋爱"小说使得革命文学明显增加了浪漫情调，但其弊病也是显而易见的，茅盾曾批评说："这些小说里的主人公，干革命，同时又闹恋爱；作者借这主人公的'现身说法'，指出了'恋爱'会'妨碍'革命，于是归结于'为了革命而牺牲恋爱'的宗旨。"他还总结出了这些小说的另外两种常见结构套路——"革命决定了恋爱"和"革命产生了恋爱"②。这些观

---

① 冯宪章：《〈丽莎的哀怨〉与〈冲出云围的月亮〉》，载方铭编《蒋光慈研究资料》，宁夏人民出版社1983年版，第331—332页。
② 何籁：《"革命"与"恋爱"的公式》，《文学》月刊1935年1月1日第四卷第一号。

第二章 浪漫与写实的互动相生：1927—1930年间的革命小说

点曾经因为被学界广泛引用而几乎成了对"革命加恋爱"小说结构模式盖棺定论的批评。但令读者疑惑的是，茅盾在《蚀》和《虹》中也写过类似的"革命加恋爱"故事，何以他对这类小说批判得如此严厉呢？显然，茅盾所坚持的是一种合乎小说结构及文本"内部伦理"的"创作道德"，他认为革命与恋爱的冲突是一种客观存在的事实，描写这种题材并不是毛病，毛病在于"革命加恋爱"小说家将恋爱写成了主体，而将革命写成了陪衬，即让恋爱穿了件革命的外套，这就不伦不类了。为此，他特意以陈铨的《天问》和《革命的前一幕》为例来证明，"恋爱"硬套上"革命"这张皮所产生的缺陷就是"没有'说明'人生"，且给人以"脱节"、"滥调"之感[①]。不过，任何的总结概括难免会有纰漏，茅盾也是一样。要知道，革命小说作者的艺术观念非常复杂，但究其主要取向，无论是写革命还是写恋爱，表面上是为了提倡一种新的思想主旨，实际上他们的艺术理想仍然是"经国之大业"，只不过这句古话有了新的含义，那就是呼吁社会变革，改变不合理的社会制度，消灭人剥削人、人压迫人的现象，反帝反封建，富国强民，启蒙民众，实现无产阶级革命胜利的宏伟蓝图。应该说，革命小说作者创作中折射出来的这些主题、意向与当时进步思想文艺界变革现实的政治取向是一致的，只不过前者的倾向表现得要更为激进和浪漫一些罢了。

在"革命加恋爱"小说受到诸多批评之后，为了顺应革命浪潮的发展、社会变革的需要和小说题材的变化，小说作者们找到了一种相对简单有效的表现形式——把工人、农民、学生运动的题材拓展为工人、农民、学生武装斗争的题材，找到了无穷无尽的描写题材——无产阶级的生活，这就实现了在小说内容上的

[①] 何籁：《"革命"与"恋爱"的公式》，《文学》月刊1935年1月1日第四卷第一号。

出奇制胜。就具体创作而言，为学界所高度认可的《咆哮了的土地》和《大海》等都可以作为革命小说家依据上述理念创作成功的例证，或者说所写内容是关涉无产阶级生活与斗争题材的。这正如蒋光慈所赞同的 A. Bogdanov（波格唐洛夫）所阐析的那样："无产阶级艺术的内容，是劳动阶级的全生活，即劳动者的世界观，人生观，对于实际生活的态度，以及希求和理想等等。只有这是新艺术家不可不表现的题材。为着阶级的集体，应从这等的织物构成出新的活的结合，且将它们有机地，艺术地，具体表现出来。而且不可不完成那些更得发展，更得扩大到全人类的集团为止的组合。"① 而阿英在反驳茅盾等人批评"普罗文学"的"内容浅狭"、"幼稚"、"不能摆脱标语口号的拘囿"②等观点时认定："普罗列塔利亚文学初期的幼稚是历史的必然；普罗列塔利亚文学在普罗列塔利亚未获得政权之前不能充分的成长起来，也是必然的事实；但这种种事实丝毫也不防碍它的存在与生长，它是必然的会在幼稚与不充实之中，慢慢的发展到完成的地步的。"③ 也就是说，早期的革命文学固然有着"空想的乐观描写"和"标语口号"等缺陷，但这种以阶级斗争主题为线索，把类同的劳动者生活题材简单糅合在一起的结构方法，还是非常适合用来表现阶级冲突日益严重的社会现实的。就当时文坛的实际情况而言，通俗文学和自由主义文学在这一时期依然非常流行，读者甚众，但它们和晦涩的现代派文学一样，难以像革命文学那样承载严肃的阶级斗争主题，而革命小说的兴盛又可视为通俗文学和严肃文学的交集互融：严肃文学之中包含着"通俗"

---

① 蒋光慈：《十月革命与俄罗斯文学》，载《蒋光慈文集》（第四卷），上海文艺出版社 1988 年版，第 123 页。
② 茅盾：《从牯岭到东京》，《小说月报》1928 年 10 月 10 日第 19 卷第 10 号。
③ 钱杏邨：《中国新兴文学中的几个具体的问题》，《拓荒者》1930 年 1 月 10 日创刊号。

的意味和旨趣。这种文学的交融现象不能不说是新文学的一种进步。

革命文学在20世纪20年代末日渐走向成熟,这有其客观原因,但最关键的还是在于作者创作水平的提升,在于他们的主观选择、阶级立场,尤其是对文学工具理性、宣传功效的认可和倡导。"在革命时代,在过渡时代的文化运动,它的主要目标是在宣传。"[1] 20世纪20年代的一些革命小说家和批评家已经意识到:类同的革命故事,不同政治派别的文人都可以去进行叙述,都可以展示他们的革命情绪和民族国家关怀意识,是故问题的关键既不在于讲述方式和叙事角度,也不在于浪漫和写实的艺术手法,而是在于作者所持有的阶级立场,这将使得同为革命题材的作品显示出不同的意识形态、艺术取向和宣传效果。所以沈泽民在1924年就强调革命文学家在革命时代必须去"组织"民众生活情绪,必须"走到无产阶级里面去"[2]。郭沫若在1926年呼吁青年文学家要到"兵间去,民间去,工厂间去,革命的漩涡中去"[3]。郁达夫在1927年强调"真正无产阶级的文学,必须由无产阶级者自己来创造"[4]。阿英在1928年断言:"革命文学的作家一定要有革命的情绪!"[5]成仿吾在1928年要求进步作家要努力获得和把握唯物辩证法,

---

[1] 芮生:《中国新文化运动底意义及其特征》,《引擎》1929年5月15日创刊号。

[2] 泽民:《文学与革命的文学》,载北京大学、北京师范大学、北京师范学院中文系中国现代文学教研室编:《文学运动史料选》(第1册),上海教育出版社1979年版,第407页。

[3] 郭沫若:《革命与文学》,《创造月刊》1926年5月16日第1卷第3期。

[4] 郁达夫:《无产阶级专政和无产阶级的文学》,《洪水》1927年2月1日第3卷第26期。

[5] 阿英:《革命文学与革命情绪——读〈幻象的残象〉》,载《阿英全集》(第1卷),安徽教育出版社2003年版,第6页。

"克服自己的小资产阶级的根性，把你的背对向那将被奥伏赫变的阶级，开步走，向那躍躍的农工大众"[①]。这就意味着，要成为一个真正的革命文学家必须要了解无产阶级的生活和思想，更要站在无产阶级的立场、观点和视域上来看待问题。于是，很多革命作家对"革命加恋爱"既成模式进行了一些修改和润饰，增加了对农民运动、工人暴动等内容的书写，减少了恋爱场景的描写，强化了阶级斗争中残酷、冷峻和不可调和的一面，比如：刘一梦的《雪朝》书写了农村革命战士在军阀镇压下的挣扎；戴平万的《陆阿六》（短篇小说集）书写了农村暴动的情景；孟超的《盐务局长》书写了海边盐农的暴乱；龚冰庐的《炭矿夫》书写了工人的罢工暴动场面等。

还值得注意的是，发难期的左翼小说作者们从一开始就在有意识地吸纳国外革命小说的结构和方法等元素。以蒋光慈为例，他的《少年漂泊者》模仿了安德烈夫《世界上最幸运的人》的人物塑造手法，《短裤党》学习了苏联革命文学作品《一周间》的艺术结构，《丽莎的哀怨》和《罪人》运用了陀思妥耶夫斯基的病态心理分析手法，《咆哮了的土地》学习运用了法捷耶夫的《毁灭》的笔调和心理分析方法。以是观之，20世纪20年代革命小说形式的部分突破与外国革命文学作品的大量译介直接相关。当时的革命小说作者们已经在积极地学习国外优秀小说的笔调和艺术手法，如蒋光慈曾毫不隐讳地表达过对《毁灭》艺术手法的认同和喜爱："读完了法节也夫的《坏灭》。法氏的笔调很生动，描写心理尤能精细入微。在艺术手腕上，他比李别金斯基高明得多了。《一周间》还有许多幼稚的地方，《坏灭》则令

[①] 成仿吾：《从文学革命到革命文学》，《创造月刊》1928年2月1日第1卷第9期。

我们感觉到它的作者是一个很成熟的老匠了。"① 尤其是大量日本、苏联作品和理论的涌进对 20 世纪 20 年代中国革命文学的内容与形式变化起到了巨大的促进作用。据《中国新文学大系·史料·索引》上的不完全统计，1917—1927 年间，中国共出版译著 225 种，作品 200 种，其中俄国作品 65 种，占了总译作品的 30%②，是各国中最多的，可见外国文学尤其是俄苏文学地位的重要性，而这些作品大多是被新文艺界认可的比较进步和革命的作品。之所以如此，个中原因并不难理解。20 年代中后期的革命文学作者们正面对国民革命的风起云涌和阶级斗争的诡谲变幻，他们的不平、愤恨、苦闷、焦灼和诉求，他们的理想、期望、抱负、选择和追求，造成了浪漫与写实矛盾纠葛、互动相生的复杂局面，也催生了革命文学的繁荣，以及继"五四"时期之后俄苏文学、日本文学译介的第二个高峰。可惜的是，这种"普罗文学"的繁荣时代和俄苏文学、日本文学译介的热闹景象并未令中国文艺界产生多少与其情状相称的杰出的革命作家和经典作品，除了鲁迅和茅盾，这一时期诸多革命作家的创作，包括一些所谓无法被文学史忽略的当年名噪一时的作品，在今天看来几乎都是半成品。

这种"半成品"现象在革命小说领域中，一方面表现为小说艺术水平粗糙；一方面表现为长篇小说很少，而短篇小说相对较多。就后者而言，比如，《创造月刊》上刊载的短篇小说有《穷人的妻》（汪锡鹏）、《意识的进化》（陈极）、《老大》（陈芳）、《趸船上的一夜》（华汉）、《巷战》（王洁予）、《绑票匪的

---

① 蒋光慈：《异邦与故国》，《蒋光慈文集》（第二卷），上海文艺出版社 1983 年版，第 475 页。

② 赵家璧主编、阿英选编：《中国新文学大系·史料·索引》，《中国新文学大系（1917—1927）》（第 10 集），上海文艺出版社 1981 年影印版，第 357—360 页。

供状》（段可情）、《矿山祭》（龚冰庐）、《红色的爱》（弱萍）等；《太阳月刊》上刊载的短篇小说有《女俘虏》（杨邨人）、《冲突》（孟超）、《沉醉的一夜》（刘一梦）、《烟》（楼建南）、《火酒》（迅雷）、《出路》（赵冷）、《小小事情》（祝秀侠）等；《我们月刊》上刊载的短篇小说有《丁雄》（罗澜）、《激怒》（戴万叶）、《女孩》（洪灵菲）、《立契之后》（罗克典）等；《奔流》上刊载的短篇小说有《早晨》（许钦文）、《运命》（黎锦明）、《人鬼与他的妻的故事》（柔石）、《秋之汐》（李守章）、《文子》（魏金枝）、《死尸》（罗西）等。相比于数以百计的短篇小说，是时的革命文艺界几无长篇巨制，即使如《咆哮了的土地》这样的长篇小说其实篇幅也不长，更像是今天所说的中篇小说，且艺术成就颇为有限。造成这种现象的原因在于：第一，革命小说作者的生活积累、素材准备、结构能力还不足以支撑他们写出精致的长篇小说；第二，普通读者生活紧张，没有很多的闲暇和余钱去购阅长篇小说，这在客观上制约了长篇小说的生产；第三，新闻业日渐发达，文学生存方式日益现代化，这就要求小说生产需更加快速、迅捷地传递社会变革信息，加之众多报纸副刊和杂志受版面所限，往往喜欢刊载短篇，如此一来短篇小说的生产自然要比长篇小说占优；第四，也是最深层的原因，即左翼文学尚处于萌生期，文坛艺术积累的薄弱和小说天才的匮乏使得长篇巨制还无法产生。

当然，短篇小说不见得就不能代表一个时代小说的艺术成就和水平，在文学世界里短篇小说和长篇巨制肯定是相互促进、互动相生的，它们各有各的存在意义，正如鲁迅所辨析的那样："一时代的纪念碑底的文章，文坛上不常有；即有之，也什九是大部的著作。……在巍峨灿烂的巨大的纪念碑底的文学之旁，短篇小说也依然有着存在的充足的权利。……只顷刻间，而仍可借一斑略知全豹，以一目尽传精神，用数顷刻，遂知种种作风，种种作者,种种所写的人和物和事状,所得也颇不少的。"① 问题在于,虽然我们能够理解这些短篇小说不成熟的缘由,可一旦我们将它们与《子夜》(1933)等长篇小说相比时,就会轻易发现它们的"稚拙"和"缺少兴味"。有意味的是,无论是从浪漫主义文学还是现实主义文学的角度来看,20世纪20年代的革命文学尽管如此"简单"、"粗暴"、"罗曼蒂克"和"幼稚",却构成了一段不可忽视和抹杀的小说历史。不少与经典性毫无关联的,无论是用历时性或共时性艺术标准来衡量都没有多少艺术水准的作品,仅因为它们是革命小说就获得了读者的认可和进入文学史的资格。这不能不说是"时势"造就了20世纪20年代革命小说的兴起和繁盛。

---

① 鲁迅:《〈近代世界短篇小说集〉小引》,载《鲁迅全集》(第4卷),人民文学出版社1981年版,第131页。

第三章　普罗诗人与革命诉求:1927—1930年间的革命诗歌

1926年4月,蒋光慈最重要的一篇论文《十月革命与俄罗斯文学》开始在《创造月刊》上连载,直到1928年1月在《创造月刊》上停止连载。该文名义上是在谈十月革命与俄罗斯文学的关系,实际上重点介绍了十月革命期间俄罗斯诗人的创作情况;或者说,作者大谈特谈文学与革命的关系,其实是为了谈诗人与革命的关系。在该文中,作者断言:"革命就是艺术,真正的诗人不能不感觉得自己与革命具有共同点。诗人——罗曼谛克更要比其他诗人能领略革命些。""反革命的歌者被革命的浪潮送到那被人忘却的,荒野的,无人凭吊的坟墓去,而革命的歌者却被革命提上人间的伟大的舞台。"[①] 1927年大革命失败后,以蒋光慈、殷夫等为代表的"普罗派"诗人以诗歌为武器向独裁的反革命势力和黑暗的旧世界发出了战斗的宣言,并构成了无产阶级革命文学的重要一翼。"普罗"诗派是一个充满"赤色"的革命诗派,他们的革命诗歌富有鲜明的政治色彩、刚健风格和时代特征。

在普罗诗人的笔下,"革命"一词具有神奇的魔力,他们极度渴望革命和歌颂革命的功效,以至于"革命"被魅化为解决

---

① 蒋光慈:《十月革命与俄罗斯文学》,载《蒋光慈文集》(第四卷),上海文艺出版社1988年版,第68、119—120页。

社会各类问题的"法宝"。这种情感和心态无疑有助于我们理解，为什么那一代诗人的革命诗歌如此"简单"、"浅陋"却能赢得那个时代读者的青睐并成为现代文坛的一种独特存在。在笔者看来，普罗诗人之所以对"革命"如此崇拜，是源于广大革命者对世界无产阶级革命前景的乐观心态，是源于革命者和普罗诗人相信"革命"会给人类带来光明、自由和"黄金世界"乃至大同社会。比如，蒋光慈曾在其诗作《昨夜里梦入天国》中描述过这种革命成功后理想社会得以实现的乌托邦景象："男的，女的，老的，幼的，没有贵贱；/我，你，他，我们，你们，他们，打成一片；/什么悲哀哪，怨恨哪，斗争哪……/在此邦连点影儿也不见。//也没都市，也没乡村，都是花园。/人们群住在广大美丽的自然间。/要听音乐罢，这工作房外是音乐馆；/要去歌舞罢，/那住室前面便是演剧院。//鸟儿喧喧，赞美春光的灿烂，/一声声引得我的心魂入迷，/这些人们真是幸福而有趣啊！/他们时时同鸟儿合唱着幽妙曲。"[1] 显然，这个"共产主义完满成功时的极乐国"[2] 太具吸引力了。要建立这样一个同劳同享的共产社会，需要无产阶级团结起来，用革命的方式消灭资产阶级和帝国主义的社会组织及其意识形态，而要实现这一目标肯定需要普罗诗人增加自身的革命意识，进而去宣传、鼓动和歌吟"无产阶级革命"。由此可知，所谓的无产阶级革命诗歌是无法容忍资产阶级或小资产阶级的软弱和动摇意识的，这些普罗诗人既无法接受传统的诗歌模式，也难以认同新月派等"风花雪月"诗人的艺术情调，他们简单粗暴的词语、铿锵有力的语调、激昂

---

[1] 蒋光慈：《昨夜里梦入天国》，载《蒋光慈文集》（第三卷），上海文艺出版社1985年版，第327—328页。

[2] 高语罕：《〈新梦〉诗集序》，载《蒋光慈文集》（第三卷），上海文艺出版社1985年版，第249页。

奋发的情绪和昂扬亢奋的斗志,给"五四"以后渐趋定型的白话诗歌注入了明晰的"革命色彩"和刚健有力的艺术品格以及活力鼓荡的生气。

与辛亥革命时代的革命诗歌相比,20世纪20年代革命诗歌中出现了很多新名词,它们不仅承载着鼓动革命热情和推进革命浪潮的功用,还起到了介绍新生事物和传播马列主义的作用。这里,我们不妨以1927—1929年间《创造月刊》上刊载的诗歌为例来进行分析。段可情的《旅行列宁格勒》(第1卷第7期)抒写俄罗斯人民在1905年遭到沙皇军队的炮袭后,不再去组织无效的示威游行,而是举行武装暴动,终于在1917年推翻了专制恶魔——沙皇尼古拉二世的专制统治,为此诗人歌颂圣彼得堡是"革命的策源"和"奋斗的中心",赞美"十月革命"的领导者——列宁是俄罗斯民族结晶的"人豪"。李果青在《寄上学的朋友》(第1卷第11期)中告诉青年学生,"御用学校讲堂台上的教授"在雄辩中"要给你支配阶级酿成的毒酒",而"工人的斧,农民的锄,一切的科学,/都是我们前驱后阵中坚的武器";在《小宣言》(第1卷第11期)中警示艺术家们,要会吹"革命的喇叭",要早点把无产者"劳苦的真相写描",不然他们将和那些"占产的恶魔"一起被"扫掉";在《给诗人》(第1卷第11期)中告诫诗人们,浪漫等于颓废,莫赞自己那"孤独的彷徨",在无产阶级"崛起前进的路上",只有大家"涌跃的声浪"和"血战的呼唱"是最洪亮、雄壮和勇往直前的,诗人应该随着他们流血于街巷、村庄和战场,"占产者必亡,生产者久长",只有"反抗"才是新时代新诗中"最高的节奏"和"最妙的音响"。黄药眠在《五月歌》(第1卷第12期)中号召道:"啊,朋友们,待我们起来做一个开扩新时代的工人,/待我们起来把这不合理的世界全盘推倒!/全世界被压迫的民族将随着我们东方一齐苏醒,/我们要搴起了革命的大旗把一切的魔露,都一齐扫荡!"他又在《冬天的早晨》(第 2 卷第 4 期)中预言"资本家的命运将随着残冬的夜色消沉"。王独清在《Incipit Vita nova》(第 1 卷第 12 期)中宣称"我"已经和颓废、浪漫绝缘,"我"要继续"煅炼","煅炼到,我底诗歌能传布到农工中间";诗人歌颂了八年来奋斗不休为"被压迫者争持自由"的女革命者的"伟大之死";而面对国民党制造的白色恐怖和"东方底帝国主义又在杀人"的恶行,诗人的思想再也不能平静了,他抛弃和平的"幻梦",与自己昔日的"友人"诀别,去作"有意识的革命斗争"和完成自己所担负的使命。冯乃超的《外白渡桥》(第 2 卷第 1 期)写帝国主义的哨兵矗立如铜像,"守护着国际市场的人类屠杀的废墟",但"从中国心脏涌迸的悲哀的潮流"终究要冲破皇帝、总统、独裁者们"压迫的防障",并把"今日的憎恶,愤怒构成明日的钢铁的精神"。龚冰庐的《汽笛鸣了》(第 2 卷第 2 期)声言"新世界已推开了夜幕,/普天地响着工农的洪钟",诗人号召成千成万的男女、童工起来为旧世界"撞打葬钟"。冯乃超的《快走》(第 2 卷第 2 期)以"蠢笨的牛"象征被压迫的农民,批判了地主对农民的剥削和奴役等社会不合理现象,而《忧愁的中国》(第 2 卷第 6 期)畅想了革命的力量和神奇,它让原野"燎起血火的翻掀",让世界各隅"响着解放的雷雨的欢忻"。浮沫的《吊亡魂》(第 2 卷第 3 期)写革命者的惨死虽然给他们的亲人、朋友、战友带来了悲愁哀痛,却唤醒了千千万万被压迫的工农肩负起"你放下的革命的重担"。宛尔在《从工厂里走出来的少年》(第 2 卷第 4 期)中同情那些在工厂里为资本家当牛做马的"可怜的少年",希望他们能够在伟大的时代里担负起革命的重担。程少怀在《新时代底展望》(第 2 卷第 4 期)中认为,"现在正是伟大革命的险恶底今朝","陈腐的一切失掉时代意义的事物只有死亡",只有"欣欣向荣的走向着太阳的农工才能长存",只有"浸润在红流的浪潮里的事物才能永保"，这就是"十月革命"所昭告世界的"新时代的来到的决定的必然底命运"。他的《火焰》（第2卷第5期）写"炎炎的日火"仿佛革命之火点燃了高山、大江、人心和宇宙的一切，并将烧毁宇宙的囚牢、荆草和狼豹。六弟的《铁囚车里》（第2卷第5期）写铁囚车使得革命者意识到了自己的伟大，也使得他们的意志坚硬如铁。殷尔游的《上海——将来？》（第2卷第5期）写无产者创造了上海，却被强盗所霸占，所以无产者终将要"战取"上海的将来。邱韵铎的《低下去！》（第2卷第5期）讥讽了基督教的忍让精神，鼓动坑夫、清道夫、伙夫、脚夫等炼狱中的伙伴团结起来"割断这催命鬼的声带"，追求"暗黑后的光明"。柯南的《最大方向》（第2卷第6期）希望"巴士底狱和十月的梦幻"会在某一天"飞动于珠江扬子江畔"，让"四千年间屈伏着的卑贱灵魂"站起来露出"做人的气概"。由这些诗歌可以看出，它们不仅建构了新的诗歌意象并宣扬了无产阶级不屈的斗争意志，还通过抒写普通民众很难具备的世界视域和经历过的革命场景扩大了新诗的表现领域，这无疑是一种新诗的变革或曰革新，而这"变"的背后是对白话新诗表达方式的改变，这正是革命诗歌之"革"和"新"的意义所在。

  这里需要明确的是，强调20世纪20年代中后期的革命诗歌之于"五四"诗歌的变化和革新，并不等于否定二者之间的有机联系，在某种意义上，革命诗歌其实是"五四"以后新诗向"左"发展的结果。普罗诗人虽然宣称要与"过去"怀古、浪漫、颓废的情绪诀别，但终究难免受到"五四"浪漫抒情诗歌潮流的影响，所以在慷慨激昂的背后，总能看到类乎《女神》中某些诗的风格和意绪。进而言之，普罗诗人并没有改变"五四"以来白话新诗的自由体式、基本句法规则和句构形式、词语搭配方式、说理倾向乃至说教意味，他们其实是要通过积极输入新名词、新思想、新主义、新理论和新概念的方式，来实现对新旧文坛的"爆击",来产生强烈的鼓动、宣传效果,进而建构富有斗争意味的新的诗歌特性乃至文化诗学。所以,鲁迅当年曾经表示过:"我有一件事要感谢创造社的,是他们'挤'我看了几种科学底文艺论,明白了先前文学史家们说了一大堆,还是纠缠不清的疑问。"① 鲁迅的话固然充满了讽刺意味,但也充斥着明显的无奈感,这就从侧面表明这些新名词的"轰炸"确实对文艺界起到了"震动"效果。

最重要的是,这些新名词和新概念意味着一种立场的"宣示",恰如君浲的《伟大的时代——一九二八,五一节,狱中歌》所明示的,"哦,伟大的今朝——这是我们'普罗列特利亚'的节日!/四十二年前的今天,全世界的奴隶们开始了第一声的呼叫",这呼叫"引起了统治阶级的战慄,发动了全世界社会革命的高潮",伟大的时代已经苍临,"那些时代的背叛者,那些统治一切的保守者,终归逃不过历史的运命"②。又如殷夫的《我们是青年的布尔塞维克》所表明的:"我们是资产阶级的死仇敌,/我们是旧社会中的小暴徒,/我们要斗争,要破坏,/翻转旧世界,犁尖破土,/夺回劳动者的山,河!"③ 还如罗澜的《给青年》所告谕的:"来哟,青年,来加入我们的队伍,/我们的队伍已加入了战场","你们不来参加,便是我们的敌人,/我们只认识同志,不知其他!""在我们这边死了是革命的战士,/在他们那边死了是,反动的顽固!"④ 也如迅雷的《叛乱的幽灵》

---

① 鲁迅:《三闲集·序言》,载《鲁迅全集》(第4卷),人民文学出版社1981年版,第6页。
② 君浲:《伟大的时代——一九二八,五一节,狱中歌》,《创造月刊》1928年8月10日第2卷第1期。
③ 殷夫:《我们是青年的布尔塞维克》,载《殷夫诗文选集》,人民文学出版社1954年版,第146—147页。
④ 罗澜:《给青年》,《我们月刊》1928年5月20日第一号。

所宣告的:"同志们,'是我们的时候了'!/准备新的毅力,/不要忘掉我们的武器,/不要忘掉我们的旗帜。"① 由此亦可知,以太阳社、后期创造社、我们社、引擎社等为代表的普罗诗人的诗作,其实并未提供什么新的抒情方式、诗体样式和诗性效果,因为晚清以来的黄遵宪、梁启超、南社诗人、谭嗣同等文人早就通过创作实践和诗话诗论证明诗歌是可以与"革命"直接联系在一起的。相比于他们所创立的《出军歌》《爱国歌》《国民歌》《励志歌》和《决死歌》,殷夫等后辈革命诗人的战斗情绪和雄心壮志并不见得有多么特出,那么他们的诗到底"特"在哪里?其实特别在他们所标榜的"无产阶级"及其衍生的系列社会科学名词背后凸显出来的新的文学观念、身份认同、价值取向和政治意识。就新诗的发展情状来看,普罗诗人的创作意味着他们对新诗传统提供的既有诗路的重新选择,选择了中国诗既有风格中"阳刚"一派的基本风格和表述方式,同时糅入自己并不明晰的"无产阶级意识",并且后者要更为重要,因为播撒"无产阶级意识"就等于传递新的革命精神、政治立场和生命风度。

　　由于太过于注重时代精神的传递和暴力美学的建构,所以早期革命文学难免存在豪言壮语过多而革命体验不足的现象,如此就使得很多革命诗歌在夸张的语言和情绪下难免显得有些失真。对于这种现象一些文学批评者颇为不满,遂提出了很多中肯的批评。以鲁迅为例,他对于新诗的发展始终充满忧患意识,当文艺界普遍觉得新诗发展正步入大跨越阶段时,他却看到了新诗发展的严重危机,他觉得新诗坛拙劣的模仿者太多,而优秀的创新者太少,为此他还专门写了一些蹩脚的白话诗来对这种现象进行嘲讽,并在1925年警告说:"戏曲尚未萌芽,诗歌却已奄奄一息

---

① 迅雷:《叛乱的幽灵》,《太阳月刊》1928年3月1日3月号。

了,即有几个人偶然呻吟,也如冬花在严风中颤抖。"① 直到1934年,他依然认为新诗发展境况不佳②,其原因在于他觉得新月派诗人写的那些"爱之死"和伪革命派诗人写的那些"打和杀"、"铁和血"之类的诗句太"假"了。显然,鲁迅的新诗批评是有的放矢的,其艺术眼光也自有高明之处。鲁迅对于真正的革命诗歌其实是非常支持的,他对于殷夫的"红色鼓动诗"的认可和欣赏就是一例,他曾给予殷夫诗集《孩儿塔》(1936)极高的评价,这大概是他所推崇的革命诗歌的圭臬了。他高度赞扬殷夫的诗歌"有别一种意义在":"这是东方的微光,是林中的响箭,是冬末的萌芽,是进军的第一步,是对于前驱者的爱的大纛,也是对于摧残者的憎的丰碑。一切所谓圆熟简练,静穆幽远之作,都无须来作比方,因为这诗属于别一世界。"③ 由此可知,鲁迅对于自己所赞誉的诗人和诗作是根本不吝惜赞美之词的。鲁迅给予《孩儿塔》这么高的评价并非偶然,外在原因是源于他对殷夫有着极深的个人感情,他非常钦佩殷夫为理想献身的大无畏精神,并且两人心灵相通、气质相近,都具有那种"立意在反抗,旨归在动作"的"摩罗诗人"风骨;内在原因是由于殷夫的诗充满了"真善美",尤其是其诗作中所彰显出来的"真"的诗情体验正是鲁迅所认同的一种审美趣味。正如有学者所分析的那样:"与一些'单是抱膝哀歌,握笔愤叹'的'革命诗人'相比,殷夫对'血与火'有着'真的神往的心'。他不仅仅是所谓'革命诗人',而且更是投身革命实践并为之献身的战士。他

---

① 鲁迅:《诗歌之敌》,载《鲁迅全集》(第7卷),人民文学出版社1981年版,第238页。
② 鲁迅:《致窦隐夫》,载《鲁迅全集》(第12卷),人民文学出版社1981年版,第556页。
③ 鲁迅:《白莽作〈孩儿塔〉序》,载《鲁迅全集》(第6卷),人民文学出版社1981年版,第494页。

以自己短暂的一生,谱写了一首真实的、革命的诗篇。这种人与文、诗与情的高度统一,表现在其诗歌创作中,就是信仰与体验的真诚性。且不说他那些'红色鼓动诗',即使是《孩儿塔》中那些带有缠绵悱恻情调的作品,也或写'两间之真情',或对自我作真诚的剖析和反省。正是这种'真',使其诗比那些空洞的口号诗更易为鲁迅所认同。"① 还值得深思的是,鲁迅对殷夫诗歌的高度评价同样是基于对其社会意义而非审美价值的认可。鲁迅尚且如此,更遑论他人。

进而言之,普罗诗人在张扬自己的主张、立场和精神时,其立论意旨是从反对剥削、压迫等社会不公现象开始的,并具体表现为极力鼓动青年或所谓的"无产者"去"反抗斗争",其中往往夹杂着抽象的反帝反封建的爱国主义情愫,为此,尽管殷夫等普罗诗人的激愤诗风、粗率态度和清浅体验使得他们没有留下多少富有经典性的革命诗歌,也使得他们对于"阳刚"的民族精神的挖掘和"阴暗"的国民劣根性的批判并不深入,但他们继承了中国古典诗歌的雄健之风,他们所传递的"阳刚"之气恰恰是对"五四"新诗传统的继承和发展,最重要的是,他们的诗歌代表了左翼诗歌的力量、精神、希望和方向。

在"普罗"诗派的产生和得以发展时,占据当时诗坛主要位置的是新月诗派。新月诗派以提倡格律诗和"三美"(音乐美、绘画美和建筑美)主张而独树一帜,加之聚集了徐志摩、闻一多、饶梦侃、陈梦家、方玮德、卞之琳、林徽因、朱湘等一大批才华横溢和成就显著的诗人而成为现代诗歌史上最重要的诗歌流派之一。客观地说,新月诗派的诗显示了"新诗发展的实绩":"一方面它所承继的五四传统的人本主义精神,给新文学

---

① 张林杰:《鲁迅的诗歌趣味及其对殷夫冯至的评价》,《烟台师范学院学报》1999年第1期。

的深入发展注入了崭新的精神活力、发展动力,另一方面,它以'格律'为号召的诗歌艺术形式的实验、探索和以文学审美论为指导的对新诗方向的探索,把新诗艺术美的发展推向了一个又一个新阶段。"① 从新诗发展的情形来说,新月诗派的艺术成就的确堪称一流。新月诗派的新诗主张是从诗歌本体的角度提出的,但在普罗诗人看来,前者标举"格律"旗帜显然等于重新步武传统诗歌的意趣,所以将之等同于"风花雪月派",而新月诗派否定了"普罗"诗歌得以成立的可能性,双方在艺术观念、诗歌理念和政治理想上的歧异引起了诸多论争。其实,无论是新月诗派的"带着镣铐跳舞",还是"普罗"诗派的"文学阶级论",都更多的在提倡一种新诗理论"主张",这并不意味着包括提倡者在内的诗作都能够被这些主张所涵盖。通俗地说,"新月"诗人的诗作不是篇篇都应和"格律",而"普罗"诗人的诗作也不是篇篇都在讲"斗争"。有意味的是,随着"普罗"诗歌的兴起和流行,加之文艺领域阶级斗争思维的盛行,"新月"诗人逐渐被推到"落后"乃至"反动"一派的位置上去了。这种情形直到20世纪80年代才得到根本改观。

1928年以后,创造社、太阳社、我们社、语丝社等革命文艺团体的成员迅速发展成为20世纪20年代影响力最大的"普罗诗人",他们以开一代新诗风气为自己的志业,极力追慕苏联抑或日本的无产阶级革命诗歌,深受"拉普"、"纳普"排斥异己的"纯化"做法影响,为此明确提出了反对新月诗派、象征诗派的主张。蒋光慈指认当时走个人主义道路的"假的唯美主义者"才是真正的"革命的敌人"②。阿英认为:"作者的阶级规

---

① 程国君:《新月诗派研究》,长江文艺出版社2003年版,第3页。
② 蒋光慈:《现代中国文学与社会生活》,《太阳月刊》1928年1月1日1月号。

定作者的意识,那么,资本主义文学的作家事实上不会有真正的劳动作品的。"他反对某些人吹捧《志摩的诗》和徐志摩"一手奠定新诗坛的基础"(苏雪林语)的说法,并以对《一小幅的穷乐图》的分析为例质疑道:"1.作者的意识究竟是那个阶级的意识?""2.这一首诗究竟是那个阶级的诗?""3.这一首诗究竟有没有热烈的情绪?""4.这一首诗的态度是不是庄严的?""5.从这一首诗里所表现的看去,资产阶级是怎样的在同情无产者?"①我们社与太阳社的主张是一致的,他们敢于肩负历史赋予他们的多重使命,他们擂响战鼓并声言:"那声音虽然一些儿也不微妙,也不温柔;/或许会破坏所谓平静,破坏所谓安宁;/然而,那已经够伟大了!"②就这样,当新月诗派和象征诗派的诗人们被"普罗"诗派视为资本主义的喉舌、"趣味文学"的代表乃至"反动派"时,双方的对立和论争已然无可避免。

"普罗"诗派和新月诗派、象征诗派的对立早有先兆。1923年5月6日徐志摩在胡适主办的《努力周报》上刊文批评郭沫若的诗句"泪浪滔滔"感情失真,并强调"形容失实便是一种作伪"③。在徐志摩看来,"评衡是赞美的美术,是创造的;是扩大同情心,不是发泄一己的意气"④,但他的批评被创造社以为是暗地里放冷箭来侮辱郭沫若的人格。1923年5月13日成仿吾在《创造周报》上刊文严厉批评胡适、康白情、俞平伯、周作人、徐玉诺、冰心等人的诗"浅薄无聊"、"没有丝毫的想象

---

① 阿英:《这一首奠定文坛的诗》,载《阿英全集》(第一卷),安徽教育出版社2003年版,第36—38页。
② 编者:《卷头语》,《我们月刊》1928年5月20日创刊号。
③ 徐志摩:《杂记·坏诗,假诗,形似诗》,《努力周报》1923年5月6日第51期。
④ 徐志摩:《"天下本无事"》,《晨报副刊》1923年6月10日第153期第三版。

力",是"鄙陋的嘈音",表征了诗坛的"堕落"①。1923 年 8 月 26 日郭沫若在《创造周报》上刊文,认为"象征派和印象派是顾影自怜的公子","未来派只是彻底的自然派,他们是只有魄没有魂的痴儿"②。1926 年 5 月 16 日何畏在《创造月刊》上刊文,认为"象征主义已是美丽的苦闷,美丽的忧郁。到表现主义,苦闷便露出它的本来面目,到未来主义,大打主义(Dadaism)现代艺术已不堪其苦闷甚至发狂了"。他的结论是个人主义艺术最后的命运就是"自杀"或曰灭亡③。创造社之外,蒋光慈曾在 1925 年语带讥讽地说:"人们方沈醉于什么花呀,月呀,好哥哥,甜妹妹的软香巢中,我忽然跳出来做粗暴的叫喊,似乎有点太不识趣了。"④ 他又在 1926 年明确表示:"我也曾爱幻游于美的国度里,/我也曾做过那温柔的温柔的蜜梦;/我也曾愿终身无虑地依傍着花魂,/抚摩着那仙女的玉腻的酥胸。……//但是到如今呵,消散了一切的幻影,/留下的只有这现存的真实的悲景!/我愿闭着眼睛追寻那仙女的歌声,/但是我的耳鼓总为着魔鬼震动得不宁。//是的,我明白了我是为着什么而生存,/我的心灵已经被刺印了无数的伤痕,/我不过是一个粗暴的抱不平的歌者,/而不是在象牙塔中漫吟低唱的诗人。//从今后这美妙的音乐让别人去细听,/这美妙的诗章让别人去写,我可不问;/我只是一个粗暴的抱不平的歌者,/我但愿立在十字街头呼号以

---

① 成仿吾:《诗之防御战》,《创造周报》1923 年 5 月 13 日第 1 号。
② 郭沫若:《自然与艺术——对于表现派的共感》,《创造周报》1923 年 8 月 26 日第 16 号。
③ 何畏:《个人主义艺术的灭亡》,《创造月刊》1926 年 5 月 16 日第 1 卷第 3 期。
④ 蒋光慈:《少年漂泊者·自序》,载《蒋光慈文集》(第一卷),上海文艺出版社 1982 年版,第 3 页。

终生!"① 这就等于明确表达了自身的诗艺取向与新月诗派的区别和对立。而梁实秋于1928年在《新月》上刊文断言:"革命的文学"这个名词根本就不能成立,"在文学上,只有'革命时期中的文学',并无所谓'革命的文学'";"文学是没有阶级性的"②。从双方代表性人物的说法可知,"普罗"诗派和新月诗派、象征诗派之间早有嫌隙,加之双方在文艺观、政治观、人生观、教育背景、生活环境尤其是诗情、诗艺、诗品上的明显差异,所以他们注定要走向不同的诗歌道路。"普罗"诗派和新月诗派、象征诗派之间的歧异,具体而言还是体现在诗歌作品本身上。"主张本质的醇正,技巧的周密和格律的谨严"③是新月诗派比较一致的艺术追求和努力方向,而就诗体而言,抒情诗尤其是爱情诗占据了他们诗歌创作的主体部分。与新月诗派相比,初期象征诗派虽然同样注重内心的挖掘、自我的表现和灵性的舒展,但在情感倾向上没有新月诗派那么"健康",往往充溢着忧伤、颓废、空虚乃至绝望的末世情绪。最重要的是,前期新月诗派和象征诗派基本上是游离于现实生活苦难和革命文艺思潮的。

不同于新月诗派、象征诗派追求诗的"醇正"和"纯粹",革命诗派主张面向现实、社会和大众,注重表现底层人民的反抗和斗争,极力追逐革命浪潮、时代精神和文学风尚,积极展现青年热烈而悲凉的心情。郭沫若的诗集《前茅》(1928),揭露了"流血"的现实——军阀的杀戮使得赤县成为"脓血的世界";诗人离别日本"飞还"故国,号召无产者打倒他们所居住的"铁牢",结果他在上海看到了"血惨惨的生命""在富儿们的汽

---

① 蒋光慈:《鸭绿江上·自序诗》,载《蒋光慈文集》(第一卷),上海文艺出版社1982年版,第86—87页。
② 梁实秋:《文学与革命》,《新月》1928年6月10日第1卷第4号。
③ 陈梦家编:《新月诗选·序言》,解放军文艺出版社2000年版,第6页。

车轮下……滚，滚，滚"，而民众的愤怒让诗人相信上海静安寺路的马路中央"终会有剧烈的火山爆喷"；为了鼓励无产者起来反抗，诗人歌颂"力的追求者"，鼓励青年到"兵间去"和"民间去"；诗人还号召友人们"在赤光之中相见"，希望阶级兄弟们在"太阳没了"（列宁逝世）后唱起"前进曲"，并作为"革命时代的前茅"去冲锋陷阵。而在诗集《恢复》（1928）中，诗人控诉了农民的痛苦生活和悲惨命运，揭示了他们的悲剧根源——备受"外来的帝国主义者"和"他们豢养的走狗：军阀、买办、地主、官僚"的压迫；诗人也看到"我们血染的大旗忽然间白了半边"，但他"并不觉得恐怖"，因为革命的火种终将点燃燎原的烈火；诗人相信胜利终会属于"我们"，所以他号召友人们共同"战取那新的太阳和新的宇宙"。蒋光慈在《太阳月刊》的"卷头语"中说："我们只有奋斗，因为除开奋斗而外，我们没有出路。"① 周灵均在《渡河》中说："北方的同胞我问一问：/你们要做奴隶或要做人？/你们将何去何从，/因为我们的杀声，天地亦为振动，/曾否唤醒了你们的迷梦？"冯宪章在《心坎里的微音》中希望朋友望着远处的光明前进，"烧尽我们的烦恼和悲伤"，"杀尽所有虎豹和豺狼"，"把先锋的歌曲尽情的高唱"，"把旧制度根本改良"。莞尔的《贫民窟里》抒写了贫民窟的死亡气息，而这全部是因为"不公平的占据"。L 的《春之奠》纪念了死在武昌城外的亡友，诗人感慨烈士的鲜血"并未染出半朵自由的红花"，烈士正在被世人所遗忘。N.C. 在《纪念我们的纪念日》中提醒世人记得南京路上的"赤血"、"支配阶级的虐杀"和"被屠杀的悲哀"。森堡在《献给既经死了的 S，T，》中歌颂了"同志"悲壮之死的荣光。藏人在《重来》中重回故土武汉三镇，发现故土到处是黑暗和虚无，但诗人立志

---

① 蒋光慈：《太阳月刊·卷头语》，《太阳月刊》1928 年 1 月 1 日一月号。

在这里拼尽心力"再来唤醒被压迫的民众"起来参加革命斗争。孤凤的《拖缆夫之歌》展现了缆夫的力量和"找寻解放之路"的渴望；《三一八》则警告世人，不要以为发生在北京古城的"三一八"惨剧已经过去，因为刽子手的大刀随时都在高举着。黄药眠的《拉车曲》写人力车夫有着不为常人所知的痛苦，但更有着"健康的身体和精神"；《握手》写诗人同战地归来的朋友握手，从友人的眼睛里读出了"战士们失败而牺牲的惨状"，但更读出了他们的壮举和忠勇；《你听》警醒友人不要再贪睡，因为呜呜的喇叭远远的在吹，这意味着"又不知道什么人在准备杀人"了。可以说，面对民族国家的内忧外患和底层民众的苦难遭际，革命诗人无法平复激愤的情绪去诗画风花雪月，他们以"时代前茅"自励，猛烈斥责新月诗派和象征诗派罔顾黑暗现实、沉迷于一己悲欢甚至甘为统治阶级走狗的奴才心理；他们把诗作为唤醒国民精神的重要"武器"，所以高树诗坛的"赤旗"，以慷慨激昂之音"震动"诗坛的柔弱或晦涩之气，他们对新诗现状的批判和责难仍然是以诗歌应服务于"革命"、社会人生为前提和旨归的。

左翼文学发难期的"普罗"诗歌传递了革命时代狂热的亢奋情绪，反映和引导着文坛新的诗歌审美诉求，也展现了那个时代诗歌特有的热力、美感和体验。周灵均在《奔》中表示："奔，奔，我是一个囚人，/我要以我的热血洗净乾坤！"冯宪章在《致——》中说："啊！朋友，要实现你的幻想，/须先除去目前的屏障；/要达到你的期望，/须先跑入革命的疆场！"在《致被难的朋友》中说："啊！要是不经过层出不穷的磨析，/怎能成为领导革命民众的英杰？"在《警钟》中写工农联军敲响警钟，努力前进去做"世界之主人"；在《匪徒的呼喊》中号召"忤逆叛徒"与"土匪小偷"觉悟起来，做"旧社会的刽子手"和"新社会的创造主"。任夫（殷夫）的《在死神未到之前》

抒写一个革命者被逮捕后在狱中的心路历程，他激昂地向敌人宣告："牢狱应该是我们的家庭；/我们应该完结我们的生命，/在森严的刑场上，/我的眼泪决不因恐惧而洒淋！"在《呵，我们踯躅于黑暗的丛林里!》中诗人写革命者不怕丛林的黑暗、毒蔓和怪鸟，他们一起前进，并煽起了"世界同大的火灾"。洪灵菲的《在货车上》展现了被压迫阶级和压迫阶级之间的血斗，更展现了被压迫阶级的呼喊和心声："'打倒军阀！'／'打倒统治阶级！'／'打倒一切反革命派！'"哑尔的《七年不曾聚首》写好友七年后相见的欢乐和继续奋斗的决心，"南北归来虎口里重得握手。干吧！朋友！"沈音明在《伤逝》中写一个革命女郎哀悼死去的革命爱人，但她在失神的追念中，"又猛然听见群众斗争的喇叭，吹着进军的号令"，于是担负起"沉重的历史"和"沉重的心"继续前进。罗澜在《宝石》中希望青年捧出他们的心灵宝石去"把东方的灰天射个通红"；在《暴风雨之夜》中安慰革命者K君的亡灵"死得磊落"，并预言"暗夜的群魔"都"将在你的矢光下歼殄"；在《黑暗的荒野》中告诉伙伴不用怕，因为"我们的队伍还不少"。是时，普罗诗人崇尚粗犷豪放、"粗暴"凌厉的诗风，诗歌创作追求直率的表达、粗豪的气势、逼人的架势乃至惊人的"厉气"，这一方面为他们带来了"血染的风采"，一方面也暴露了革命诗歌情感、形态和构思的粗粝。然而，受众似乎不在乎这些激进诗人审美视域的"狭隘"和精神选择的"粗率"，反而接受了这些既大气又粗豪的革命诗歌所折射出来"真"的情和"力"的美。这不能不说是一种读者的选择和历史的辩证法。

"呼喊"的表达是革命文学中常见也是非常值得重视的一种艺术表现方式，普罗诗人期望以这种形式唤起青年乃至所有被压迫者的反抗意志和战斗激情，所以才有那么多高扬"流血"、"进攻"、"冲锋"、"牺牲"的诗作。洪灵菲在《躺在黄浦滩头》

中高呼："全世界被压迫的兄弟们，联合起来！联合起来！／用我们的锄头去掘开白色恐怖的冰雪！""血！血！这时代是我们流血的时代！／看吧！我们要用火光把遍天照得殷红！"絮絮在《争自由的波浪》中借助战士们的呐喊号召道："起来！同胞们，砍掉我们的锁链！"罗澜在《北风》中借助狂怒的北风呼喊："杀呀！杀呀！杀！杀！杀！"在《荒原的火种》中写"熊熊的火焰蔓延了荒原"；在《战歌》中吹起了冲锋号："冲锋！冲锋！冲锋！／夺得了敌人的战壕！／呼！呼呼！呼呼呼！／看敌人一排排翻倒！"陈礼逊的《血花》声言："我们的牺牲是要解除被压迫阶级的痛苦；／我们的斗争是要保存人类固有的公平。"K.F. 的《五月祭》以诗歌的形式再现了历史上伟大的"五一"罢工情景："全世界的市街，／都前进着劳动者的队伍，／举行盛大的示威！"少怀的《死守我们的战壕！》号召"兄弟们""死守我们的战壕"和夺取最后的胜利。孤凤的《黄花祭》祭奠了黄花岗烈士，批判了刽子手的凶残，也展望了群众斗争胜利的前景；《都市旋律》号召胼手胝足的劳动群众"用集团的力量，／去战取明日的太阳"。邱韵铎的《崇明岛之黎明》写崇明岛不再是世外桃源，这里发生了"酝酿已久的大变动"——农民发动的"如在弦上的'佃革命'"，诗人还预言今后只有"有产者的没落，无产者的勃兴"。L 的《太阳似的五月》写"劳动节的赤潮，／从支加哥冲到东方"，为爱自由的人们带来了希望；《红花岗》纪念了黄花岗七十二烈士，诗人希望世人继承烈士的精神而奋起、斗争和流血；《纪念碑》希望爱国的人们鼓起"半腔的热血"，"震天狂叫打倒'中英亲善万岁'！"N.C. 在《夺回我们的武器》中号召民众夺回自己的武器，守护赖以生息的土地和人类的自由，"激击帝国主义的强权"，并且即刻起来举行"排日暴动"。王独清在《五卅哟……》中借纪念"五卅"发誓，"五卅哟，我们为你死罢！／我们在这儿宣誓：要继续地进

第三章 普罗诗人与革命诉求：1927—1930年间的革命诗歌 　　　　41

攻，进攻，/要再用我们底热血来把这上海染红……"弱苇的《赠报贩》希望通过报贩的呼喊把"五一的胜利，五四的觉醒，五九的忍辱，五卅的流血"传遍中国。雪的《流血》歌颂了群众的勇敢、奋勇和流血精神，并呼吁民众去"打倒帝国主义的走狗"。杜力夫的《战壕呓语》告诉士兵，他们应该反对屠杀自己阶级兄弟的军阀战争。毋庸讳言，这些诗作难免存在"外在的气势压倒了内在的气韵，外在的强度超过了内在的深度"① 的致命缺陷，但这种诗歌体式却在这一时期风行天下并延续至20世纪30年代中期，以至于令鲁迅感到"头痛极了"②，这说明此类革命诗歌在当时普通读者当中还是非常有吸引力和影响力的。

　　革命诗歌在20世纪20、30年代的大放异彩显然有其多重原因。抛开外在革命形势的影响因素，这种诗歌本身的优点同样不容小觑。这种革命诗歌的形式是非常自由、舒展的，语言是非常直白和活泛的，情感是非常奔放、激越的，思想是非常积极和前卫的，节奏是比较轻快、动感的，它们自然为站在时代潮头的革命青年和进步诗人所喜爱。所以读者在阅读时，会更多的感觉到这些革命诗歌背后的飞扬精神和动人力量。不客气的说，大多数革命诗人缺少过人的艺术才情、流转的艺术姿态、横溢的艺术才华和开阔的艺术境界，但他们从来不缺少凛然正气、革命激情和勃勃生气。为此，20世纪20年代的革命诗歌以激越的情感、自由的形式、惊人的热力和新颖的思想，开启了白话新诗的新阶段、新形态和新篇章，并为那个时代留下了历史的证据和自己的印痕。

---

　　① 刘纳：《嬗变——辛亥革命时期至五四时期的中国文学》，中国社会科学出版社1998年版，第72页。
　　② 鲁迅：《两地书（三四）》，载《鲁迅全集》（第11卷），人民文学出版社1981年版，第100页。

第四章　演释"革命"与戏剧改革：1927—1930 年间的革命戏剧

20 世纪初，中国旧戏的改良和西方话剧的输入令中国戏剧运动步入了新的发展阶段，戏剧成为进步文艺界宣传革命思想、启蒙民众、抨击时政和社会弊端的重要手段。于是，"文明戏"在民国初期遂大放异彩，但不久，"文明戏"走回旧戏的老路，旋即"堕落"。1927 年前后，"爱美剧运动"发展不过六年，与"文明戏"一样，由于封建文化的侵袭、经济上的困难、观众的冷落和从业人员的良莠不齐等原因开始走向衰落。是时，中国戏剧的理论与创作、艺术与民众、说与做、宣传与技术、盈利与审美等问题日渐凸显，中国戏剧的发展需要新生力量的崛起，需要新的能够反映时代精神的剧本问世，更需要建构中国新戏剧人传达他们思想、意识、态度和立场的阵地。就这样，革命戏剧应运而生。

戏剧运动容易勃兴也容易没落，但有识之士已经充分认识到戏剧的现场直观性具有立时影响观众的力量和迅捷效果，意识到剧团、刊物和演剧活动是推动戏剧运动发展和开通社会风气的重要工具。梁启超早在 20 世纪初提倡戏曲改革时就极力夸赞戏剧的教育功能，还曾在日本流亡期间用白话写戏曲小说，呼吁进步文艺界"写杂剧"批判现实，并号召中国学生积极"合演杂剧"[①] 以便启蒙国民，推动中国社会的改造进程。陈独秀则在

---

① 梁启超：《饮冰室诗话》，《新民丛报》1905 年 1 月第 61 号。

1904年直言不讳地说："做小说，开报馆，容易开人智慧，但是认不得字的人，还是得不着益处。我看惟有戏曲改良，多唱些暗对时事开通风气的新戏，无论高下三等人，看看都可以感动。便是聋子也看得见，瞎子也听得见，这不是开通风气第一方便的法门吗！"① 熊佛西更在1929年阐析戏剧的特色时说："最民众的艺术当然是戏剧。因为戏剧是全民生活的反映。最有教育性质的艺术，当然亦是戏剧。因为戏剧是以教育寓于娱乐的艺术。没有人不欢喜看戏的。看戏没有不受益的。而且戏剧的益是直接冲入观众心灵的。它可以马上使你笑，马上使你哭，使你的心弦颤动，使你的呼吸紧张，使你的是非之心立时发动，使你的同情或厌恶之心立时分明。总之，戏剧是直觉的使观众得到生活的酸甜苦辣，喜怒哀乐的宣泄与调剂。"② 与此同时，刘尚达认为戏剧是最完美、最经济、最动人、关系人生最切、最近于"人性"、最具体化、最民众化的艺术，是最妙的社会教育，是最高尚的娱乐，是最年青有为的艺术③。到了20世纪30年代，戏剧的地位更是得到了极大提升，有人直言"戏曲在文学中占有着完全卓越的地位"④。可以说，正是将戏剧作为一种极其有效的教育手段、启蒙工具和"不二法门"的理路使得中国革命戏剧运动在运行过程中充满了工具理性色彩。所以田汉在《序南国周刊》一文中强调说："我们对于自己的运动既有明确的意识，应该不受人家无谓的恭维，更不应该受人家无理的诬蔑！我们应该把我

---

① 陈独秀：《论戏曲》，载《陈独秀文章选编》（上），生活·读书·新知三联书店1984年版，第60页。

② 熊佛西：《平民戏剧与平民教育》，《戏剧与文艺》1929年6月1日第1卷第2期。

③ 刘尚达：《最美丽年青有为的戏剧艺术》，《戏剧与文艺》1929年10月1日第1卷第6期。

④ 陈君涵：《现代新戏曲底姿态》，《杂文》1935年7月15日，第二号。

们的态度宣示给人家知道,更应该把人家的态度分析给自己知道。于是我们用得着战斗了。本刊就是我们的武器。"① "我们"的背后其实是社团,战斗的武器自然是刊物,而观众就是他们要去教化的对象。有了田汉这种观点的比照,南国社等戏剧中人的改变就不那么令人惊讶了。

新的时代精神和革命诉求势必要求戏剧作者们转变自己的观念和思想来与之相适应,于是"飞跃"、"突进"和"转变"的思想意识渗透于1927—1930年间的戏剧创作中。就这一时段进步戏剧的整体构架和理路来说,作者们已经能够成功地把政治观念渗透到戏剧形式和表演技艺中去,也许这样的戏剧会因为作者们生活体验的欠缺而带有某种生硬的编造痕迹,但它们确实发出了被压迫者的"反抗的绝叫"。同时,为话剧艺术形式和现场表演的特点所决定,"话"在"剧"中具有非常直观的宣传效用,这使得看起来非常口号化的呼喊在舞台演出时会获得更加响亮的掌声,使得剧中的主人公形象充满了慷慨激昂的气度,也使得剧作本身充满了雄壮的气势。南国社主演的独幕剧《一致》就是一个明显的例证。《一致》演民众反抗暴君的故事。马蒙王觉得自己非常有力量,大臣也说他可以凭借玉玺得到自己想要的一切珍贵的东西,但马蒙王发现自己得不到"贵重的爱",他嫉妒一对普通男女的幸福和爱情,于是把他们抓来严办,说他们犯了"比王者更幸福的罪",结果激起了被压迫者的愤怒,他们推翻了马蒙王的政权。左明称赞该剧道:"近演《一致》新剧,情绪的紧张,精神的维系,'表演技术'的贯彻,使台前的观众,隐隐看见了背后的时代!刺戟,跳跃,狂喊,追求,啊,这是有伟大的成功。"② "伟大的成功"的评价恐怕只有站在鼓励被压迫者

---

① 田汉:《序南国周刊》,《南国周刊》1928年8月24日第1期。
② 左明:《〈一致〉及其前后》,《南国周刊》1928年8月24日第1期。

去反抗的立场和南国社"丢弃""感伤主义（Sentimentalism）"的角度上去看才算有点靠谱，但"走的不是歧途了"① 的确是中肯之语。南国社在早期的戏剧活动中因为《古潭里的声音》《湖上的悲剧》《苏州夜话》等剧作充满失望、悲哀、苦闷、惆怅、幻灭、感伤情绪而备受批评，竟然被扣上"散播自杀种子"的恶名，甚至被要求担负"影响广东青年的精神生活"和"自杀者日多"的责任②。《一致》的上演逆转了这种批评声音，然而究其成功的主因，其实并不在于"剧"本身的高超技巧和矛盾冲突，而在于"话"中政治意图的沉潜、阶级立场的晓谕和革命意识的传递。

宣传政治意图、阶级立场和革命意识等主旨的急功近利心态，使得20世纪20年代的进步戏剧作者们自觉学习了传统戏曲前辈们善用"长白"形式来做道德文章的技法，他们在剧作中甚至直接利用"对话"来宣讲"造反有理"等道理。林少吾的四幕剧《降贼》便是一例。该剧演的是地主劣绅和县署法官以及官兵们把走投无路的农民集体逼成"贼"或曰"时代的反抗的战士"的故事。恶霸乡绅蔡三爷的家奴阿兴因与张五哥发生言语冲突，居然叫了很多恶仆打死了张五哥。张四哥、王二哥、阿金、阿锦、蔡伯等人商量后决定到县公署请愿，可蔡三爷早已买通了黄法官等人，结果请愿换来了武装镇压，阿金、阿朱、阿英当场被枪杀，随后官兵们更是跑到乡间肆意杀人放火奸淫掳掠，于是无家可归的农民们只好去作压迫阶级眼中的逆贼和叛徒了。对于这部剧作的第一幕，我们社同人的评价是："少吾的《降贼》第一幕，在对话间把农村全部的痛苦都暴露出来。剧中

---

① 左明：《〈一致〉及其前后》，《南国周刊》1928年8月24日第1期。
② 左明：《南国与广东人的自杀》，《南国周刊》1928年8月24日第1期。

人所说的话，的确是现代的农民的说话。在这一点，他是成功的。"① 这种评价应该说来自编者洪灵菲的亲身体验，但接下来的几幕剧的情形就不符合这样的评语了，因为作者似乎没有耐心去进行详细的戏剧构思，所以农民说的话也越来越不符合他们的身份，比如王二哥鼓动群众复仇时说："我们要勇敢，要前进，一点都不能退缩，一点都不能退缩，我们奋斗，我们前进，我们不达到最后的胜利是不止的——我们是应该用鲜血来洒除我们的耻辱的，同志们，兄弟们，你们能够这样干吗？你们敢不敢这样干吗？"又如谢炳文教育其他群众时说："我们的责任：就是打倒土豪，劣绅，贪官，污吏，拢统说一句：我们就是要打倒压迫阶级。"② 可想而知，这些说白如能在演出中宣讲出来，的确会刺激听众的神经，造成听众情绪的紧张，但它们得以生成的现实逻辑并不谨严和周密，这也是事实。

同理，在工人题材的剧作中，戏剧作者们兴之所至便大讲政治道理，几乎把剧本变成了宣讲教材。孟超的独幕剧《铁蹄下》讲的是工厂主无故打死工人李阿顺，工人们因此发动罢工，要求严惩杀人凶手、减少工作时间、增加工资待遇，这遭致警察的残酷镇压，工人李阿兴被打死，煽动罢工的"老总"张泽苍被逮捕，但李阿兴的恋人瑞姑继续组织女工罢工。每戡的"童话剧"《给我们需要的》讲的是国王和厂主布尔在玩玩具，来了很多穷孩子，他们推举工人代表普罗和国王谈判，要求国王归还从百姓处搜刮的玩具，国王拟叫兵镇压，这激起了群众的愤怒，他们狂喊打倒国王发动了叛乱。储安平的独幕剧《血之沸腾》讲的是工人代表与工厂主谈判要求加薪，华经理坚拒，其走狗张总管更是用手杖将工人代表薛耐根打成重伤，工人们为此召开临时紧急

---

① 《我们月刊》编者：《编后》，《我们月刊》1928年5月20日第一号。
② 林少吾：《降贼》，《我们月刊》1928年6月20日第二号。

第四章 演释"革命"与戏剧改革:19271927—1930年间的革命戏剧

会议,并与前来镇压的巡捕发生了激烈的冲突和对抗。在这些剧作中,到处都充斥着充满政治意味的"呐喊",比如:

群众(不登场)他们不允许,我们就捣工厂,毁机器,打办事员,放火,打,打,打,……烧,烧,烧,……(《铁蹄下》)①

普罗 穷朋友们,我们是人啊,起来,起来打倒他!(《给我们需要的》)②

耐根 杀绝……杀……那些走狗……(《血之沸腾》)③

这些说白与那个时代的革命诗歌和小说在艺术风格上是一致的。显然,这些剧作在艺术层面上缺陷明显,激昂悲壮的背后充溢着非理性的激进情绪,戏剧冲突场景的简化处理,弱化了作者们对人性问题思考的深度。但令人惊讶的是,戏剧语言的结构方式又使得这些慷慨激昂的简洁说白显现出了激励人心的神奇效果。例如,左明曾描述《一致》公演时的情形,当陈凝秋站在台口吼着"一切被压迫的人们集合起来,……一致建设新的光明,新的光明是从地底下来的"时,台下的掌声便雷鸣般地响起来了④。显然,这种激进思想之所以在当时的中国观众中大有市场,是因为彼时的社会环境和政治情状太过于黑暗,改革运动不断失败和革命浪潮不断受挫,这些都使得进步思想文艺界在这个狂飙突进的时代中变得越来越激进和左倾,他们本来意欲通过自身信念伦理的强化和外射,来引导和督促社会各阶层在新价值

---

① 孟超:《铁蹄下》,《太阳月刊》1928年3月1日三月号。
② 每戡:《给我们需要的》,《引擎》1929年5月15日创刊号。
③ 储安平:《血之沸腾》,《流沙》1928年5月30日第六期。
④ 左明:《〈一致〉及其前后》,《南国周刊》1928年8月24日第1期。

观尚未普遍确立的历史时期中尽快树立责任伦理意识。可惜的是，他们所传递过来的声音、情绪和思想只会使得进步青年和普通读者越来越焦躁，而他们在政治层面上的激进言行更是容易招致统治阶层的猛烈镇压、中产阶级的反对攻讦和普通庸众的惊异惧怕，这反而延缓、黏滞和破坏了社会的改革进程。

当然这是后话，对于当时的进步戏剧界来说，他们的紧要任务是打破传统戏曲的既定程式和审美趣味，建构新的戏剧规则、范式和理论体系，创作出更多出色的戏剧作品，发扬戏剧本身生动、生气和机趣、流利的优势，激荡更多观场者（读者）的情绪和心灵，从而实现"双方进攻"的胜利。所谓"双方进攻"就是熊佛西所说的："第一要能说，第二要能做。说可以树立戏剧的哲理；做可以完成戏剧艺术的具体。说近于理论及宣传，做近于表演及实验。任何艺术的完成，未有不是这双方进攻的结果。"①"双方进攻"不仅是熊佛西的理路，也是返观中国现代戏剧运动的重要思路。这里，以当时戏剧界的两个重要进步刊物《南国周刊》和《戏剧与文艺》为例，通过它们的运作情状可以看出：一方面戏剧界在极力建构戏剧的新理论，比如探讨舞台上的色彩设计、戏剧艺术家的修养标准、编剧的程序、南北戏曲的差异、光与影的协调、导演技术、表演技术、戏剧创作、舞台装饰、民众剧、巫舞等问题；译介国外的化妆术、导演艺术、三一律、独幕剧、日本"演剧实验室"等；另一方面加大表演和实验的力度，1929年南国社在南京、上海的公演和国立北平大学艺术学院戏剧系在北京、天津的公演都是例证，前者公演的戏剧有田汉编剧的《一致》《火之跳舞》《垃圾桶》《孙中山之死》等，后者公演的戏剧有熊佛西编剧的《一片爱国心》《醉了》和丁西林编剧的《压迫》等。这些剧作的说白中从来不缺少令人

---

① 熊佛西：《幕前》，《戏剧与文艺》1929年5月1日第1卷第1期。

激动的豪言壮语,且它们与当时的革命诗歌相比会显得更加口语化、大众化、场景化和生活化,如此也就很容易理解为何戏剧要比诗歌更具宣教效能的道理了。也就是说,戏剧台词忌讳思想感情的隐喻暗示,观众和读者更喜欢直陈明述,很多极为口语化的剧词在剧演时会显得非常生动流利,但放在诗歌中则未免太过俗陋直白。是故戏剧作为宣教工具要比诗歌、小说和杂文等文学体裁更具惊人的时效效力和可操作性。

  戏剧这一形式既可以尚古明志、借古喻今,更能够讽寓现实、抨击丑恶,1927—1930年间的戏剧创作内容以后者为主。首先,进步作者们在劳苦大众的身上寄予了厚望。以李初梨的三幕剧《爱的掠夺》(1927)为例,该剧讲留日中国学生白玉成爱上了日本妓女小夜子,两个痛苦的灵魂凭借这份爱得以获得生的意志,但小夜子得了不治之症肋膜炎,白玉成想筹钱为小夜子治病,终因生活费紧张和官费拖欠而无法凑足医药费,为了爱双方都作出了牺牲,白玉成变卖了自己所有的财物,而小夜子被逼沦为佐藤的性奴。有意味的是,白玉成在昏厥时竟然听闻到一群劳动者合唱的悲壮革命歌声:"高擎赤旗,/生死其下。/卑怯者哟,/滚你的罢!/我们的旗,/我们守把。"于是白玉成如梦初醒、若有所悟,而黄昏时分各工厂汽笛的齐鸣,"如暗示将来的世界的信号"[①],也折射了作者对劳动者身上蕴含着的革命能量的认可。其次,进步作者们批判了中国庸众身上的国民劣根性。以郑伯奇的一幕剧《抗争》(1928)为例,该剧写辛亥革命先烈沈剑云之女沈小莺为生计所迫沦为咖啡店侍女,爱国青年林逸尘和黄克欧到咖啡店去消费,目睹三个外国兵调戏沈小莺时愤而抗之。该剧猛烈批判了外国兵在租界的畜生行径——喝酒撒泼、无故殴打上海市民、随意调戏甚至强奸中国妇女,也批评了国人的

---

① 李初梨:《爱的掠夺》,《创造月刊》1927年2月1日第1卷第6期。

懦弱和奴性,正如剧中人所说:"中国人眼睁睁看见自己的妻女姊妹受人的欺负,都不敢过问,男儿的意气,一点也没有了。""上海滩上的人,受洋大人的统治,五六十年,什么气都受惯了。……上海租界上也有什么商团,保卫团,却从来没有反抗外国统治的表示。"① 再次,进步作者们郑重地向革命先驱献上了他们的颂词,如孙中山、宋庆龄、黄兴、林觉民、喻培伦、方声洞等,这些人物形象构成了进步戏剧界表演、重构英雄形象的主体部分。以田汉的《孙中山之死》(1929)为例,该剧是七幕历史剧《孙中山》的最后一幕,作者辛辣地嘲讽了国民党右派对孙中山及其主张阳奉阴违的丑恶嘴脸:他们背弃了孙中山联俄、联共、扶助农工的国民革命政策;他们抛弃了这位领袖重视工农地位和作用的革命理念,发动反革命政变,大肆屠杀共产党员和工农群众;他们背信弃义,沦为国内权贵势力的代言人和帝国主义的走狗;他们罔顾总理遗言,鼓吹封建迷信,倒行逆施,耗时三年大建中山陵,耗巨资大搞"奉安大典"。尽管该剧中杂糅着大段的政论台词和思想说教,没能很好地把孙中山等英雄人物的体验、感受和思想、性格熔铸在戏剧表演和形象刻画之中,进而削弱了英雄人物塑造的丰富性和深刻性,但还是达到了作者所希冀实现的舞台演出效果和把个人变成"时代精神的单纯的传声筒"② 的意图,而田汉对孙中山思想境界的推崇和革命精神的赞颂,其实就是对时代精神的一种传递和高扬。

对于20世纪20年代中后期的进步戏剧作者来说,无论是选择历史题材还是现实题材,多是以服务于思想启蒙抑或政治诉求为旨归的。所以,为了增加剧作的观感,他们并不忌讳人物语言

---

① 郑伯奇:《抗争》,《创造月刊》1928年1月1日第1卷第8期。
② 马克思:《马克思致斐·拉萨尔》,载《马克思恩格斯选集》(第4卷),人民出版社1972年版,第340页。

的"失真"、故事情节的生硬乃至历史事实的出入。廖沫沙的独幕剧《燕子矶的鬼》(1929) 中写老渔夫与打算投江自杀的中年人进行对话,在谈及年轻人自杀的原因时,老渔夫的阐析竟然充满了哲理思辨意味:

> 是呵,就是因为他们太爱这世界了,所以也太容易恨这个世界。他们爱世界爱得太利害了,他们希望世界给他们的也太多,太大,失望怎能不更大呢?年轻人看他们的"希望"是比他们的生命更贵重的,一旦失望了,纵然不马上破灭,也会要萎缩枯涸的。因为他们都是没有经过风雨的花草,没有受过鞭策的幼马呵!譬如说吧,到这儿来自尽的这样多,有因为生活艰难,无路可走的,有因为事情失败,内外受迫的,有对什么失望,灰心厌世的,有得不到女人或女人被夺去了,心伤肠断的。可是,先生,从我们老头儿看来,这些不是可以致死的。没有饭吃,得努力去挣呀。事情失败,没有再造起来的时候吗?世界上有什么可以失望呢,世界本来是这么一个世界,只要不希望得太高,也不会失望得太深的。而且,世界正是我们自己的呵,我们拿来改造过就得了。……①

作者借此批评了自杀青年的懦弱、虚无、脆弱和对家庭、社会的不负责任,问题在于,这些说辞是一个整日为生计奔忙、难以糊口的老渔夫能说得出来的吗?实在是令人心生疑窦。杨邨人的独幕剧《两个典型的女性》(1930) 塑造了代表对立阶级阵营的两类女性形象:太太和小姐代表了吸食穷人血汗的资本家形象,而奶妈和高妈代表了被剥削压榨的劳苦大众形象。剧中写老

---

① 廖摩挲:《燕子矶的鬼》,《南国周刊》1929 年 9 月 21 日第五期。

仆人高妈被少爷推倒后晕死过去,少爷说她装死,小姐说她假装,太太说她是因为年老而一时晕倒,只有奶妈不仅义正辞严地驳斥了他们的说法,还立刻辞职,并声言不愿再看见穷人受资本家的侮辱,所以自愿认高妈为母亲并赡养她。作者如此处理情节固然体现了奶妈的正气、骨气和"天下穷人一条心"的道理,但对于一个衣食无忧的奶妈而言,她的这一突变和选择明显缺乏现实逻辑的支持与常识意义上的可信度,这就使情节显得失真和生硬。至于毛懋猷所作的独幕剧《悲壮之别》(1930)就更离谱了。其一,作者为了展现孙中山"弃医从革"的坚定意志,硬生生地把卢夫人置于阻挠孙中山参与革命的对立面。其二,剧中写卢夫人因孙中山剪辫明志而责怪他不忠不孝时,孙中山批驳说:"那末你把一双天足包得寸步难移了,却不是也成了不孝?我告诉你,男子的辫子和女子的小足,都是做奴隶的标志,你不愿解放你自己,我却再不能自挂奴隶的证章了。"[①] 表面上看,这些话符合孙中山的思想,但如果我们了解到孙中山与卢夫人早年感情至深且对其贤淑厚德极为敬重的事实,就知道这种叙述并不合乎情理。其三,也是最糟糕的情节设置,作者为了彰显孙中山的革命精神、伟人气魄和英雄情怀,竟然让20余岁的青年孙中山在去檀香山筹款反清前就与卢夫人签字离婚,这就完全违背了历史事实,因为真的如此的话,孙中山就没有孙科、孙金延和孙金婉这三个子女了。毫无疑问,剧本创作可以虚构,但人物情节太悖于常识和史实就算不上是创新了,只能说是作者在历史知识上的无知和创作时的主观臆造。

1927—1930年间的中国戏剧作者们还会通过介绍一些外国戏剧的方式来向国内受众传达某些革命意旨和价值取向。例如:取材于法国黑奴参战后娶德人妻争自由的木人戏《毕

---

① 毛懋猷:《悲壮之别》,《南国周刊》1930年1月10日第14期。

竟是奴隶罢了》（村山知义著，陶晶孙译）；取材于1919年德国工人罢工起义的社会革命剧《群众＝人》（Ernst Toller著，李铁声译）；取材于被关狂人病院的德国革命者逃狱故事的社会剧《逃亡者》（威特福格尔著，李初梨译）；取材于德国炭阬夫病患生活的社会剧《炭阬夫》（Lu Maerten著，林伯修译）；取材于俄国水兵造反占领波支翁金·搭布利车斯基军舰故事的军事题材剧《波支翁金·搭布利车斯基》（藤田满雄著，林伯修译）；取材于日本革命者家人被便衣监视下的生活场景的家庭剧《月亮》（里见·弴著，侍桁译）等。另外，作者们也会偶尔通过书写外国生活题材的方式来彰显自己的世界视域和革命意识。例如陶晶孙作的《勘太和熊治》（1928）是一部取材于日本军人生活的木人戏，作者表达了对日本政府利用日本兵在国外尤其是在中国做坏事的批判立场。该剧写勘太和熊治被日本政府征召到海外服兵役，在中国的五年时间里，他们跟随日军到处武装侵略、杀人放火、奸淫妇女、劫掠财物，可谓坏事做尽，具有讽刺意味的是，他们在中国没有得到惩罚，但回国后却因为意识到自己有罪而被日本警方逮捕。由上述剧作亦可知，作者们无论是通过翻译外国剧还是叙写外国事的用意都是为了给中国社会革命者提供某些政治准则、判断根据和革命法度。

具体到了创作过程中，进步戏剧界更是通过对外国戏剧脚本和表演理论的借鉴来实现对中国传统戏曲内容和形式的改造。这种改造主要体现为：题材上贴近当时中国的社会现实，主旨上日渐表明是在为无产阶级进行代言，形式上明确表示要追求"戏剧的大众化"，说白中往往夹杂着直率的鼓动性口号，语气上显得极为激切急促，节奏上则非常紧凑明快。之所以如此，不仅在于有戏剧批评者认为"旧剧"的内容依然是"支配阶级的意德沃罗基的宣传人，社会感情的组织人，官僚阶级支配下的社会是必定要求它的"①，还在于戏剧作者们的主要目的是为了促进民众觉醒和解决社会问题，为此必须尽快推动革命戏剧运动的发展尤其是"民众戏剧"的革命化和大众化。反过来，由于当时观众和读者中受教育者太少，"据中华平民教育促进会总会的调查，我国民众号称四万万，其中有三万万二千万是'目不识丁'的"②，所以作者在设计故事情节和人物对话时必须尽量把自己和主人公的政治诉求明白晓畅地表达或暗示出来。在郑伯奇的三幕剧《牺牲》（1928）中，出现了这样的场面，秦萍生和杜月香这对昔日恋人见面后，杜希望秦带她逃跑，摆脱军阀陈国藩的魔掌，秦不肯，说自己有重大事情，杜对秦的身份发生了怀疑，秦便对杜低声说："我是由汉口来的，你该明白了。"杜马上惊异地说："啊啊！那么你是由革……"秦急忙制止："不要说出。（急去巡视四周，复至杜旁）不错，我是由那边来的，我负有重大的使命。现在这里没有外人，我索性爽快地告诉你吧。我这回来此地，是运动工人和红枪会来组织便衣队，给革命军作前锋的。此地的同志很多很勇敢，不久便要大大的举动。军阀早已恶贯满盈了，经不住我们一动，他就会倒下来。（热心）月香！那时候我们是多么快活！"③ 冯乃超模仿果戈理《巡按史》等喜剧写就的三幕剧《县长》（1928）中的县长如同一个小丑，将官场上的种种丑态表现了出来，剧本的结尾写县长、恶绅和军阀军队的苛捐杂税终于逼迫群众造反，而群众所高呼的便是："打倒土豪劣绅！打倒新兴军阀！"④ 在李白英的《资本轮下的分娩》

---

① 冯乃超：《中国戏剧运动的苦闷》，《创造月刊》1928年9月10日第2卷第2期。
② 熊佛西：《平民戏剧与平民教育》，《戏剧与文艺》1929年6月1日第1卷第2期。
③ 郑伯奇：《牺牲》，《创造月刊》1928年5月1日第1卷第11期。
④ 冯乃超：《县长》，《创造月刊》1928年11月10日第2卷第4期。

第四章 演释"革命"与戏剧改革：19271927—1930年间的革命戏剧

(1929)中，作者更是安排"青年及群众"唱道：

> 谁是界世上的创造者 只有我们劳苦的工农
> 一切只归生产者所有 那里容得寄生虫
> 我们的热血流了多少 只有那残酷恶兽
> 有朝一日杀灭尽了 一轮红日照遍五大洲
> 这是最后的争斗 团结起来到明天
> 英特尔纳雄纳尔 就一定要实现
> 这是最后的争斗 团结起来到明天
> 英特尔纳雄纳尔 就一定要实现①

这种歌尽管也是"曲"，但在意象、曲调和内涵上已经完全与传统戏剧中的"曲"不在一个艺术层面上。或者说，这样的"歌"并不具备"曲"在传统戏剧中的作用，而只是凸显了作品的鼓荡激励之气和政治宣传意味。由于为了直截了当地表达革命意识和斗争情绪，所以作者们还无法做到通过严谨的情节、对白和艺术形式来从容表现自己的政治理想和革命情绪。所以，他们的剧作虽然已然构成了对传统戏剧形式的革新，但这种革新在某种意义上等于抛弃了传统戏曲语言精致典雅、唱腔曼妙优美、节奏舒缓悠长的艺术特性，其结果是或者演出效果不佳，或者干脆就无法排演，或者因外界干扰阻挠，而成了"演不出的戏"②。

早期左翼戏剧演出的受阻使得那些没有机会得到排演的剧作更像是充满了对白的小说，但不管怎样，它们对传统戏曲的艺术旨趣、审美维度、动作规律和表演程式实现了突破，形成了自己

---

① 李白英：《资本轮下的分娩》，《创造月刊》1929年1月10日第2卷第6期。
② 王莹：《几次演不出的戏》，《光明》1937年5月25日第2卷第12号。

的特性,在左翼文艺思潮发展史上也展现了其存在的多重意义。比如,沈起予从艺术的阶级性角度出发,认为"民众戏剧"要实现的"意义"是:"第一,要把握将来底演剧底样式,来准备集团生活的艺术,第二,要利用演剧底武器性来促进这种意义之实现。"① 沈起予把"演剧运动"作为解放无产阶级的斗争武器与工具的认识有其时代先锋性,但其观点、思维和认识充满了误区,也因为忽视戏剧艺术性的构建具有明显缺陷,这也是当时左翼文艺理论界的一个缩影。实际上,左翼文艺界明确了戏剧与民众结合的必要性、可能性和可操作性,这才是早期左翼戏剧的一大贡献,也是其最突出的特性所在。更值得注意的是,关于怎样建设革命戏剧,进步文艺界也有明确的认识,那就是要在表演、剧本、剧团、剧场、坐席、舞台、灯光、导演、观众等方面进行改革②,这不能不说是对戏剧本身的回归和艺术认识上的一大进步。毫不客气地说,1927—1930年间的革命戏剧,能超越时代、长远流传的并不多,还是一种"野生艺术",演剧者大多是"业余剧人",他们无须特殊训练、戏剧修养和演出技巧,只要能够在舞台上形象演绎人物的感情或者生动地进行"献身说法"就算是获得了成功③。不过有意味的是,这一时期的进步剧作家们似乎并不在意自己的作品"速腐",他们更在意的是自己的剧作之于受众的煽动、警示和启蒙效果。

---

① 沈起予:《演剧运动之意义》,《创造月刊》1928年8月10日第2卷第1期。
② 毛文麟:《演剧改革的几个基本问题》,《创造月刊》1928年9月10日第2卷第2期。
③ 张庚:《中国舞台剧的现阶段——业余剧人的技术的批判》,《文学》月刊1935年12月1日第五卷第六号。

第五章　批判、讥嘲与揭露：1927—1930年间革命作家的杂文创作

从"五四"以来，杂文就一直在评论时事、批判社会和抒发情感等方面起着不可替代的作用，在1927—1930年间亦是如此。是时，中国政治舞台上闹剧迭出，国共斗争你死我活，政客们利令智昏、醉心权术、愚弄世人，各实力派军事势力表面上拥护民国，暗地里却拥兵自重、独霸一方，帝国主义则通过控制中国的新军阀甚至以军事入侵中国的方式来求取最大的利益。与此同时，革命文艺界坚守知识界的良知和责任，鞭挞帝国主义的狼子野心，抨击国民党的独裁统治，批判黑暗现实和国民劣根性，批评御用文人的"帮凶"行径，批判"吃人"的封建思想和文化，宣传马列主义学说，推行新的政治观、文化观、价值观、爱情观和生命观。进而言之，进步作者们对旧文化、旧思想、国民劣根性、帝国主义等的斗争思维和批判立场，使得这一时段的杂文充满了批判精神和时代特征，并延展出了这一时期杂文的多重趋向：批判、讥嘲与揭露。

在现代中国政治的演变过程和知识分子的心路历程中，1927—1930年是一段异常灰暗的历史时期，其中的一个标志就是帝国主义加紧了侵略中国本土的步伐。当然，帝国主义的侵略也激发了中国知识分子强烈的爱国热情，于是"打倒帝国主义"成为最有力也最能表达他们爱国情怀的一个关键词。1928年4月，日本政府违反国际公法，悍然出兵山东，5月初在济南连续

制造残杀中国同胞事件，受害民众达5000多人，史称"济南事变"或"济南惨案"。这次事件极大地激起了有识之士和爱国民众的愤怒，他们用各种方式声讨日本帝国主义的野蛮兽行和侵略行径，而知识分子更是振旗呐喊"打倒帝国主义"。李初梨在《谁能打倒帝国主义?》中说："能够打倒帝国主义的，只是无畏的革命的民众！无畏的革命的民众起来，起来解决自己的死活！""争回民众的革命权！""歼灭国内一切封建的遗物！""打倒帝国主义！"①《文化批判》的编者还写道："对于狐面狼心的帝国主义的国家，只有彻底的抗争，绝对的不妥协，才有打倒的可能，才有解放中华民族的希望；这是被压迫的民众数年熟知的理论，现在又得了一个使你不得不相信这个理论是真实的实证了！所以，全国的被压迫的民众，青年的学子，尤其是我们的读者，对此日本帝国主义的蛮行，应该从把握为彻底地打倒帝国主义及实行民族底真正的解放过程之见地，自动地，活泼地，去参加一切的反日帝国主义的组织之活动；这是我们目前应尽的任务，不可失的机会。"②反观中国现代史，日本帝国主义给中华民族带来了太多的屈辱，"济南惨案"不过是其中的一件而已。正是由于日本帝国主义成为中国近现代史上最大的民族敌人，所以针对日本帝国主义的批判和声讨文章可谓多不胜数。

在1927—1930年间，"批判"恐怕是知识界使用频率最高的词语之一，"批判"也一跃成为当时文艺界的"时尚"，并构建出了该时段杂文的基本趋向。这并非偶然。成仿吾认为："国民革命的急速的进展，使我们不能不更就全面做一番批判的工夫；就在这个时期，我们就被抛弃在很远很远的后面，我们的后

---

① 初梨：《谁能打倒帝国主义?》，《文化批判》约1928年5月第五号。
② 《文化批判》编者：《编辑余谈》，《文化批判》约1928年5月第五号。

面排列着一大堆蹩脚的份子。"① 他还强调,百余年来中国一直是外国榨取和笑骂的对象,中华民族有着无数说不出的耻辱和痛苦,所以是时候来算总账了,为此中国必须开展革命行动,而革命文艺界必须开展文化批判②。王独清在为《我们月刊》创刊"祝词"时希望我们社:"一面极力克服自我,创造真正革命的文艺作品;一面予反动派以严格的批判和进攻。"③ 引擎社认为,在半殖民地的中国,革命知识阶级的任务就是用"引擎般的力量"向新文化领域"突进"和"廓清"旧的文化恶势力④。在众多的进步作者中,鲁迅的杂文无疑是最具批判力的,这源于他对杂文文体特点的准确把握和精妙运用,他强调杂文必须"生动,泼剌,有益,而且也能移人情"⑤。他又说:"生存的小品文,必须是匕首,是投枪,能和读者一同杀出一条生存的血路的东西;但自然,它也能给人愉快和休息,然而这并不是'小摆设',更不是抚慰和麻痹,它给人的愉快和休息是休养,是劳作和战斗之前的准备。"⑥ 在鲁迅这里,小品文与杂文是有区别的,但当小品文具化为"生存的小品文"时,它就具有了杂文的威力和战力等特性。在20世纪20年代,鲁迅杂文不仅代表了当时杂文界的最高成就,也抬高了杂文的文学地位,更使得杂文(杂感)成为现代文坛中显示度和战斗力最强的一种文体。

对于革命文艺界而言,他们批判的对象除了帝国主义,首当

---

① 仿吾:《〈洪水〉终刊感言》,《洪水》1927年11月15日第3卷第36期。
② 成仿吾:《祝词》,《文化批判》1928年1月15日第一号。
③ 王独清:《祝词》,《我们月刊》1928年5月20日创刊号。
④ 《引擎月刊》编者:《编后》,《引擎月刊》1929年5月15日创刊号。
⑤ 鲁迅:《徐懋庸作〈打杂集〉序》,载《鲁迅全集》(第6卷),人民文学出版社1981年版,第292页。
⑥ 鲁迅:《小品文的危机》,载《鲁迅全集》(第4卷),人民文学出版社1981年版,第576—577页。

其冲的就是以蒋介石为首的国民党政府。1927年蒋介石在经过前期的反赤宣传后蓄意策划了一系列反共活动。3月17日，他命令一些暴徒袭击九江市党部、总工会，极力煽动反共情绪和破坏国共合作，制造了九江"三一七"惨案。时任北伐军总政治部副主任的郭沫若在看透了蒋介石的反动面目之后，毅然脱离北伐军，由安庆乘船来到武昌。3月31日，为了揭露蒋介石的刽子手本质，他奋笔疾书写就了那篇著名的讨蒋檄文《请看今日之蒋介石》，该文在武昌《中央日报》上得以发表，作者开篇即说："蒋介石已经不是我们国民革命军的总司令，蒋介石是流氓地痞、土豪劣绅、贪官污吏、卖国军阀、所有一切反动派——反革命势力的中心力量了。"① 文章不仅批判了蒋介石的反革命罪行，还号召有革命性、有良心、忠于国家、忠于民众的人起来反蒋。不久，上海发生了"四一二"反革命政变，广州发生了"四一五"反革命大屠杀，蒋介石大肆捕杀共产党员和工人积极分子，其反动面目彻底暴露无遗。1928年鲁迅出版了《而已集》，该文集真实反映了进步文艺界对于这场政变和屠杀的看法。鲁迅曾经因为段祺瑞执政府大肆屠杀请愿民众而把1926年3月18日视为"民国以来最黑暗的一天"②，但令他想不到的是，蒋介石统治下的国民党政府制造了更多更黑暗的日子，以至于他被吓得瞠目结舌、"逃之夭夭"。他在《三闲集》的"序言"中直言不讳地说："我是在二七年被血吓得目瞪口呆，离开广东的，那些吞吞吐吐，没有胆子直说的话，都载在《而已集》

---

① 郭沫若：《请看今日之蒋介石》，载《郭沫若选集》（第二卷），四川人民出版社1982年第二版，第3页。

② 鲁迅：《无花的蔷薇之二》，载《鲁迅全集》（第3卷），人民文学出版社1981年版，第264页。

里。"① 国民党的政治屠杀令鲁迅感到"恐怖",而青年之间的相互杀戮则令他倍感绝望:"我的一种妄想破灭了。我至今为止,时时有一种乐观,以为压迫,杀戮青年的,大概是老人。这种老人渐渐死去,中国总可比较地有生气。现在我知道不然了,杀戮青年的,似乎倒大概是青年,而且对于别个的不能再造的生命和青春,更无顾惜。"② 青年间的杀戮是一种社会"退化"现象。从政治视角来看,中国政坛日趋"复古"——走向个人集权之路,而主张政治革新和信奉共产主义的青年被不断残杀。从社会视角来看,反革命政变和大屠杀使得社会笼罩着浓郁的阴惨气息,青年也不再像"五四"和"五卅"时期那样充满朝气和进取精神,而是充满了逞强斗狠的戾气,就像郭沫若所鼓动文艺界应该产生暴徒时所说的那样——"不仅齿还齿,目还目,我们还要一齿还十齿,一目还十目"③。由郭沫若的态度可以知悉何以后期创造社在批判鲁迅时如此暴戾,以至鲁迅一旦回击,他们就迅速把鲁迅从思想界的权威打成了"双重反革命"、"法西斯蒂"、"手淫文学家"、"小菩萨"、"唐鲁迅"、醉眼陶然的"老头子"、"绊脚石",也就可以知悉他们对鲁迅从思想到牙齿一处都不放过的全方位批判是如何发生的了。

在这一时期的进步作者们看来,国民革命已经进入一个新的阶段,社会矛盾日益尖锐,所以进步文艺界的任务重点不再是启蒙,而是要对种种恶势力进行批判。问题是,强权之下岂容随意批判和自由言说,任何激烈一点的言行都有"过激"、"赤化"和"亲共派"的嫌疑,即使是带着书籍也会给人招来致命危险,

---

① 鲁迅:《三闲集·序言》,载《鲁迅全集》(第4卷),人民文学出版社1981年版,第4页。
② 鲁迅:《答有恒先生》,载《鲁迅全集》(第3卷),人民文学出版社1981年版,第453页。
③ 麦克昂:《英雄树》,《创造月刊》,1928年1月1日,第1卷第8期。

因为它们一不小心就会被指认为"危险文件"而尝"铁窗斧钺风味"之险,即使官方做错了,受害者也无处申辩,"总之是你错的:因为我说你错!"① 更可怕的是,思想稍微进步一些,就会被官方所嫌恶,就会获得"可恶罪":"譬如,有人觉得一个人可恶,要给他吃点苦罢,就有这样的法子。倘在广州而又是'清党'之前,则可以暗暗地宣传他是无政府主义者。那么,共产青年自然会说他'反革命',有罪。若在'清党'之后呢,要说他是 CP 或 CY,没有证据,则可以指为'亲共派'。那么,清党委员会自然会说他'反革命',有罪。再不得已,则只好寻些别的事由,诉诸法律了。但这比较地麻烦。"② 因此鲁迅预言道:"恐怕有一天总要不准穿破布衫,否则便是共产党。"③ 由于害怕因言获罪,所以很多社团和刊物都曾或明或暗地表示"不谈政治",这在自由主义知识分子阵营中尤为常见。或者说,在这一时期的进步作者们看来,政治已不可为。有署名为"前人"者在汉城作《颠倒梦想》一文时悲凉地写道:"坐在这与中国国度差不多的地方,回头看到中国的情形,眼见的许多枯骨互相打跌,怎教人能不凄惶!我这青天白日里见鬼,请恕我,我是颠倒在梦想中!"④ 这就形象地反映出了一代青年政治理想破灭后的悲凉心境。

值得敬佩的是,近现代以来富含良知的知识分子都具有浓重的政治情怀,他们无意于回避自身的社会责任、历史任务和政治

---

① 鲁迅:《略谈香港》,载《鲁迅全集》(第 3 卷),人民文学出版社 1981 年版,第 428 页。
② 鲁迅:《可恶罪》,载《鲁迅全集》(第 3 卷),人民文学出版社 1981 年版,第 494 页。
③ 鲁迅:《小杂感》,载《鲁迅全集》(第 3 卷),人民文学出版社 1981 年版,第 532 页。
④ 前人:《颠倒梦想——梦之十三》,《语丝》周刊 1927 年 8 月 6 日第 143 期。

理想。军阀混战时期,各实力派军阀虽然对知识分子的批评如芒在背,恨不得个个杀之而后快,但由于割据的客观情状,他们无法控制全国的局面,也无法屏蔽军事势力范围之外的舆论大潮,所以知识界的言论自由度反而高一些。等到了国民党清党以后,党部成立,控制言论的手段、方法和机构越来越多,"言论便渐渐不如军阀时代自由"①,乃至与国民党关系密切的新月派也明显感到了这一点。1929年,胡适在《我们要我们的自由》一文中批评国民党道:"近两年来,国人都感觉舆论的不自由。在'训政'的旗帜之下,在'维持共信'的口号之下,一切言论自由和出版自由都得受种种的箝制。异己便是反动,批评便是反革命。"② 好在国民党不是一个具有严密组织和高度内聚力的政党,其"党力"相对于中国的国家规模而言并不强大,且国民党的三民主义意识形态并未获得知识分子和民众的普遍拥护,其对知识分子和报刊言论的控制力也较弱③,所以才有了后来《现代评论》《新月》《独立评论》《观察》等诸多论政刊物和左翼文艺刊物的生存空间。

在这种政治和文化背景下,对于文学本身价值仍然给予厚望和对于现实充满愤恨怨怼的进步作者们,除了詈骂和批判,该怎样宣泄内心沉潜的激愤之情?恐怕就只能靠讥嘲和讽刺了。是故,嘲讽性的杂文随处可见,作者们的言论有时甚至显得信马由缰。失神子在1927年末作《这也是文化的输入么》和《吃什么人家的饭,朝什么人家的天》,前者讽刺留学美英法的自由知识

---

① 胡政之:《中国为什么没有舆论》,载王瑾等编:《胡政之文集》(下),天津人民出版社2007年版,第1046—1047页。
② 胡适:《我们要我们的自由》,载耿云志主编:《胡适遗稿及秘藏书信》(第12册)(影印本),黄山书社1994年版,第26—27页。
③ 郭绍敏:《从"不谈政治"到"努力论政":中国近代自由派的困境——读沈毅〈论政与启蒙:近代同人报刊研究〉》,《社会科学论坛》2012年第1期。

分子回国后表面上在做着"为党努力"的工作,但并未带回什么先进的西洋文化,只是使得上海的跳舞场日益发达和迅速发展起来①;后者暗讽中国"无政府主义团体的老祖宗"——吴稚晖投降国民党右派后妄图做"君子之道的春梦"②的可笑之至。作者讥嘲的对象非常有针对性,但这类杂文的讽刺力度和广度是有限的,因此有读者在给《文化批判》的编者写信时直言希望创造社能够"肃清"社会上的"废物",他列举的理由是:

> 我以为现在的社会,全是个欺诈伪善的社会。资本家以工人为他们的奴隶,吸取工人的汗血;武人政客(占)据地皮,压迫民众,无用说了。就是所谓文人,所谓革新的思想家,他们尽管连篇累牍,摇首摆尾,说得像煞有介事。然一考他们说话的内容,无非谄媚金钱,歌颂势力;或则私人与私人互斗法宝,卖弄文墨。像在灵霄殿上,太虚境中,显显手势,博取尊荣,维持地位罢了。他们是旧道德的歌颂家,是恶制度的崇拜者。他们偶然喊一声半句低层社会痛苦的呼声,都不过在"柴积上日黄中"说他们的闲话。理论自理论,实践自实践,全不相关。他们笑里带金,呐喊中有势力。所以我说这个社会是欺诈的,是伪善的。我以为无论他是文人,无论他是革新的思想家,都应一概把他们"打发出去"。我以为目下确须"握住笔,以便他们提笔时我们便动笔!装好枪,以便他们提枪时我们便开枪!"先把那些乌烟瘴气的它们,肃清干净。③

---

① 失神子:《这也是文化的输入么》,《文化批判》1928年1月15日第一期。
② 失神子:《吃什么人家的饭,朝什么人家的天》,《文化批判》1928年1月15日第一期。
③ 吴耀南:《多些肃清废物》,《文化批判》约1928年5月第5号。

第五章　批判、讥嘲与揭露:1927—1930年间革命作家的杂文创作

以上三文均发表在创造社影响极大的刊物《文化批判》之上。《文化批判》于1928年1月在上海创刊,约1928年5月终刊,历时仅4个月,共出版5期。这个刊物活动的时间并不长,但它鲜明地体现了创造社的政治视域和文化立场,而它的创办首先是以批判哲学、政治、社会、经济、艺术等领域的实际问题为宗旨的①,正如成仿吾为《文化批判》作"祝词"所强调的那样:"政治,经济,社会,哲学,科学,文艺及其余个个的分野皆将从'文化批判'明了自己的意义,获得自己的方略。'文化批判'将贡献全部的革命的理论,将给与革命的全战线以朗朗的光火。"②《文化批判》刊载了一些社会科学方面尤其是关涉马克思主义理论的绍介文字,刊发了一些论争文章,也刊登了一些讥讽、批判鲁迅等进步作家的杂文。与《文化批判》相比,后期创造社刊物《流沙》《畸形》《思想》《日出》《文艺生活》《新兴文化》《新思潮》和太阳社刊物《太阳月刊》《时代文艺》《海风周报》《新流月报》《拓荒者》上所刊登的为数不多的杂文的风格几乎如出一辙。

相比于创造社、太阳社等革命文艺团体的刊物,语丝社的《语丝》周刊先后开设了"闲话拾遗"和"随感录"两个杂文专栏,所发表的杂文数量非常多,所涉猎的范围非常广,所展现的内涵也极为丰厚。

在"闲话拾遗"专栏中,1927年的进步作者们对军阀割据时代的诸多假恶丑现象进行了嘲讽和批判。梁遇春的《论麻雀及扑克》(第121期)讥讽中国人好赌而又冠之以"礼"的虚伪性,因为如此不过是为了掩护自己心中爱财贪色的毛病而已。岂

---

① 《〈创造月刊〉的姊妹杂志〈文化批判〉月刊出版预告》,《创造月刊》1928年1月1日第1卷第8期。

② 成仿吾:《祝词》,《文化批判》1928年1月15日第1期。

明的《"半春"》(第121期)批评国人缺乏理性和情趣,在关涉到两性问题时尤为糟糕,读书人讲道学的结果是往往把自己变成色情狂,且无法将艺术上的裸体画和春画区分开来。无抗在《我偏好看空白》(第122期)中说自己偏好看报纸上的空白,因为它们"既可省去记者先生们处在权威之下言多不及之嫌,又可省却阅者的目力,不用说印刷工人也省了许多事",这就反讽了军阀删改报纸的愚蠢和粗蛮。罗汝兰的《读顺天时报》(第122期)和岂明的《擦背与贞操》(第133期),前者批判了日本帝国主义利用《顺天时报》对中国进行文化侵略的恶劣手段,揭露了其"共存共荣"口号的欺骗性;后者批判了《顺天时报》的恶言恶行,认为它是"世上绝无仅有的国际黄色新闻",专以侮辱中国、奴化中国人为能事,可谓荒谬狂妄之极,更可气的是,京兆人居然争先阅读,这实在令人倍感耻辱。山叔的《宣传与广告》(第123期)讽刺南方和北方的宣传与商人的广告一样名实不符。岂明的《天安门》和《和平门》(第123期),前者影射了军阀政府的专制统治,因为即使是希望强盗减少、马路修平、卫生设备改善、史迹保存等合理要求也会被视为有"赤化思想"的端倪;后者讥嘲了和平门建成背后中国历年战乱的不和平现象。岂明的《灭赤救国》(第124期)批判了北京所谓国家主义团体的言行,他们提倡"灭赤救国"和开展"护旗运动"只是进一步明确了他们作为专制政府爪牙和奴才的身份。天行的《猫捕鼠喻》(第125期)嘲笑了胡适提倡整理国故的新方法这种逆时代潮流而动的做法和主张。山叔的《命运》(第126期)将国民党的内讧与太平天国的内讧相提并论,认为这是其不可避免的命运。仍生的《改门名》(第130期)讥嘲了北平统治者为避"中正"之讳改"和平门"为"兴华门"的荒谬做法,他们不思仁政爱民、富国强兵,却迷信城门命名好坏与王朝兴衰直接相关,实在是可笑之极。岂明的《日本人的好意》(第

131期）和《排日平议》（第139期），前者揭露了日本帝国主义者利用李大钊之死"教诲"中国人"苟全性命"、实行奴化宣传的阴谋，他们的宣传队利用新闻或学校，阳托圣道之名，阴行奴化之实，目的是希望中国人早日养成上等奴才、高级顺民以供其驱使；后者明确指出中国的智识阶级应该竭力养成国民对于日本的不信任感，使大家知道日本的有产阶级、军人、实业家、政治家、新闻家、浪人、支那通和某些教育家都是帝国主义者，他们以侵略中国为"职志"，更要使大家明白日本才是中国最危险的敌人。少珊的《"嫁亦恒情"》（第134期）揭穿了道学家在寡妇出嫁问题上的虚伪面孔，他们先讲"饿死事小，失节事大"，后谈"守固佳，嫁亦恒情"，而女子贞节在他们心目中实际上就值几头猪的价钱。岂明的《猫脚爪》（第137期）和《偶感之三》（第140期），前者讥讽了吴稚晖"清党"倡议和章士钊"老虎主义"的沆瀣一气；后者写进步青年由于"左派"罪名或因被冠以"共党"之名所屠杀，这就揭露了"清党运动"的残酷和血腥。农人的《乡谈》（第140期）证实乡人的见闻、思想依然非常狭隘和陈旧，他们不知道"五卅"运动和"三一八"惨案，只晓得拿过去的事来慰解现时的苦闷，并将过去、现在和未来的苦恼统统归结为"命运"。斯文生的《整顿学风令汇编》（第142期）将"三一八"时代军阀和章士钊整顿学风的文件名称汇集列出，进而令读者明悉了民国教育史上极为黑暗的一面。长风的《怎样"做"？》（第143期）揭露了国民党"肃清"赤化分子的"做"法无外乎就是各种酷刑加屠杀。冰川的《有识者与狂徒》（第144期）痛斥《顺天时报》悼念黎元洪的秘书长饶汉祥之死是"杞天之忧"，其越俎代庖的行径令人感到愤怒。祖正的《教育漫语》（第145期）批评了当时教育机构的不作为和社会视教育为"慈善事业"等观念的错误。梁遇春的《"还我头来"及其他》（第146期）嘲讽了社会上一些人热衷于制造惊人口号而无益于解决实际问题的做法。同伯的《好南开校长》（第147期）抨击了南开学校张校长滥用职权的行为，他居然把男女恋爱视为"赤化"行为，并以此为由开除进步学生。文藻的《尚可再进一步》（第148期）讽刺了当时北京教育部整顿学风的愚蠢思维，他们认为学生不应该关心日本帝国主义侵略满蒙等国家大事，因为学生的唯一天职是一心只读圣贤书。岂明的《南北之礼教运动》（第151期）讽刺了南北政府提倡礼教运动的逆时代行为。鲁迅的《谈"激烈"》（第152期）和《扣丝杂感》（第154期），前者揭露了香港思想统制的严苛性和国民党在广州屠杀进步青年的罪行；后者批判了国民党清剿、扣押进步刊物的恶行。这些作者的文风是如此犀利和激烈，也就难怪《语丝》周刊会在1927年10月遭北洋军阀查禁而停刊了。从这一年的《语丝》杂文来看，作者们讽刺各种黑暗现象可谓锋芒毕露、力透纸背，他们的杂文风格已经日益成熟，而其中内蕴的爱国情怀、民主意识和进步思想更是构成了20世纪20年代中国进步知识分子的精神风骨。

1927年12月《语丝》周刊自第4卷起在上海复刊，由鲁迅主编，北新书局发行。自此以后，《语丝》的"随感录"专栏就深深地打上了鲁迅的烙印，从而使得1927—1930年间的杂文显得日益老辣、尖锐和犀利，而其讽刺笔法的运用和批判的锋芒也达到了20世纪20年代杂文的极致。《吊与贺》（第4卷第3期）暗讽守旧派给《语丝》《狂飙》吊丧不过是向"武人"献媚邀宠，他们为此当稳了奴才，所以作者向这类人道贺，这"贺"无疑要比"吊"更具辛辣的讽刺意味。《文学和出汗》（第4卷第5期）驳斥了梁实秋"文学当描写永久不变的人性"观点的不合理之处。《文艺和革命》（第4卷第7期）质疑了文艺是革命先驱的说法。《文艺与革命》（第4卷第16期）告诫革命文学家应当更加注重内容的充实和技巧的上达，而不要忙于挂招牌。

第五章　批判、讥嘲与揭露：1927—1930 年间革命作家的杂文创作　　69

《扁》和《头》（第 4 卷第 17 期），前者批评了文艺界尽先输入名词而不介绍含义的荒唐做法；后者暗讽了梁实秋"借头示众"、笔伐卢梭背后为虎作伥的行为。《太平歌诀》和《铲共大观》（第 4 卷第 18 期），前者批评了一些革命文学家不敢正视社会现象的心理，也揭示了市民"小巧的机灵"背后麻木心理的厚重和可怕；后者冷嘲了屠杀共产党者的冷酷无情和民众的愚昧无知。《我的态度气量和年纪》（第 4 卷第 19 期）反驳了创造社对于其态度、气量和年纪的批评，其实把本来很正常的文学论争变成"态度战"、"量气战"、"年龄战"的是创造社而不是他鲁迅。《关于〈关于红笑〉》（第 5 卷第 8 期）揭露了鹤西抄袭梅川译稿反而诬陷后者抄袭的恶劣行为。客观地说，鲁迅在《语丝》上发表的杂文并不多，但它们有效地震慑了黑暗势力的反动行为，消解了集权统治的威权色彩，质疑了一些文人的不合理观点，也深刻批判了一些国民劣根性和人性的"痼疾"。

鲁迅之外，《语丝》"随感录"专栏还刊发了许多其他进步作家的杂文，它们使得 1927—1930 年间的杂文愈加丰实和浑厚，在讽刺批判的同时，也顺带着揭露了文艺界、社会各界尤其是政界的诸多"黑幕"。

（一）政界方面。岂明的《发之一考察》（第 4 卷第 6 期）和《爱的艺术之不良》（第 4 卷第 16 期），前者揭示出热心维持礼教的政府与社会干涉女子剪发其实是一种原始蛮性的遗留，是独断高压政治的一种体现，是伪道学者干涉女子自由的重要手段，也是伪道学者色情动机和心理的一种折射；后者就蔼里斯《爱的艺术》一书被查禁一事讽刺了审查机构的强权逻辑。独夫的《吃人》（第 4 卷第 46 期）批判了屠杀者虐杀所谓土匪的恐怖手段，而现代人喜欢听闻或观看这种虐杀的行为其实是一种变态的"吃人"心理反应。兮的《又是关于男女理发》（第 5 卷第 37 期）通过沈阳某报记载的省市教育厅和大学禁止男生剃光头以及女生剪短发之事，认为这无疑是一种屠夫的专制行为和极其落伍的思想，进而批判了统治者以"乱党"之名肆意屠杀民众的屠夫行径。木天的《新的启示》（第5卷第41期）揭示了国民党政府在广州查禁电影《浮士德》的理由——"该片带有宣传宗教色彩"——的荒谬和恶辣。鲁报应的《亚细亚珠》（第5卷第49期）批判了帝国主义列强劫掠中国财物又转卖给中国人的强盗行径。杨藻章的《上京求名》（第5卷第50期）讽刺了所谓革命青年男女挤进南京求荣华富贵的行为无疑于土谷祠里阿Q所做的"白日梦"，这也从侧面揭露了国民党政界裙带关系盛行等腐败现象。

（二）文艺界方面，郁达夫的《文人手淫（戏效某郎体）》（第4卷第18期）暗讽了以梁实秋为代表的英美派知识分子自我感觉良好的导师心态。鱼常的《三寸金莲与白璧德的高足》（第4卷第19期），讥讽那些臣服于古典传统或西方"三一律"之类的作品就是文艺上的"三寸金莲"，而那些迷恋白璧德或《品花宝鉴》之类者不过是逐臭之徒、嗜痂之辈。少仙的《一个读者对于无产文学家的要求》（第4卷第23期）希望文坛实现真正的进化，希望那些批判鲁迅的无产文学家能够创造出比"过了时"的《呐喊》《彷徨》更好的作品来。青见的《"阿Q时代没有死"》（第4卷第24期）反驳了钱杏邨"阿Q时代早已死去了"的说法，认为阿Q还有代表一大部分农民的资格。若狂的《新旧同志》（第4卷第42期）质疑了胡适提倡纠正青年思想谬误的主张。侍桁的《连上帝都不能懂》（第4卷第47期）批评中国新诗坛一些诗人写的诗太过朦胧，"就连上帝都不能懂"。疑今的《关于文艺作品的派》（第4卷第50期）由一些"革命文学家"对茅盾《从牯岭到东京》的批判谈起，认为作品只要是有价值的，从属于何派别并不重要。冰禅的《老大家的"炮声"》（第5卷第37期）指出了陈勺水翻译日文时将《静

第五章　批判、讥嘲与揭露：1927—1930年间革命作家的杂文创作

静的顿河》译为《静寂的炮声》等错误。

（三）社会各界方面，君望的《花盆捧到办公室来了》（第4卷第19期）认为国民革命以来妇女地位似乎解放些了，但不外乎是一种装饰品，因此几年来的妇女解放运动只是把这种装饰地位提高了一些，使妇女由深闺里的被玩赏者变成了办公室里的点缀和解闷者而已。流浪者的《"吃教"与"吃党"》（第4卷第23期）消解了入教者和入党者的神圣目的，其实这不过是一种吃饭的途径而已。WUB的《国杀》（第4卷第29期）讽刺了那些伪国粹者的可笑，他们把打麻将称作"国赌"，将杀头称作"国杀"，并认定西方的发明都是抄袭自中国的"国粹"，实在是恬不知耻。日新的《国技》（第5卷第7期）讥嘲了社会上一些夸大武术功用的做法，这种所谓的"国术"是不能挽救民族颓运和打倒帝国主义的。镜蓉的《中国人底信用》和《可怜的扒手》（第5卷第10期），前者批评了印书馆不讲信用、随意拖延雇主的行为，后者从人道主义角度呼吁社会宽恕乞丐因饥寒所起的偷盗行为。施笔斧的《新刑律》（第5卷第11期）批判了一位福建人所发明的利用树枝捆绑人腿后的分离力量来分尸的酷刑的残忍和恶毒。曾今可的《三等车中的西装先生和中山装同志》（第5卷第45期）嘲讽了三等车中的"西装先生"和"中山装同志"欺软怕硬的丑态。这些杂文大部分是依据报纸新闻、社会见闻和文坛情状有感而发，作者们从某一角度随意点染开来，嬉笑怒骂皆成文章，而混乱的社会历史文化转型期，也似乎给他们提供了无尽的讽刺材料。

中国文化传统中始终存在着政治理想受挫后寻找"世外桃源"隐逸的理路，但是1927—1930年间的进步作者们没有这样的想法和寻求这种退路的诉求。这不是因为他们找不到，而是他们在乱世中看到了未来的希望。这种希望不仅源于中国传统安身立命思想的推动和西方马列主义的引导，还在于他们意欲实现革

命梦想的强烈诉求和看到了人民群众的惊人力量。当然，1927年以来的政治纷争和反革命屠杀曾经令一些进步知识分子苦闷、彷徨、虚无和绝望，这些负面情绪影响了这一时期的文学风气，但这些革命知识分子的可贵之处在于，他们擦干血泪继续前行，他们有着知其不可而为之的宝贵精神，他们依然相信文学具有改造社会世俗人心的功效，而这种精神和态度一旦注入到他们的创作中去，就使得他们的杂文充满了敏锐的视角、感愤的激情和正义的力量。

下编　1930—1937年的左翼文学

第一章 "左联"的运作与文学的组织化

中国左翼作家联盟（"左联"）是中国现代文学发展过程中产生的一个半政治化的文学组织。"左联"的成立是中国左翼文学发展史上最重大的事件之一，它标志着中国共产党加强了对革命文艺的引导、组织和领导，也意味着进步文艺界在"五四"以后第一次实现了真正意义上的大团结和精诚合作，更意味着中国无产阶级革命文艺步入了一个新的发展阶段。1930 年 3 月 2 日下午二时，"左联"成立大会在上海窦乐安路中华艺术大学的教室举行。参会人员大多是原创造社、太阳社、我们社、引擎社、艺术剧社、时代美术社等社团的成员。大会推定鲁迅、沈端先、钱杏邨三人组成主席团，选举沈端先、冯乃超、钱杏邨、鲁迅、田汉、郑伯奇、洪灵菲为常务委员，周全平、蒋光慈为候补委员。大会通过了十七项提案，作出了一些影响深远的决定：与各革命团体和国际革命文艺组织发生关系；组织马克思主义文艺理论研究会和文艺大众化研究会等；创办左翼文艺杂志，参加工农革命实际活动。"左联"纲领则明确了无产阶级革命文艺的性质、任务和对作家的要求。"左联"存在了六年，在建设无产阶级革命文学和反抗国民党文化围剿的斗争中建立了"不可磨灭的历史功绩"[①]。"左联"不同于以往的任何一种社团与组织，它

[①] 马良春、张大明编：《三十年代左翼文艺资料选编》，四川人民出版社 1980 年版，第 40—41 页。

将在中国左翼文学发展史上画出一条显豁的分界线，它开启了政党组织大规模文学活动的发端，此后才有了国民党组织的民族主义文艺运动和三民主义文艺运动。1936年春，"左联"中的党的负责人周扬等面对"华北事变"以后的抗日大局，出于抗日救亡和联合战线的需要，加之1935年12月5日曾接到"左联"驻莫斯科革命作家联盟代表萧三根据王明指令给"左联"写的关于解散"左联"、另组新团体的信，遂决定解散"左联"。"左联"尽管解散了，但其各部分的基层组织在1937年《文学》月刊停刊乃至1938年中华全国文艺界抗敌协会（"文协"）成立之前，仍然发挥着不可忽视的组织作用。

"五四"以后，献身于新文艺运动的进步作者们曾经希望通过文学启蒙加快实现民族国家独立和强大之梦，但文艺界的内讧、内耗和意气之争削弱了这种启蒙的功效。此外，"五四"新文学所倡导的个性主义、自我意识已经不适合新的社会和时代要求，文学的社会性、阶级性、组织性、集体性、斗争性和意识形态性已然成为左翼文艺界普遍认可的"共识"。所以蒋光慈曾言之凿凿地告诉读者："我们的社会生活之中心，渐由个人主义趋向到集体主义。……今后的出路只有向着有组织的集体主义走去。现代革命的倾向，就是要打破以个人主义为中心的社会制度，而创造一个比较光明的，平等的，以集体为中心的社会制度。革命的倾向是如此，同时在思想界方面，个人主义的理论也就很显然地消沉了。"① 如是观之，进步作者们有理由为"左联"的成立感到精神振奋和情绪激昂。潘汉年在随后的"三一八"纪念日清晨著文阐析"左联"这一集团组织成立的意义时说："1. 这联盟的结合，显示它将目的意识的有计划去领导发展中国的无产阶级文学运动；2, 加紧思想的斗争，透过文学的艺术，

---

① 蒋光慈：《关于革命文学》，《太阳月刊》1928年2月1日2月号。

实行宣传与鼓励而争取广大的群众走向无产阶级斗争的营垒。"此外,他还明确了"左联"四项"应有的任务":"正确的马克思主义文学理论的宣传与斗争";"确立中国无产阶级的文学运动理论的指导";"发展大众化的理论与实际";"自我批判的必要"①。这几乎可以说是豪情满怀了,仿佛左翼文艺界在"左联"的组织和领导下真的可以清算过去的小集团主义、消除内部的对立意识、实现左翼作家间的团结合作、完成破坏旧社会及其思想文化的任务和促进新的理想社会的产生。显然,左翼文艺界对"左联"的期待有过于理想化的成分,但今天看来他们的激情实属难能可贵。

在当时的进步文艺界看来,"左联"的成立值得祝贺,其意义值得肯定,其效用值得期待,但左翼作家们很快就会发现:他们的文学战线尚未铺展开来,就遭到了国民党的文艺统制,"左联"的成立和运作只会招致更加无情的镇压。国民党对左翼文学的围剿早在"左联"成立之前就已经开始。如果说1928年以前国民党尚疲于自身政权和统治的合法性问题,所以还没有严格控制和压制思想文化领域的精力,那么当国民党南京政府逐渐稳固之后,就很自然地把对意识形态领域的干预和控制当成了一项重要任务。1929年国民党中执委决议通过《宣传品审查条例》,拟查办"宣传共产主义及阶级斗争者",随后国民党中宣部及各地党部宣传部开始依照该条例大肆审查,结果左翼文学很快就开始步入一个极为艰难的生存时期。国民党对左翼文艺运动的压制主要是从政治和文艺两个层面展开的。政治上就是查禁,1929年创造社、太阳社、我们社、引擎社等社团的刊物几乎全部被查禁,这些社团则纷纷被查封或究办,而生存艰难也是这些昔日小

---

① 潘汉年:《左翼作家联盟的意义及其任务》,《拓荒者》1930年3月10日第1卷第3期。

集团成员要联合起来成立"左联"的重要原因之一。"左联"成立对于国民党文化宣传人员的震动很大,他们意识到仅靠消极的取缔是不行的,压制、消灭或曰"打倒"左翼文学(普罗文学)的"出路"是"创造三民主义的文学"①,为此上海《民国日报》副刊《觉悟》大肆鼓吹和刊载所谓的三民主义文学作品,同时刊登相关批评文章来攻击、谩骂、诋毁"普罗文学"。具有讽刺意味的是,三民主义文学尽管有国民党的政治庇护、经济支持和媒体护航,但并未产生什么令读者认同和国民党中宣部满意的作品来,而理论攻击反而暴露出了他们的"无能和浅薄"②。尽管如此,政治上的压迫对于"左联"组织的文学运动和办刊活动的破坏性还是极大的。为了彻底绞杀左翼文学运动,1930年10月国民党政府又颁布施行《出版法》并附《出版法施行细则》,其中规定出版品不得有"意图破坏中国国民党或破坏三民主义"、"意图颠覆国民政府或损害中华民国利益"等内容,如有违背,不但当局可以禁止这类出版品的出售、散布或实施扣押,甚至还可以对发行人、编辑人、著作人及印刷发行人进行罚金、拘役和判刑。根据这些法令、法规,国民党中宣部在1929—1931年间至少查禁了左翼文学书刊40种。③ 所以左翼文艺刊物的存活时间往往极为短暂,很多刊物甚至仅办一期就被查禁,由此亦可见国民党政治独裁和文艺专制的严酷程度。

回想中华民国成立之时,孙中山曾在《临时大总统宣言书》中兴奋地说:"夫中国专制政治之毒,至二百余年来而滋甚,一旦以国民之力踣而去之,起事不过数旬,光复已十余行省,自有

---

① 管洁:《解放中国文坛》,上海《民国日报·觉悟》1930年5月14日第三张第三版。

② 倪伟:《"民族"想象与国家统制——1928年—1948年南京政府的文艺政策及文学运动》,上海教育出版社2003年版,第13页。

③ 姚辛:《左联史》,光明日报出版社2006年版,第86—87页。

历史以来，成功未有如是之速也。"① 孙中山一生努力革命为的就是消灭满清和封建旧军阀的专制统治，他建立中华民国并相信国民党终将实现民主政治，但他万万没有想到的是，他的继任者蒋介石之流会如此"独裁专制"，以至于防民之口甚于防川。1931 年"九一八"事变之后，在共产党和民国新军阀之外，蒋介石政权的合法性遭到了日本帝国主义及其傀儡的持续挑战，加之国际金融危机的影响，就此中国进入了新一轮政权不稳和社会动荡的历史时期。"乱世"情态尤其是"左联"的组织活动令南京国民政府气急败坏，国民党的文化围剿也变得更加疯狂，这种情形正像学者所说的那样："发出公函、密函、禁令、密电查禁左翼书刊；派遣军警特务查抄书店，没收进步出版物；组织图书杂志审查机构，勒令各书店出书前必须送审原稿，妄图将左翼文学扼杀在摇篮里……在此同时，御用造谣杂志花样翻新，谣言、诬蔑的狂澜冲击左翼文化的中流砥柱——左联，盟主鲁迅首先遭殃；文学英才再次一批批被逮捕、被屠杀，白色恐怖愈演愈烈，左翼文艺运动再度面临严峻的考验。"② 从 1930 年 3 月"左联"成立到 1937 年卢沟桥事变发生，据不完整的资料显示，先后有 40 种"左联"、"文总"、"社联"、"剧联"及各路进步刊物被禁；图书方面则至少查禁了 54 位作家的 241 种③。然而，国民党法西斯式的专制统治和毒烈的军事独裁非但没有吓倒左翼作家，反而激发了他们的斗志，使得左翼文学运动在国内铺展开来，并使得左翼文学思潮成为 20 世纪 30 年代影响最大和实力最为雄厚的文学思潮，这不能不归功于"左联"的组织、领导和

---

① 孙中山：《临时大总统宣言书》，载《孙中山全集》（第 2 卷），中华书局 1982 年版，第 1 页。
② 姚辛：《左联史》，光明日报出版社 2006 年版，第 186 页。
③ 同上书，第 217 页。

绸缪。当然，中国左翼知识分子在这一过程中也承受了极大的痛苦，这种痛苦也许比全世界其他各地左翼作家们所遭受的痛苦都要厚重。是故，阅读1930—1937年间的左翼文学作品，读者总是能从他们的作品和理论中感受到那种激愤之情和昂扬之志的纠葛缠绕。这也是此一时期左翼文学的重要现象和独特气韵。

悲愤之感和躁郁之气笼罩着20世纪30年代的左翼文学，进步文艺界很难想到在中华民国的旗号下会产生这么多针对左翼知识分子的迫害。1930—1937年间被逮捕入狱的左翼作家有：丁玲、潘梓年、冯润璋、刘尊棋、王任叔、彭家煌、孟超、穆木天、周永言、赵雯玉、王玉堂、艾芜、金丁、韩白罗、徐世纶、罗震寰、楼适夷、尹庚、张秀中、高敏夫、李之琏、孙席珍、田汉、阳翰笙、朱镜我、彭柏山等。更令人悲愤的是无情的杀戮：1930年10月左翼戏剧家联盟成员、演员宗晖被国民党杀害，1931年2月7日左翼作家胡也频、柔石、殷夫、冯铿、李伟森在上海龙华被国民党淞沪警备司令部秘密枪杀，1931年8月8日左翼诗人冯宪章在狱中被国民党折磨至死，1932年7月"保定左联"盟员王慕桓、刘光宗、杨鹤声、张树森、赵克咏、边隆基在护校斗争中被国民党武装军警杀害，1933年5月14日左翼作家、诗人应修人在上海昆山花园路丁玲寓所与国民党特务搏斗时不幸坠楼牺牲，1933年6月18日中国民权保障同盟执行委员杨杏佛在光天化日之下被国民党蓝衣社特务暗杀，1934年中秋前后左联常务委员、左翼作家洪灵菲被国民党枪杀于南京雨花台，1934年12月"左联"北方部发起人之一、诗人潘谟华在天津狱中被国民党摧残并在绝食斗争中牺牲，1935年6月8日中共和左翼文化运动的重要领导人瞿秋白被国民党在福建长汀杀害……噩耗不断传来，这些英烈的死难令"左联"盟友们悲愤交加。国民党将自己崇尚的杀戮手段用来对付左翼作家，这也使得左翼文艺界纪念"战死者"的悼文、悼诗中充溢着丰富的痛苦、恨意、愤怒和骂语。

在这种乱世和独裁的阴影下,左翼作家们的悲痛和愤慨亦如滔滔江水毫无遮拦地倾泻在他们的诗文中。"左联"在控诉国民党屠杀大批革命作家的"宣言"中说:"这样严酷的摧残文化,这样恶毒的屠杀革命的文化运动者,不特现在世界各国所未有,亦是在旧军阀吴佩孚、孙传芳等的支配时代所不敢为。但国民党为图谋巩固其统治计,而竟敢于如此的施其凶暴无比的白色恐怖,而竟造成这种罕见的黑暗时代。"① 鲁迅在悼念柔石的《惯于长夜过春时》一诗中写道:"惯于长夜过春时,挈妇将雏鬓有丝。梦里依稀慈母泪,城头变幻大王旗。忍看朋辈成新鬼,怒向刀丛觅小诗。吟罢低眉无写处,月光如水照缁衣。"在悼念杨杏佛的《悼杨铨》一诗中写道:"岂有豪情似旧时,花开花落两由之。何期泪洒江南雨,又为斯民哭健儿。"在悼念丁玲的《悼丁君》一诗中写道:"如磐遥夜拥重楼,剪柳春风导九秋。湘瑟凝尘清怨绝,可怜无女耀高丘。"② 他还在《中国无产阶级革命文学和前驱的血》中写道:"我们现在以十分的哀悼和铭记,纪念我们的战死者,也就是要牢记中国无产阶级革命文学的历史的第一页,是同志的鲜血所记录,永远在显示敌人的卑劣的凶暴和启示我们的不断的斗争。"③ 郑振铎在《纪念几位今年逝去的友人》中写道:"现在是个大转变的时代,该产生出无数的意志坚定的

---

① 《中国左翼作家联盟为国民党屠杀大批革命作家宣言》,《前哨》1931年4月25日第1卷第1期。

② 丁玲被国民党逮捕后,谣言四起,从种种迹象上分析,鲁迅相信丁玲已经被杀害,所以1933年6月28日愤然写了这首旧体诗《悼丁君》。该诗发表在1933年9月30日出版的《涛声》周刊第2卷第38期上。1936年9月丁玲被中共党组织设法救出,秘密来到上海,11月丁玲离开西安后奔赴党中央所在地陕北保安。

③ 鲁迅:《中国无产阶级革命文学和前驱的血》,《前哨》1931年4月25日第1卷第1期。

战士,有为民众,为主义——不管他什么主义——而牺牲而努力。在过去的三五年间也真的产生了不少这样的无名的英雄们。这是我们这个古老的民族的一线新的生机。我们该爱护这新生的根芽,我们该培植这新生的德性。然而不然,最遭苦难的却正是他们!那不全是被'屠杀',——当然那是最重要的一个原因——也还有无数的别的不可说的法术儿,被用来销铄他们,毁亡他们。总之,要使意志坚定的最好的最有希望的青年们,在全国不见了踪迹。这是我们最可痛心的事。"① "左联"中人在《悼瞿秋白同志》中高呼:"打死枪杀瞿秋白同志的刽子手卖国贼蒋介石及其帮凶!打倒刽子手蒋贼的后台老板日本及其一切帝国主义!拥护秋白同志领导的CCP!拥护秋白同志所曾指导的中国文总!瞿秋白精神万岁!中华民族解放万岁!"② 这些悼念文章中的诸多口号也同样传递了左翼文艺界的凄怆、悲郁和激愤之感。这是对国民党屠杀罪行的控诉,也是对国民党文化政策的抗议,更是对国民党暴政的反抗。

对于站在"无产阶级革命"立场和推行马列主义学说的左翼作家而言,1930—1937年永远是一段值得回忆的斗争岁月。他们自比为中国思想文化界的"拓荒者"、"哨兵"、"海燕"和"夜莺",他们在文化阵线上担当普罗米修斯这样的盗火者、启蒙者和反抗者角色,他们有过自比高尔基、陀思妥耶夫斯基、萧伯纳、伊孛生(易卜生)、莱蒙托夫、契诃夫的文学气度。他们的文艺活动情形极似弹簧效应,国民党的查禁、镇压、屠杀越凶悍,他们的精神就越坚韧,他们的成长就越迅速,他们的信念就

---

① 郑振铎:《纪念几位今年逝去的友人》,载《郑振铎全集》(第2卷),花山文艺出版社1998年版,第515页。

② 转引自丁景唐《白色恐怖下的惊天呐喊——〈文艺群众〉首次发表纪念瞿秋白烈士的悼文及其他》,《常州工学院学报》2003年第5期。

越坚定，他们的态度就越激进，他们的斗争经验就越丰富。而对于群众力量认识的加深也使得他们的英雄情结越来越明晰，于是，"英雄传奇"成为这一时期左翼文学的重要主题。茅盾的《豹子头林冲》和《大泽乡》（均写于1930年），前者赞美了梁山英雄林冲的反抗精神和复仇意志，后者歌颂了陈胜、吴广觉醒了的阶级意识和勇于揭竿而起的反抗精神。胡也频的《光明在我们前面》（1930）成功塑造了刘希坚这一现代革命者形象，他在"五卅惨案"之后及时组织了一场轰轰烈烈的反帝爱国运动。魏金枝的《奶妈》（1930）写一个女共产党员把自己的孩子送到育婴堂，然后利用奶妈身份作掩护从事革命活动，最后她被逮捕牺牲，但她的革命精神和母爱情怀感染了很多人。丁玲的《田家冲》和《水》（1931），前者塑造了一个从事革命秘密活动的三小姐形象；后者通过塑造群像的方式展示了灾民们如洪水般不可阻挡的力量。叶紫的《向导》（1933）和《夜哨线》（1933），前者写刘妈为给三个儿子报仇巧妙设计把敌人引进红军伏击圈的故事，后者写士兵赵德胜放出被逮捕的两个班长并成功煽动一群军阀士兵哗变的经过。华汉的《义勇军》（1933）歌颂了东北沦陷后这片土地上蜂拥而起的抗日英雄们的壮举。巴金的《马拉的死》《丹东的悲哀》和《罗伯斯比尔的秘密》（均写于1934），叙述了三位法国大革命英雄——马拉、丹东、罗伯斯比尔的遭遇、悲哀、痛苦和牺牲情形。[①] 郑振铎的小说集《取火者的逮捕》（1934）向为人类作出巨大牺牲的神话人物普罗米修斯致以最崇高的敬意，对个人主义的自私风气和强权者的残暴统治进行了强力嘲讽和无情批判。鲁迅的《理水》（1934）和《非攻》（1935）歌颂了大禹和墨翟两位英雄的实干精神，并认定他们才

[①] 巴金并非"左联"作家，但他的这三部历史小说的题材取向与左翼文学的题材取向是一致的，因此笔者在此罗列了这三部小说。

是"中国的脊梁"。萧红的《生死场》(1935) 书写了劣根性深重的东北农民由蚂蚁似的蛮民转化为人民革命军战士的生命历程。端木蕻良的《遥远的风沙》(1936) 彰显了土匪二当家煤黑子的生命强力、抗日激情和牺牲精神。萧军的《八月的乡村》(1935) 和《第三代》(1937),前者描绘了抗日英雄陈柱司令、铁鹰队长等率领人民武装与日、伪军英勇搏斗的故事；后者塑造了井泉龙、林青、翠屏等一系列敢于反抗地主剥削和官僚压迫的土匪形象。描写这些英雄的壮举和土匪的反抗精神自然折射了作者们的价值取向和革命意绪；同时,这些作品也生动地展现了那一代革命志士所走过的革命道路。

在愤慨和痛悼之后,左翼作家们心中升起了复仇的强烈欲望和如火的战斗激情,也正是在这一过程中,"左联"彰显了其强大的组织力量。左联盟员潘梓年曾回忆说:"左联的主要工作在大、中学校进行,在大学生中有几个小组。提出过到上海市郊工厂或农村去进行群众性政治教育的任务。还成立了'文艺研究学会',并开展了工作,还出现了联合戏剧工作者的'剧联'(田汉、夏衍、阳翰笙),还有以鲁迅为首的'木刻研究会',瞿秋白领导的'文字拉丁化研究会'等。为青年创办了以冯乃超为首的艺术学校和有剧作家田汉和洪深积极参加工作的艺术大学。"① 显然,"左联"并不限于在学校或研究会这类地方开展工作,而是在所有的反文化围剿活动中将工作铺展开来。1930 年的"五一"国际劳动节,"左联"出版了《五一特刊》,发布了"左联"的《"五一"纪念宣言》等六篇文章,并组织部分盟员参加了上海市民和进步文化团体举行的示威游行。1930 年 5 月,"左联"在《巴尔底山》第 1 卷第 4 号上刊载了《反对查封艺术剧社的宣言》,在《新思潮》第 6 期上发表了戏剧运动联合会的

---

① 转引自姚辛《左联史》,光明日报出版社 2006 年版,第 13 页。

两个文件——《为艺术剧社被封事告国人》和《艺术剧社为反抗无理被抄封逮捕告上海民众书》，这就用实际行动支援了进步文艺团体，抗议了国民党摧残进步文化事业的恶行。5月29日，"左联"召开第二次全体盟员大会，并组织相关盟员参加声援中华艺术大学自动启封的斗争。1930年9月25日，"左联"组织了鲁迅五十寿辰纪念会。1931年"左联"积极组织人力、物力和财力营救"左联"五烈士，营救失败后，筹划出版《前哨》"纪念战死者专号"，对国外发布《为国民党屠杀同志致各国革命文学和文化团体及一起为人类进步而工作的著作家思想家书》和《中国左翼作家联盟为国民党屠杀大批革命作家寄给高尔基的呼吁书》两个宣言，并争取到了苏联的革命作家国际联盟、美国嘉德琳·安东尼和日本上野壮夫、伊藤信吉等近百位进步作家的声援和抗议①。1930—1934年，"左联"组织了文艺大众化讨论。1930—1935年，"左联"不间断地对"民族主义文学"和"三民主义文学"开展批判和斗争活动。1931年12月19日，以"左联"作家为首的进步文艺界组织成立了"文化界反帝抗日联盟"，号召社会各界开展反帝抗日运动。1932年2月3日43位左翼作家和进步人士联名发表《上海文化界告世界书》，抗议日本帝国主义侵略上海的暴行。1932年"左联"组织了对"自由人"和"第三种人"的思想批判活动。1933年"左联"发表《小林同志事件抗议书》（《中国文坛》第2卷第4期），声讨了日本警视厅杀害著名无产阶级作家小林多喜二的罪行，并组织发起了为小林遗族的募捐活动。1933年8月组织了系列活动支持远东反战反法西斯大会在上海召开。1934年"左联"组织开展了关于大众语的系列讨论活动。1935年"左联"作家积极支持

---

① 这些作家名单的详细情况可参见姚辛《左联史》（光明日报出版社2006年版）第112—114页。

上海文化界抗日救国会发布《抗日救国宣言》，要求停止内战，组成统一战线，一致抗日。1936年1月，"左联"作家参与组织和成立了北平文化界救国会，并发表抗日救国宣言。1937年抗日战争全面爆发，昔日的"左联"作家随之投入到更广大的抗日救亡运动和抗战文学主潮之中。从上述左翼文艺界的活动可知，正是在"左联"的有机组织和领导下，左翼作家们没有被国民党的文艺统制和文化围剿所压垮，他们在一个很难容纳叛逆青春的时代里，以激昂高歌的姿态、文化斗争的意识和集体活动的方式，彰显了他们的生命风度和文学才情，表明了他们对国事的失望和对当局的不满，也讥嘲和批评了弥漫于文艺界的愁惨气象。

在世界经济危机日渐加重的末世阴影和民族战争日益严峻的灰暗时代里，左翼文学却呈现出奋进的心理图景，这源于左翼文艺界对时代发展趋向的准确把握和对自身政治使命的坚守。腐败无能和酷虐专制不断消解着国民党政权的存在合法性，相比于自由主义知识分子"不知道风是在哪一个方向吹"的困惑和迷茫，左翼文艺界则因为马列主义的启迪和指引明确了无产阶级革命顺应天意民心的合理性，所以左翼文学思潮曲折但更是蓬勃地发展起来了。在那一时段里，许多左翼作家涌起了"我们重新来开始"乃至改朝换代的政治激情。面对"风波一浩荡，花树已萧森"（鲁迅《无题》）的白色恐怖，他们毫无惧色；面对"劫数东南天作孽，鸡鸣风雨海扬尘"（郁达夫《钓台题壁》①）的可悲时局，他们筹谋起事；面对"权臣自欲成和议，金房何尝要汴州"（郁达夫《过岳坟有感时事》）的黑暗现实，他们敢于鞭挞汉奸和抗击日寇。或者说，左翼作家领受着被政治迫害的愤怒

---

① 该诗原题为《旧友二三，相逢海上，席间偶谈时事，喀然若失，为之衔杯不饮者久之。或问昔年走马章台，痛饮狂歌意气今安在耶，因而有作》。

和国民党投敌卖国的民族屈辱，可他们不但没有跌进颓唐、虚无的深渊，反而张扬了革命斗争的精神和解放被压迫阶级的豪情。冯铿在遗作《红的日记》中表示说："看吧！我们是铁和火的集团，我们红军的脑袋，眼睛里面只有一件东西；溅着鲜红的热血和一切榨取阶级，统治阶级拼个他死我活！"[①] 柔石更是在遗诗《血在沸》中号召道："全国的工农劳苦群众呀！／一齐起来，／解放我们自己！"[②] 在那个风雨如磐的暗黑时代里，左翼作家们集体表现出的这种热血丹心和壮志雄心，已经同无产阶级革命的未来图景融汇在一起，荣辱与共，名垂青史。也正是因其如此，书写工农的罢工暴动、揭露当局的反动统治和批判日本帝国主义的侵略才成了中国左翼文学的主体部分。当然，他们无法预知这场革命什么时候会胜利，也无法预料他们之后的文人是否会接受和认可这种革命精神，更无法知晓自己是否能够活着领受这场革命胜利的喜悦，但这正是他们的伟大之处。反观"左联"，其可贵之处还在于，它通过党的领导，令左翼知识分子在理想幻灭的时代中坚守了革命理想，抵抗了精神虚无，养成了不屈的品格，至于作品艺术成就的高低，这还不是"左联"成立之初和左翼作家们思虑的核心问题。

---

① 冯铿：《红的日记》，《前哨》1931年4月25日第1卷第1期。
② 柔石：《血在沸——纪念一个在南京被杀的湖南小同志底死》，《前哨》1931年4月25日第1卷第1期。

第二章 底层叙事与民族认同:1930—1937年间的左翼小说

在20世纪30年代世界经济危机的影响下,中国的出版业十分衰颓,一般书籍尤其是诗集的出版很困难,但小说的情况有所不同,小说集或单行本还是非常受读者欢迎的,因此小说很容易获得发表和出版的机会,尤其是知名作家的小说更是容易获得出版和再版的机会,比如:巴金的《家》,仅开明书店版就在1951年前创造了再版33次的纪录;蒋光慈的小说《冲出云围的月亮》,在出版当年"就重版到了6次"[1],由于蒋光慈的小说大受读者欢迎,所以他几乎成了当时盗版书商的衣食父母;1933年1月茅盾的《子夜》出版后初版本迅速售完,2月便行再版,许多报刊竞相介绍,《文学》杂志一则《文坛消息》说《子夜》的销路是空前的,《北平晨报》的消息说"某书店曾于一日内售出至一百余册之多"[2]。为此,在"抗争"情绪不断发酵的1930—1937年间,小说很自然地成为左翼作家启蒙民众、鼓动阶级斗争、宣传抗日救亡道理的重要媒介。

与20世纪20年代的革命小说相比,20世纪30年代左翼小说在思想主题、题材选择、创作方法、叙述视角与情节建构等方面已经发生明显变化,比如:有意强化民众的集体主义精神和民间的阶级

---

[1] 郁达夫:《光慈的晚年》,《现代》1933年6月1日第3卷第1期。
[2] 孙中田:《论茅盾的生活与创作》,百花文艺出版社1980年版,第134页。

矛盾冲突，农村题材和抗日题材作品日益增多，减少和剔除罗曼蒂克式的抒情写法，注重写实主义创作方法的运用等。这些变化不仅实现了对以往革命小说主题的超越和扩展，也对既有的现代小说叙事模式和创作方法形成了反拨与冲击。显然，这种变化与左翼作家借鉴外国尤其是苏联和日本小说的写法有关，也与左翼文学自身的演进和嬗变密切相关，更与左翼作家转变自我的情感态度和阶级立场直接相关。应该说，晚清以来的革命小说作者已经不再像古人那样习惯性地把自己的情感和思想隐喻于情节和人物之中，他们敢于通过小说创作直抒胸臆、明示理想和张扬激情，是故这些革命小说往往令读者怒发冲冠、热血贲张，但由于他们无法摆脱传统小说规范的束缚和制约，加之深受古代游侠式个人英雄主义叙事模式的影响，且写作多系个人性的选择而难以贯彻组织的意志，所以这些小说固然能够彰显革命者的无畏精神，却很难实现宣传集体、组织乃至政党的政治信仰和思想主张的功能。以是观之，左翼作家们在"左联"的领导下，一致赋予了小说以直接宣传无产阶级革命合理性和中华民族救亡图存重要性的政治功能，并有组织地在小说创作中呈现了民众的革命义愤，进而展现了他们的民族国家关怀精神和底层关怀意识。从这一角度来看，左翼作家们的呐喊、宣泄和写作具有广义意义上的集体性，他们不断突破晚清革命小说和20世纪20年代革命小说主要叙写知识分子悲欢离合的理路，他们不再生硬地运用对话、独白等方式来宣讲政治道理的叙述策略，他们将底层叙事与民族意识结合在一起，将底层民众的生活和斗争作为小说的主要素材，将无产阶级的苦难生活和斗争意识的成长作为故事情节建构的重要一环，将民族国家的宏大叙事与底层民众的阶级意识觉醒有机地结合在一起，这造成了左翼小说形态的系列变化，并形成了其自身的多重特点和独异性。左翼小说的兴盛是这一时期左翼文学创作中十分显明的现象。造成这种现象的原因是多重的，除了上面提到的原因之外，还有一个原因就是小说适合叙写、陈述和渲染底层民众的苦难生活与悲惨情境。底层民众的苦难和惨境并非什么独异的题材，但对于直率峻急、难以从容写作和革命体验并不一定深切的左翼小说作者而言，如此可以令他们避免深挖人的劣根性和潜意识等难题，可以令他们直接通过叙写或描述民众的悲惨生活景象来表达他们所要明示的思想观念、理想寄托和启蒙精神。

最重要的是，这一时期的左翼作家们对"罢工"和"暴动"的倡写，包含着他们对一代革命者社会责任的强化和体认，更意味着"左联"对过去革命小说中"革命罗曼蒂克"问题等的矫正。从创作本身来看，这种矫正是在题材这里率先开始的。1931年11月15日"左联"执委会发表了一个决议，规定了当时中国无产阶级革命文学担负的责任和任务，确定了"文学的大众化"这一新路线，明确反对因为"右倾"、"左倾"错误而形成的"作品万能主义"和"为革命文学而革命文学"倾向，要求作家必须注意"中国现实社会生活中广大的题材，尤其是那些最能完成目前新任务的题材"，即：反帝国主义；反军阀地主资本家政权及军阀混战；反映苏维埃运动、土地革命和苏维埃治下的民众生活，书写红军及工农群众英勇战斗的"伟大"题材；描写白色军队"剿共"时杀人放火、飞机轰炸、施放毒瓦斯和到处不留一鸡一犬的大屠杀；描写农村经济的动摇和变化，地主对农民的剥削及地主阶级的崩溃，民族资产阶级的形成和没落，工人对于资本家的斗争，广大工人的失业和贫民生活等。① 这次决议还对无产阶级革命文学的创作方法、形式、理论斗争和批评以及"左联"的组织和纪律提出了明确要求。从实际情况来看，此后的左翼作家们确实加强了题材上的探索，而从所取得的效果

---

① 《中国无产阶级革命文学的新任务——一九三一年十一月中国左翼作家联盟执行委员会的决议》，《前哨·文学导报》1931年11月15日第1卷第8期。

第二章 底层叙事与民族认同：1930—1937年间的左翼小说

来看，左翼文艺界突破早期革命小说的局限也是从题材这里率先实现的。如果说1930年以前发表的革命小说尚未体现上述"左联"执委会决议精神的话，那么丁玲于1931年秋发表于《北斗》杂志上的中篇小说《水》及此后发表的小说，就充分体现了"左联"的意志、规约以及作者的自我认同。丁玲以《梦珂》《莎菲女士的日记》《在黑暗中》等书写因"五四"个性解放思潮走出家门的女性小资故事而成名，接着她受当时流行的"革命加恋爱"模式影响创作了《韦护》《母亲》《一九三〇年春上海》等充满"革命罗曼蒂克"意味的小说，而《水》的出现标志着她创作上的大转折。《水》取材于百年仅见的1931年16省大水灾，水灾发生后，数千万灾民的饥饿和安置问题成为政府首当其冲要解决的最大难题，但官员的不作为和地主们囤积粮食坐等涨价使得阶级矛盾迅速升温，小说《水》则以全知视角描写了一群灾民的受灾情状以及他们从逆来顺受、坐以待毙到反抗命运、集体暴动的转变过程。小说起始就在宁静的夜色中构建了一丝不安的氛围，并通过老外婆絮絮叨叨的回忆凸显了水灾的可怕："几十年了，我小的时候，龙儿那样大，七岁，我吃过树皮，吃过观音土，走过许多地方，跟着家里人，一大群，先是很多，后来一天天少了下来，饥荒，瘟疫，尸首四处八方的留着，哪个去葬呢，喂乌鸦，喂野狗。死得太多了，我的姐姐，小的弟弟，吃着奶的弟弟死在她前头，伯妈死在她后头，跟着是满叔，我们那地方是叫满叔的，……我那时是七岁，命却不算小，我拖到了这里，做了好久的小叫化子，后来卖到张家做丫头，天天挨打，也没有死去。事情过去六十年，六十五年了，想起来就如同在眼前一样，我正是龙儿这样大，七岁，我有一条小辫子，像麻雀尾巴，那是我第一次看见水，水……后来是……"[①] 恐慌的气

---

① 丁玲：《水》，《北斗》1931年9月20日创刊号。

氛中夹杂着可以预见的惨剧景象,这正是作者所要讲述的故事内容和读者即将感知到的情感基调。接着,小说写官府年年收捐却不知整修堤坝,因此尽管农人们奋力护堤,但一渡口和汤家阙还是在百年不遇的洪水冲击下溃堤了。幸存下来的农民们聚集在长岭岗上,在怨天尤人的诅咒和相信命运的哀怨中等待着政府的救济和赈灾,一开始他们还被一些告示、希望、甜蜜的话语以及和着糠的树叶安慰着,但当他们看到周围的人一批批地因饥饿和瘟疫死去时,当他们发现城里从省里领来的不是救济粮而是军火时,当他们得知城里的灾民被枪托和刺刀驱赶到更大的屠场后,他们终于意识到了地主和权贵们的恶辣狠毒,他们开始抛弃以往那些不切实际的幻想,并在一个半裸汉子揭露官员、地主的"吃人"事实和鼓动大家夺回自己心血凝成的粮食的号召下觉醒了,于是一群张着饥饿和愤怒眼睛的奴隶们"吼着生命的奔放"且比洪水还凶猛地朝镇上扑了过去。客观地说,《水》的群体描写和群像塑造还是比较幼稚的,但作者的多重转向,尤其是洪灾这一重大题材的抓取使得这部小说在当时引起了读者的热烈关注和很大的社会反响。为此,阿英毫不掩饰地夸赞《水》不仅是反映了洪灾的主要作品,也是左翼文艺运动1931年的"最优秀的成果":"这里面,展开了庞大的洪水的画卷,描写了广大的饥饿的人群,以及他们的从对自然的苦斗一直到为生活的抗争的全部过程。作者深刻的抓住了在洪水泛滥中的饥饿大众的,在实际生活的体验中逐渐生长的,一种新的斗争的个性,辩证法的描写了出来。"[①] 同理,冯雪峰认为《水》得到读者的赞成是源于作者取用了"重要的巨大的现实的题材"、新的描写方法及其对社会现象背后阶级斗争的正确分析和理解,并强调《水》的最

---

① 钱杏邨:《一九三一年中国文坛的回顾》,《北斗》1932年1月20日第二卷第一期。

高价值在于:"首先着眼到大众自己的力量,其次相信大众是会转变的地方。"他还因此把丁玲归类为一个"新的小说家",即:"是一个能够正确地理解阶级斗争,站在工农大众的利益上,特别是看到工农劳苦大众的力量及其出路,具有唯物辩证法的方法的作家!"① 从这两位批评家的评价也可以看出当时左翼文艺界对于题材的重视。

由于文艺界和批评界极为重视题材问题,连带着新闻机构和传媒人士等外行也强调文学创作要重视创作素材,尤其是关涉工农兵和抗日题材的。比如记者周裕之所作的小说《奸细》,篇前引子表明该小说的主旨是希望文艺界关注日益袭近的"大战的狂风暴雨"和中国民众的力量,作者更强调说:"万宝山事件……韩境华侨惨案……中村失踪事件……连贯下来到辽吉侵占……黑龙江攻击……满蒙独立国设立……这日本帝国主义一贯侵略政策,已引起全世界的革命的和反革命的两大势力的注意。第二次世界大战的前哨战已经爆发了。在喷火山的中国民众还在挣扎着准备自己的力量。有一枝秃笔的人,谁都应该持笔挺起做唤醒民众的工作。"② 接着,作者充分利用自己记者身份的优势,将日寇走狗金利生死亡新闻插入小说叙事之中,并利用死者的日记将万宝山事件的前因后果推理出来。日寇让金利生伪造"万宝山惨案"、"支那农民大施屠杀"、"韩人被惨死者数百名"、"支那当局决驱逐全体韩人出境"等震骇人心的消息并传送到汉城,从而引发了朝鲜民众的排华浪潮和大肆屠杀华人的惨剧,日寇则通过激发中朝之间的民间矛盾渔翁得利,推进了满鲜政策的实施。此后,金利生被韩国民党严厉追责,他为求自保只好发表

---

① 丹仁:《关于新的小说的诞生——评丁玲的〈水〉》,《北斗》1932年1月20日第二卷第一期。

② 周裕之:《奸细》,《北斗》1931年11月20日第一卷第三期。

谢罪声明，于是日寇的诡计暴露了，结果日寇恼羞成怒将金利生杀死以掩盖他们的罪行。小说结尾并没有点明暗杀金利生的人是谁，作者声言对该走狗之死已没有"研究的必要"。小说对于金利生之死的嬉笑嘲弄颇能一泄爱国者的恶气，而结尾一句"关东旷野的炮声，把我这小有产者的侦探趣味，已经轰击得无形无影了"可谓当头棒喝，将中国有识之士最忧患的问题再次凸显出来。

不可否认，"早期普罗小说，甚至包括'左联'前期的一些小说，相当普遍地存在着以狭隘理性束缚感情，或者把感情简单地政治化的缺陷，不同程度地损害了作家的艺术个性，产生过公式化的危机"①。但正是由于在题材上的积极探索，左翼作家们拓展了自己的创作思路、艺术个性和生命体验，尤其是抗日题材的开掘极大地推动了左翼小说的进步和发展。具体到创作中，左翼作家们则用实际行动表明了他们的清醒认知和爱国立场。篷子的《白旗交响曲》(1931)展现了广大青年的爱国热情，他们不顾教育局长、公安局长、党部委员、武装士兵、铁路工作人员的劝阻和威胁，迅速组织起来并先后四批乘坐火车赴南京请愿，要求国民政府抗日，他们高举的白旗显得凄凉而悲壮："如同在悼唱东北的死难民众的镇魂歌，也如走上沙场去的战旗的悲鸣，在夜的静寂里，在青年学生雷雨一般的慷慨的口号声里，飕飕的，在夜空中翻扬出一种荡人心魄的幽越的交响曲。"②张天翼的《和尚大队长》(1932)写汉奸王和尚与闻太师靠出卖罢工工人为生，他们为了钱抛弃了礼义廉耻和民族大义，十九路军退出上海之后，他们之间虽曾因为分赃不均发生过内讧，但很快又狼狈

---

① 杨义：《中国现代小说史》（第二卷），人民文学出版社1998年版，第242页。

② 篷子：《白旗交响曲》，《北斗》1931年12月20日第一卷第四期。

为奸，并分别当上了日本人的"大队长"和马前卒，继续为非作歹。作者毫不掩饰对这些汉奸的厌恶之情和痛恨之意。宋之的的《动荡中的北平》(1933)展现了战争阴影下北平知识界尤其是学生界的光怪陆离现象，这其中有爱国学生的示威游行，有鬼混学生的冷眼旁观，有无良学生的吃喝嫖赌，更有学生党徒的卖友求荣，同时小说也批判了一些北平市民的劣根性，"这些流氓无产阶级是并未直觉的感受到世纪的末落和惨忍的迫害的。他们的生活漂浮，容易满足，没有积极的反抗，也没有非分的希望，生活的单纯。造成了他们那流荡的性格"[1]。艾芜的《咆哮的许家屯》(1933)以东北地区一个普通村庄为背景，描写了许家屯农民面对日帝入侵由起始的懦弱恐惧到最终揭竿而起投奔义勇军的悲壮故事。萧红的《生死场》(1935)叙写了一群东北农民从浑浑噩噩的活着到最后加入义勇军保卫家乡的生命历程。舒群的《没有祖国的孩子》(1936)刻画了一个敢于杀死日本兵的朝鲜少年——果里的英勇形象。与20世纪20年代乃至更早时期的同类题材小说相比，20世纪30年代左翼作家用深沉的反帝爱国思想和对社会生活的深层透视替代了原来显明的斗争意图或政治说教，用严肃的使命意识和悲壮的献身精神替换了以往的浪漫情调和简单呐喊，我们能从中充分感受到他们在创作上的成熟和自如，也能感受到文艺批评界对主要矛盾的准确判断和对次要矛盾的有意忽略，这其中的一个征象就是左翼文艺界与其他派别之间的意气之争明显减少，即使进行论争也没有了20世纪20年代那种非要争个"你死我活"的偏执态度和满嘴柴胡的粗率酷评。

题材的变化带来了左翼小说叙事模式的变化。这其中最常见的仍是压迫/反抗这一极具共性色彩的叙事模式。在左翼小说中，只要提到底层民众，似乎就与压迫/反抗模式结合在一

---

[1] 宋之的：《动荡中的北平》，《文学杂志》1933年4月15日第一卷第一期。

起。这并不足为奇。事实上，20世纪以来翻译界尤其是进步文艺界引进的大量外国文学作品，充分显示了这样一种运思模式，即西方尤其是苏联已经完成了的现代革命叙事；而中国古代小说中，也从来不缺少造反或起义的故事，至于民间口头语中同样充斥着"舍得一身剐，敢把皇帝拉下马"或"皇帝轮流坐，今年到我家"这类"反骨"豪言，并且这些言语是完全可以转化为实际政治行动的。返观20世纪30年代中国，大好河山浩劫重重，国内政治、经济危机不断加重——日寇步步紧逼，国民党不断败退，日本浪人、汉奸走狗、贪官污吏横行，人民群众生活于水火之中。于是，当左翼作家们将创作重心倾注于底层民众的生活惨状时，当他们极力宣扬官逼民反的必然性时，作为他们愤激的体现，压迫/反抗的叙事模式就很自然地成了他们的习用模式。

尽管使用的是近现代革命小说中最常见的叙事模式，但左翼作家们明显增加了变化，当他们意图告诉读者底层民众不反抗就没有活路时，他们会有意把底层民众所处的自然或人居环境写得阴沉萧索，如此就使得环境描写与人物心境非常吻合。这里，我们不妨以刊载于《拓荒者》第1卷第4、5期合刊上的三篇小说为例。殷夫的短篇小说《"March 8"S——A sketch》叙写了两类人过"三八妇女节"时的场景：一类是小资产阶级女性坐着汽车和达官贵人一起去看戏，享受着"泄精器联合会"女会员的"权益"；一类是工厂女工号召工人们用示威游行的方式来纪念这个全世界劳动妇女的斗争纪念日，并在排枪的射击下继续"旋风似的突进"。当作者书写工人生活时，他不自觉地用环境描写渲染出了一种阴沉的气氛："阴沉的天空，真比一个法官的脸皮还要难看，一些也没有表情，没有生意。"当小说引领读者进入罢工场景时，作者笔下的景色加剧了大罢工来临前的凝重感："这个早晨，什么东西都显得异样似的，天色有些阴惨，空气有些凝停的气概,汽车不像往常那末有威风,市街上也失了从前'工作日'的烦噪,而代之的,不是一种假日的情调,却是一种沉默的紧张,仿佛是,什么大的爆发要立刻在地球上发生似的,人们和一切,都期待着,焦虑着在心底……"① 这就应和了后面罢工工人被镇压屠杀时的惨景。这种流血牺牲的惨景也是近现代以来寻求解放和自由的工人们最容易经历的苦难遭际的缩影。同属于工人题材的冯铿的短篇小说《突变》,书写了女工阿娥由幻想过富人生活"突变"为积极参加工友集团活动者的心路历程。小说以写景开篇:"这是圣诞节的前夜。给几天来那衬映出残年急景的冻云紧紧压住的空间,虽然没有撒下些点缀这盛节所应有的雪片,但那由北方吹来的隆冬的夜风,却把这大都会附近的一所荒野似的小村落里的几间小泥屋,刮得呼呼地有些震撼起来!"② 这些穷人家的小泥屋会令人想到杜甫"安得广厦千万间,大庇天下寒士俱欢颜"的感慨。秋枫的《野火》反映了伐木工人极度困苦劳累的工作情状,小说同样以写景开头:"下着雪,阴森森地,外面括(刮,引者注)着澈骨的北风,这样一个使人战栗的冬天底晚上。人类合着自然,在颤抖,发出尖锐的惨叫。"③ 恶劣的生存环境背后自然是苦人们被肆意凌辱或烧杀掳掠的悲惨命运,也是刺激苦人们团结起来进行反抗斗争的动因。很长一段时间内,左翼作家们都会本能地抨击给人民群众带来无尽苦难的军阀战争,另一方面他们又热衷于书写工人罢工、农民暴动等无产阶级革命场景。某种意义上,这等于在鼓动另外一种"战争",这种政治取向恰如楼建南小说《甲子之役》的副

---

① 殷夫:《"March 8" S——A sketch》,《拓荒者》,1930年5月10日,第一卷第四、五期合刊。
② 冯铿:《突变》,《拓荒者》,1930年5月10日,第一卷第四、五期合刊。
③ 秋枫:《野火》,《拓荒者》,1930年5月10日,第一卷第四、五期合刊。

标题"转换军阀与军阀的战争，到民众与军阀的战争去吧！"①所示意的一样，也许它在表面上是矛盾的，但从政治态度上来说，它恰恰体现了左翼作家对战争性质的准确定位和从半政治家的视域观察社会矛盾的正义立场，而"左联"成员的身份让他们更有理由站到支持无产阶级革命的队伍中来。进而言之，也只有在"左联"成立以后，左翼作家们才正确理解了创作者与社会、文艺与革命之间的关系，才抛下了以往的个人主义和小团体主义作风，才让自己的同情和理想落到了实处，才显示出了有别于其他文学派别的阶级同情、政治态度和人道立场。

继续探究这一时期左翼小说叙事模式发生变化的根源，我们会惊讶地发现，左翼作家们已经充分意识到政治斗争背后的经济因素和社会性质问题，这就不能不提到 1931 到 1932 年间茅盾所著的长篇小说《子夜》。在提及《子夜》的创作起因时，茅盾写道："一九三〇年春世界经济恐慌波及到上海。中国民族资本家，在外资的压迫下，在世界经济恐慌的威胁下，为了转嫁本身的危机，更加紧了对工人阶级的剥削，增加工作时间，减低工资，大批开除工人。引起了工人的强烈的反抗。经济斗争爆发了，而每一经济斗争很快转变为政治斗争，民众运动在当时的客观条件是很好的。"②他又说，当时正是"中国社会性质论战得激烈的时候"，"把我观察得到的材料和他们的理论一对照，更增加了我写小说的兴趣"，因此其创作《子夜》的动机和目的是为了回答当时托派分子挑起的关于中国社会性质的问题，即他反对把当时的中国说成是资本主义社会，"中国并没有走向资本主

---

① 建南：《甲子之役》，《拓荒者》，1930 年 5 月 10 日，第一卷第四、五期合刊。

② 茅盾：《〈子夜〉是怎样写成的》，载《茅盾全集》（第 22 卷），人民文学出版社 1993 年版，第 53 页。

义发展的道路,中国在帝国主义的压迫下,是更加殖民地化了",因此中国共产党所领导的反帝反封建的新民主主义革命才是正确的道路[①]。在《子夜》中,一条叙事线索为吴荪甫所代表的民族资产阶级与赵伯韬所代表的买办资产阶级之间的生死相搏,一条叙事线索为工人、农民与吴荪甫之间的矛盾斗争,一条叙事线索为小资产阶级风花雪月、空虚无聊生活的展演。这种多角度多层次多方位的立体化叙事使得《子夜》充满了艺术张力,它们不但增加了《子夜》的思想内涵,也扩展了《子夜》的艺术结构。就人物形象塑造而言,这种多维叙事形成了多重对照:吴荪甫成立益中信托公司的得意与其他被吞并者的失意,赵伯韬及其依附者的得意与吴荪甫及其依附者的失意,军阀政客们的兴风作浪与工农革命运动的勃兴,真革命者的决绝抗争与投机分子的趁火打劫,民族资产阶级的努力创业与国民政府的流氓行径,民族资产阶级的革命性、进步性及其软弱性、反动性,如此种种都形成了鲜明的对比。茅盾这种多维的社会剖析理路和叙事方式给后来的左翼作家们提供了创作启示,而当一批左翼小说作者专注于表现政治经济矛盾和积极探索社会矛盾根源时,他们不但形成了一个"社会剖析派",还向社会传递了许多重要信息和艺术经验。

与20世纪20年代革命小说浪漫加写实的叙述笔调相比,这一时期的左翼作家大多采用刚健质朴的写实笔法。与此同时,那种凄婉哀怨、彷徨苦闷的小资形象尤其是女性小资已经为左翼作家们所批判和"厌弃",左翼文艺界重提"文艺大众化"并极力宣扬工农兵"造反"时所彰显出来的暴力之美。当左翼作家们沉浸在对暴力美学的建构时,像蒋光慈《冲出云围的月亮》、洪

[①] 茅盾:《〈子夜〉是怎样写成的》,载《茅盾全集》(第22卷),人民文学出版社1993年版,第53—54页。

灵菲《前线》等小说中的浪漫女性已经很难再获得"左联"的认可，而是被作为反面典型来映衬追求自由解放的革命女性的反抗精神，这些革命女性不是什么英雄，但她们的挣扎和反抗却显现出了顽强的求生意志乃至英雄气质。或者说，在20世纪30年代的左翼小说中，只有因"革命"或"反抗"而具有"女丈夫"气质的女性才会倍受作者、读者和批评者的青睐，这种情形即使在女作家的创作中也是一样。丁玲参加"左联"后为读者奉献的系列革命中篇小说《一九三〇年春上海》中，出现了两个不同类型的"娜拉"：冲破婚姻牢笼与若泉一起参加革命运动的家庭主妇美琳和爱慕虚荣追求享乐反对望微从事革命活动的富家小姐玛丽。显然，作者的情感和认同的对象指向的是前者。谢冰莹的《林娜》（1932）以一个日本教授的视角和口吻歌赞了中国女留学生林娜的聪慧过人、美丽可爱和勤奋好学，作者更展现了她最值得夸赞的品质——忠贞爱国的热忱之心和对日本帝国主义侵略中国阴谋的清醒认知，这正如她在给日本教授的告别信中所说的那样："每天我都听到我们中国的同学说，在学校里受一般无聊的日本学生侮辱，教员还公开地在黑板上绘着满蒙的地图，告诉大家说这样的大好河山，中国人自己不会管理，要请我们大日本帝国去管理，去行使政权。哼！真是笑话，大好河山，为什么我们不会管理呢？只是因为操纵在政客官僚军阀资本家的手里，所以我们暂时没有权利，其实你们日本帝国主义的野心也的确太大，太不自量了！他们为什么不想想全世界的帝国主义者都在想中国这块肉吃，都在想瓜分中国呢？他们更不想想中国的劳苦大众正在如怒涛般汹涌，革命势力正在一天天高涨，一天天膨胀呢？而且国际的劳动者正在一致地反对日帝国主义者出兵满蒙，反对屠杀中国的劳苦群众，即如贵国的革命群众也天天发宣言，演讲，出版刊物，揭破日帝国主义者侵略中国的阴谋，唤醒劳苦大众，一致援助中国！……这种种铁一般的事实，每天都可从报纸上看到，帝国主义者并不是不知道，可怜他也是要做一次最后的挣扎哟！"①草明的《倾跌》(1933)叙写了三个失业女工从乡下到城里生活之后的遭遇，"我"忍受着主人家的侮辱，一毫不变地按照他们的要求做活，屈群英在工厂做工，被开除后和苏七一样做了暗娼。小说写得凄怆而悲哀，倔强的阿屈一句"谁抢了我们的饭？"将女工们的生存困境和愤怒情绪充分揭示出来，也将作者对屈从于命运者的批评意向表达出来。白薇的短篇小说《受难的女性们》(1935)以当事人泣诉过往的手法讲述了一个妇女——娇永的悲惨遭遇。娇永娘家五代都在芜湖开铺子，洋货的冲击和家乡发大水令娇永的祖父和父亲家道中落，娇永年轻时嫁给一个做洋服的裁缝为妻，生了两个女儿和一个男孩，她24岁那年丈夫病死。娇永嫁的第二个丈夫是个凶鬼，经常打骂她，在生草儿的时候更把她赶出家门。娇永去做奶妈，老爷要强奸她，她拼命往家里跑，却遇到家乡发大水，大水破围后，她把大女儿宝珍托亲戚送到上海，自己带着其他小孩逃荒到东北，刚到东北一个月，日本又侵略东三省，她公公和小叔子的生意都被"搅光"，日本移民垦荒更杀了她小叔子等五千多人。为了生活娇永去背矿砂，但日本人不准本地人收留亲戚朋友，娇永一家只好从吉林回到奉天，到奉天时又碰到那里驱赶几千农民入关，因为入关没有盘缠，他们就把娇永的二女儿艾珍"当"在日本人的当铺里。入关后，他们一路风餐露宿，甚至啃树皮、吃草根，好不容易到了徐州，在娇永舅舅的帮忙下才乘火车到了上海。宝珍已经在工厂里上班，她姑老子也给娇永找到了一份做保姆的工作，但痛苦接踵而至，先是宝珍因不同意厂主减工钱而被巡捕打断了一只手，接着草儿的公公家挨上官司，于是草儿的公公想把宝珍卖进妓院。

---

① 谢冰莹：《林娜》，载《谢冰莹文集》(下)，安徽文艺出版社1999年版，第124—125页。

尽管"我"和娇永极力阻拦,但宝珍还是难逃厄运,而娇永也不知所终。娇永的哀凄经历无疑是旧中国女性受难史的一个缩影,她们的生命财产权利得不到任何保障,她们不过是男权社会下的生育工具和家庭财产,从来就没有争取到为人、为女的基本权利。上述四位女作家以富有反抗意识和革命精神的女性形象塑造折射了她们的女性立场和革命意识,并对迫害女性的日寇、中国男权社会和不合理制度倾注了她们的愤怒情绪与批判立场。同时,她们以启蒙者的姿态向女性弱者施与了同情和批评的意绪:在旧社会中,生为女人已然是不幸,如果屈从于命运不知反抗、甘心做家庭和社会的奴隶,那更是女人的大不幸。

左翼文艺界"祛罗曼蒂克化"叙事的结果是,女性故事比例在左翼小说中直线锐减。我们知道,探究女性的婚姻、解放乃至革命问题一直是20世纪以来中国文学的重大主题。步入20世纪30年代,女性的解放和革命问题仍然是左翼文艺界重点关注的话题,具体到创作中,除了上面提到的那些女作家的作品,我们还可以列出诸多男作家的作品,比如:郭沫若的《骑士》,蒋光慈的《咆哮了的土地》,李辉英的《最后一课》,史东山的《女人》,茅盾的《虹》和《牯岭之秋》,沙汀的《孕》,欧阳山的《姊妹》,艾芜的《妻》,方之中的《一群叛逆的女性》,陈白曙的《她的抑郁》,舒群的《农村姑娘》,王西彦的《失掉了女儿》,于逢的《乡下姑娘》等。但与20世纪20年代革命小说相比,女主人公的数量明显减少,即使很多小说中涉及女性,她们也多是平面化、群像化和中性化的角色,并具体表现为:她们不再是男性革命者的牵绊,而是他们重要的伴侣、同志;她们和男性一样充满了革命斗志,甚至走在罢工和暴动队伍的前列;她们的女体特征被淡化和弱化,以往那类容易引起男性遐想或欲望的性感容貌、身材、体态、姿态的描写几乎消失殆尽。种种迹象表明,无论是在男作家还是在女作家的笔下,"女性解放与革命"题旨不过是小说的表层意蕴,而他们的深层目的是为了通过叙述妇女的悲惨遭际和命运来验证无产阶级革命的合理性,或曰是通过形象描绘底层民众"革命化"图景的方式来为无产阶级革命的合法性正名。对于女性形象、女性问题的叙述笔调的变化同样体现了"左联"组织和规训的效力。

当左翼作家们专注地体味着20世纪30年代特定社会历史文化语境中的"惨痛"和"愤激"感受时,他们有意在叙事和人物的对话、言语中植入"骂语",以显示人物的激愤情状,这种情形在描写底层民众时尤为常见。孟超的《潭子湾的故事》(1930)展现了"五卅"运动期间上海工人罢工运动的一个侧影,当工人们听说资本家要增加工作时间和面对前来镇压他们的军阀士兵时,"恶鬼"、"他妈的"、"混蛋"、"放屁"之类的咒骂词语立刻脱口而出。沈起予的《蓬莱夜话》(1931)写中国留学生季特因在日本参加革命团体指导下的示威活动被日本裁判所派人逮捕并加以审讯,当季特看到这些日本警察时,他的第一个反应就是一句未出口的骂语:"狗东西,终久来了!"①张天翼的《二十一个》(1931)和《面包线》(1931),前者是写军阀混战中一连溃退士兵的哗变,当士兵们发现连长根本不把人当人并逼迫他们继续后退时,他们满肚子都是怨气,张嘴就是"他妈的",而他们平时说话时也是满嘴脏话,如"操他妹子"、"操你祖宗"、"操他妈的"等;后者写伤兵们和普通老百姓一起抢了囤积居奇的米店,当伤兵们发现副官给他们吃黑面时,"赚他妈棺材子儿"和"操他哥哥,棺材子儿!"等骂语立时脱口而出。金丁的《孩子们》(1932)写一群流落在街头的小乞丐,每个小乞丐的经历都意味着一段血泪史,由于每天都会被打骂,他们张口说话自然也是骂人,诸如"死狗"、"孙子"、"㑋他妈的"、

---

① 沈起予:《蓬莱夜话》,《北斗》1931年11月20日第一卷第三期。

"活畜生"、"傻东西"、"小王八蛋龟的"、"龟他窝窝"等骂语几乎就是他们的口头禅,他们的结局是只要没有横死街头就去当兵,尽管知道自己上前线也是去做炮灰,但他们并不悲观,他们想着不久就好去吃粮:"吃了粮,手里就得提一杆枪,那多威风。他妈的,有了枪,先就得向长官放,他妈的做官的都像吃人的老虎,顶讨厌!对,要是我们自己来做头,这世界一定会变得好一些。"① 张瓴的《骚动》(1933)写一群士兵奉命剿匪,不上一个月仗没打着,反倒调到后方。士兵们对于不抗日却屠杀同胞的行为万分痛恨,因此他们之间的对话充满了火药味,比如阿保和赵连胜的对话,前者说:"他妈妈的老子们说话多该有罪!"后者回应道:"怕还和你客气!被撞着了才真该你受,吊指头,薰鼻子!他娘的张龙二江西打到上海可没受点儿伤,私下里一声说话就送了命!老子们连狗都比不上,丧家狗也自作得主,你看,老子们欠饷莫说,吃饭说话都得偷偷的,性命搁在头发丝上!"② 在得知部队开到后方是为了清理"反动"人员时,士兵们发动了哗变,并喊出了"咱们不再打自己人"的口号。吴组缃的《天下太平》(1934)写丰坦村的王小福一直想靠忠厚勤恳升职发家,但店铺关门他只好失业在家,他想尽办法仍难以为生,去邻家偷盗财物又被查获,想去外埠谋生又无川资,便在半夜爬上古庙顶去盗拆刻着"天下太平"四个大字的镇村之宝——"一瓶三戟",结果与之一齐坠毁。王小福及其家人在求生存的过程中几乎处处挨骂,比如当王小福因降资找工作威胁到另一个粗工的岗位时,对方一边用扁担狠狠地劈过来,一边咒骂道:"你妈的一个屄……"他的母亲则因为卖油条被年轻少爷骂成是"你老不死的东西"。欧阳山的《谁救他们》(1934)写一

---

① 金丁:《孩子们》,《文学月报》1932年6月10日创刊号。
② 张瓴:《骚动》,《文艺月报》1933年6月1日创刊号。

群漂在白蚬河码头上的泥水工们朝不保夕的生活情状。工作中，他们稍不留神就会被所谓的英国绅士打骂，而他们也会私下里回骂，比如："臊他底洋祖宗，我们给他挑泥挑得这样辛苦，为一口痰就打我们了！"① 沈起予的《难民船》（1935）写政府将一艘运炭船当作运输难民的船，这艘船好不容易躲过日本战舰炮袭的威胁驶出上海吴淞口。由于是日本帝国主义发动战争导致无辜平民抛家舍业去逃难，所以难民们一有机会就会痛骂日本鬼子，而当主人公覃顺上船看到极其拥挤的情形时立刻骂道："丢他妈，这样一只运炭船，竟装了六七千人！"② 这么多人，生活环境之差可想而知，不幸的是，船在半途中又遇到飓风骇浪，不但迷失了航行的方向，还打翻了储备的淡水，最后几乎所有难民都因为晕船而呕吐，又没有东西吃，也没有水喝，就这样这艘船成了一个活地狱。更可气的是人心的冷漠，没有人施舍给老人和孩子一点儿食物或水，于是一些人死在了半途中，而其他人则在这个活地狱中继续挣扎着。小说结尾写难民们终于发现了船上储存的食物，并激起了强烈的反抗意识。温功义的《激变》（1936）写老陈因为得罪了码头帮总，丧失了扛工的机会，加之妻子卧病在床，他们只能靠典当衣物求得一饱，很快他们就开始饿肚子，老陈曾努力去向帮总认错，但挨打后仍然无工可做，他气急之下打骂妻子，竟然一不小心将妻子打死，他拿起菜刀准备自杀，但菜刀的冰冷让他醒悟到自己和妻子的悲剧是帮总害的，所以他决定去为妻子报仇，遂骂了一句"他妈妈的"之后攥紧菜刀冲出了家门。蒋牧良的《番道生》（1937）写无业游民番道生靠赌博出老千混吃混喝，加之他教唆宗族族长番五爷的丫鬟丹凤偷东西并诱使她与楼星庚私奔，因此为宗族所不容，他跑到城里后与一

---

① 欧阳山：《谁救他们》，《文学》月刊1934年4月1日第二卷第四号。
② 沈起予：《难民船》，《文学》月刊1935年2月1日第四卷第二号。

群狐朋狗友设套诱骗富人入局牟利,但后来他为楼星庚所妒,后者起歹意欲谋其财害其命,他便心灰意冷取了钱回转家乡,并把希望寄托在儿子细毛读书成才上。由于小说注重描写赌徒和酒鬼的生活,这些人自然是满嘴脏话,平时遇到不顺眼的人便"他妈妈的"、"脓包"、"畜生"之类的骂不绝口。如此,作者们通过民众的骂语将他们的怨气、怒气乃至戾气直接指向当时的时代和社会。在贩夫走卒、工农兵学的"过激"言语和情绪中,作者们传递着当时民众的不平之鸣和悲愤之情,也反映了他们生存环境的逼仄、阶级意识的觉醒以及民族情绪的高涨。

题材和叙事上的变化、丰富与探索固然给左翼小说带来了新鲜感,但作者们对社会生活的深层透视、国民劣根性的深度批判和民族精神的高扬倡导才是左翼小说的真正精髓与风骨所在。1931年12月,鲁迅在致沙汀、艾芜的《关于小说题材的通信》中,不仅希望他们选择小说题材要严谨,更强调开掘题材或曰思想内涵上要深刻,"不可将一点琐屑的没有意思的事故,便填成一篇,以创作丰富自乐"①。与此同时,沈起予刊文要求抗日文学作品要有一个"以'战争来消灭战争'的中心意识",要"吼叫出这次战争之由于一部份人的制造",要"描写出帝国主义战争所给与大众的痛苦",要指明帝国主义者之间因利害矛盾而发生的外交黑幕和积极准备远东大战的原因,要描写出中国的"赚钱阶级"不能真正彻底抗日的原因,也要"描写出日本国内的劳苦大众是我们作抗日运动的好朋友"②。1932年茅盾则在批评《地泉》三部曲的多重问题时强调,"文艺作品之所以异于标语传单者,即在文艺作品首要的职务是在用形象的言词从感情地

---

① 鲁迅:《关于小说题材的通信》,载《鲁迅全集》(第4卷),人民文学出版社1981年版,第368页。

② 沈起予:《抗日声中的文学》,《北斗》1931年12月20日第一卷第四期。

第二章 底层叙事与民族认同：1930—1937年间的左翼小说

去影响一般人，使他们热情奋发，使他们认识了一些新的，——或换言之，去组织他们的情感思想"[1]。这意味着左翼文艺界在批评革命文学公式化、脸谱化、关门主义等现象的同时，也在要求作家有意识地展现人物丰富的情感世界和进步的思想意识。

在彰显混乱时代的激荡巨变中，左翼小说家们不但熟悉或亲历了社会所衍生出来的各种大小悲剧，更形成了因时代风云际会而产生的强烈的悲悯感、激越感、历史责任感和批判意识。耶林的《村中》（1931）描写一个美丽安详的山村被嗡嗡的声音所惊扰，村民们成群地聚集在草场上，兴致勃勃地观看从远方飞来的一个蜻蜓似的东西，有明事者告知其他人这就是"飞机"。可正当大家热烈地谈论飞机这一"新鲜的名字"和"了不得的东西"时，这架涂着青天白日徽号的飞机却接二连三地丢下炸弹来，炸得村民们血肉横飞、肢体乱飞。次日《都会日报》居然报道说："……匪徒数百，白昼散布在××河上，我军用飞机追击，掷弹数枚，幸能命中，毙匪无数，察匪势已窘，不日可以完全肃清云……"[2]这里，作者借助"新闻片段"反映了国民党第三次军事围剿时严酷的斗争情状，更讥讽了国民党军队屠杀无辜群众却号称剿匪时的冷酷和御用媒体的无耻。耶灵的《月台上》（1932）讲述了一个在"文明国"的殖民地中具有奴隶般聪明的东北老猎户的悲剧故事。这个老人万分努力地要给一个长春的日本商人去做仓库管理员，当他在车站偷东西被日本兵抓到后，尽管他用尽方法像狗一样去讨好日本人，但他的脑壳还是被日本兵用一根木棍敲烂了。这些可恶的日本人面对这个中国老人时，满口都是"王八蛋"、"支那的活宝"等骂语。作者不仅猛烈批判

---

[1] 茅盾：《〈地泉〉读后感》，载《茅盾全集》（第19卷），人民文学出版社1991年版，第334—335页。

[2] 耶林：《村中》，《北斗》1931年12月20日第一卷第四期。

了日本帝国主义者的凶残酷虐,更暗含着对那些充满奴性的国民怒其不争的批评意识。宗植的《精光的死》(1933)写驼背老伯天旱车水浇田发病,直到死也没有看见儿子土发发财,倒是因为借高利贷卖了田和牛,以至于死后连口棺材都赊不起,可就在这时还有人等着土发上交三角大洋的临时房捐。作者愤慨于农民没有活路的事实,也暗喻了苛捐杂税逼死农民的道理。徐盈的《两万万》(1933)同样书写了穷人被赶上绝路的情状,农事生产和生活成本越来越高,尤其是政府借了两万万的麦和棉,更是严重冲击了本国脆弱的农业经济,致使农产品价格不断走低,就这样,在帝国主义的商品倾销下,农村走上了破产之路。小说更借助农村合作社和平民教育会骨干——小学教员李栋材之口,批判了国民党政府通过治理愚贫来救国的虚伪说辞和帮助帝国主义压榨、剥削中国农村经济的走狗行径。塞先艾的《安癞壳》(1935)写农夫安癞壳到 D 县找工,愚笨的他居然因为拖欠栈房的房饭费而把女儿秀妹卖给一家公馆做婢女,钱花光后被赶出栈房流落街头沦为一个满头疮疖的乞丐,他每日龟缩在隆鑫包子铺的门口,无意中发现包子铺对面织布机房主人的女儿小菊与秀妹如同孪生姐妹之后,他一直想找个机会与小菊说话并忏悔他的罪行,但由于小菊的胆小怕事及其父亲的阻拦,他总是无法成功实施自己的想法,后来小菊生病了,安癞壳知道后为她流下了同情和爱怜的眼泪,这就展现了他人性中良善的一面。许杰的《贼》(1935)写一个外乡人妻子被拐走,他又被人诬为土匪,房子被烧,无家可归,投奔堂兄而不得,到处流浪,因为饥饿便偷进枫溪村四嫂家找吃的,结果被当场抓住,挨了一众人的暴打,直到他说出自己的遭遇,才获得了这些农人的同情,放他走了。小说在凸显农民粗暴的同时,也表现了他们心性中柔软的一面。王西彦的《好汉们》(1936)写六个孩子三狗子、章根、朱富、阿银、大春、阿林,因为他们的家人和小伙伴们平时备受章四爷的欺负，所以趁着章四爷的女儿小玉子去看戏时将她痛打一顿，算是报了仇。此后，他们又设计毒死了专咬穷人的酒坊老板的大黄狗。最后六个小伙伴因生计问题分开了，章根去别村当小伙计，大春到城里去做工，三狗子在父亲病死后被送去当兵，小伙伴们则嘱咐他将来带着"上千上万的兵马"回来报仇。小说以赞扬的语气表现了这群孩子身上的反抗意识和追求人人平等的朴素思想以及有仇必报的"好汉"精神，同时，也展现了地主豪绅对农民的阶级压迫以及农民自身粗粝的情感和畏惧强权的奴相。端木蕻良的《被撞破了的脸孔》(1937) 描述了"我"因学生运动被逮捕入狱后的情形，在狱中"我"受到监室霸主王老头的斥骂和欺负，他长着一张糊满专横、自私和欺诈表情的脸，这也是奴隶总管、屠夫、绅士、百夫长头目之类者身上都有的那种市侩嘴脸，但当王老头被"我"痛打一拳之后，他的威权一下子就风化了，这就讽刺了那些狐假虎威、虚张声势者的可笑可怜和可悲可恨。

"左联"成立后，大力推进文学的大众化之路。"左联"执委会曾指出："文学大众化问题在目前意义的重大，尚不仅在它包含了中国无产阶级革命文学目前首重的一些任务，如工农兵通信员运动等等，而尤在此问题之解决实为完成一切新任务所必要的道路。在创作，批评，和目前其他诸问题，乃至组织问题，今后必须执行彻底的正确的大众化，而决不容许再停留在过去所提起的那种模糊忽视的意义中。只有通过大众化的路线，即实现了运动与组织的大众化，作品，批评以及其他一切的大众化，才能完成我们当前的反帝反国民党的苏维埃革命的任务，才能创造出真正的中国无产阶级革命文学。"[1] 为此，左翼作家们积极通过

---

[1] 《中国无产阶级革命文学的新任务——一九三一年十一月中国左翼作家联盟执行委员会的决议》，《文学导报》1931 年 11 月 15 日第 1 卷第 8 期。

叙写底层民众的话语来彰显社会尤其是民间的不安和躁狂情绪，将他们的生存困境置于可变与守成之间，显现了无产者徘徊于革命和为奴之间的矛盾思绪，而孕育于其中的愤激已经超越了忧郁、苦闷、失望、彷徨的时代情绪，他们对于社会问题的思考可能没有当时的理论界那么条理清晰，但他们对社会现实矛盾的体会和感受是非常强烈和直观的，因此当他们在创作过程中不断延伸自己的批判之维或曰反帝反国民党任务时，就自然而然地在形而上层面生成了争夺意识形态领导权的意图。张天翼的《最后列车》（1932）写士兵们连敌人影子都没看到，就被命令半夜撤退，他们到了车站后旋即发现，连最后一列火车都被日本鬼子扣去了。团长命令士兵们继续退却，但他们不愿意再当"逃兵"，当黑脸子的刘连长向团长报告士兵们不肯退却时，团长劈头便骂道："奶奶雄，你这连长鸟用！"然后他就开枪打死了刘连长。看到这种情形，老赵大叫："咱们反正活不了，干了小舅子再跟……"话还没说完，老赵就被一个营长打死，而这个营长也马上被老疙瘩打死，接着士兵们顺势发动哗变杀死团长，夺回了军事指挥权和战斗权，并迅速准备路障做好了打仗准备，当火车开来后，他们终于和日本鬼子干了起来。小说一方面歌颂了士兵们强烈要求抗日的爱国热诚，另一方面也揭露了国民党新军阀保存军事实力不思抗日的做法。无独有偶，葛琴的《总退却》（1932）同样揭露了国民党政府不抵抗主义政策的卖国性质。小说写中国军队正在乘胜追击敌军，忽然接到命令后撤，士兵们尽管有强烈的反帝和战斗热情，却受到了长官的强行压制。在国民党的全面腐败和法西斯专制下，底层民众只能挣扎在死亡线上。汪雪湄的《堤工》（1935）表面上在写老堤工竭尽全力护堤和救堤，甚至无暇去找水灾中失去的全部亲人，实际上暗指是国民党政府对民生工程的无视才造成了堤毁人亡的惨剧。三郎的《职业》（1935）写长期失业的"我"为了生存到一个日本侦缉局去做书记官，起始是帮助一个独眼队长记录所谓罪犯的罪状，后来也帮忙审讯一些反对日本和满洲国的政治犯，如此一来所求到的职业就使"我"沦为了朋友 H 君所不屑的"汉奸"。小说一方面折射了知识分子在伪满洲国的艰难生计，另一方面也揭露了日本帝国主义者草菅人命、刑讯逼供中国无辜百姓的罪行。陈毅的《祖父临终的时候》（1937）写祖父一生诚信勤恳地经营着一个卖糖的店铺，累弯了腰还不停歇。可是汉奸张復兴们卖日本糖大肆压低糖价，祖父和父亲去与他们理论，结果遭到了日本鬼子和汉奸的殴打。祖父临死前嘱咐"我"要跟着杨先生一起去打鬼子，没有枪就扛着他的大烟袋去。这种平铺开来的写法并无特殊之处，但读者在阅读过程中很容易进入故事情境，并直观地感受到了叙述者或曰隐含作者的政治意图和抗日思想。总体来说，30年代左翼小说中批判国民党和日寇恶德恶行的作品极多，我们甚至可以说，左翼小说的兴盛本身就是一股"激愤"思潮推动的结果，它传递了中华民族屈辱史背后沉重而激切的抗日情绪和民族意识。

"左联"要求作家要融入社会生活和实际斗争中去，当左翼作家做到了这一点之后，他们会很自然地把笔触和眼光投入到底层民众生活上，所以这一时期的左翼小说传递了一种类同感受——老百姓实在"活不下去了"，甚至连死都死不起，因为买不起棺材。在中国人看来，生存是第一要义的，俗语云"好死不如赖活着"，不正常的死亡是不吉祥的，但当老百姓纷纷把死挂在嘴边甚至主动去求死时，这无疑凸显了天灾人祸的危害性。冯铿的《贩卖婴儿的妇人》（1931）写李细妹新寡，抱着婴儿在荐头店等待雇主的雇佣，好不容易一个商人相中了她，却厌恶她怀里的婴儿，为了生活她想把婴儿送到育婴堂，不成之后便打算把孩子以一只鸡的价钱卖掉，结果包探说她"贩卖人口"，并让印度巡捕抓她入狱。她哭诉道："我没有饭吃了，要做工，主人不准我带孩子；我要孩子就没有工作。放进育婴堂去又只有死，把他卖了，你们又说我犯罪！……我把我的儿子救活，你们不肯；一定要我和儿子都饿死了，你们才称心了么？……把我们都杀尽了，你们才欢喜的！……"① 小说写得凄婉动人，读来令人在怜悯之外心生愤怒，是谁逼得母亲卖掉自己的孩子？是谁逼得这对母子走上绝路？夏征农的《禾场上》（1933）写泰生夫妻经过大半年的努力终于获得了回报，田里的禾有了十足的收成，大概不必如往年那样挨饿了。可郑老板和他的走狗范先生在泰生开桶请酒那天，百般挑剔酒席饭菜，三七分租之后，又索要旧债，更变本加厉地把泰生新收的五十多担稻谷搜刮一空，然后竟诬蔑泰生捣鬼瞒骗收成，并声称不再租田给他种了，这就逼得泰生一家没了活路，以至于发出了绝望的悲鸣："天呀！现在是没有穷人活的命了。"② 作者通过佃农愤怒的哭嚎和诅咒，展现了旧中国农民遭受重重压迫和盘剥直至无以为生的苦难情状。

　　30年代左翼作家在书写底层民众被逼上绝路的情状时，主要是通过叙述者的全知视角来表现的。是时，平铺直叙是左翼小说最常用的一种叙述手段，因为如此最容易传递作者们复杂的思想感情、反抗情绪和斗争体验，这也使得左翼小说在满溢着激愤情绪之外还充满了现场的真实感和浓厚的忧郁感。李辉英的《最后一课》（1932）与都德的《最后一课》同名，但前者所传递出来的乐观心态和战斗情绪与后者有明显不同。小说通过吉林省立女子中学一个在校学生自述其因撕毁日军布告被中国警察逮捕后的牢狱经历，强烈谴责了日帝侵略中国后抢劫、奸淫、焚毁等滔天罪行，猛烈批判了中国官长的腐败、妥协和卖国行径，严

---

　　① 冯铿：《贩卖婴儿的妇人》，载鲁迅编选《中国新文学大系（1927—1937）》（第四集小说集二），上海文艺出版社1984年版，第77页。
　　② 征农：《禾场上》，《文学》月刊1933年8月1日第一卷第二号。

厉叱责了汉奸走狗助纣为虐、为虎作伥的丑恶嘴脸，侧面歌颂了女教员张老师组织抗日活动的英雄壮举和巾帼女杰的别样风采。茅盾的《春蚕》（1932）、叶紫的《丰收》（1933）和叶圣陶的《多收了三五斗》（1933），这三部短篇小说均以1932年"一·二八"上海战争为背景，叙写了"丰收成灾"的现象。粮食或春蚕大丰收，却因为日本鬼子侵略上海而卖不出去。国民党新军阀之间的大混战使得百业凋敝，堤防费、国防费、救国捐、剿共捐等苛捐杂税无穷无尽，地主的残酷剥削和高利贷盘剥如同敲骨吸髓，加之洋货疯狂倾销、官府巧取豪夺，所有这一切都导致老通宝、云普叔等农民不断走向极度贫困甚至死亡。欧阳山的《痞棍世界》（1935）写王小存到贫民医院去看望病人刘九，结果目睹了贫民医院的脏乱差，在这样的世界里，痞棍们活得如鱼得水，贫病者则被强权者肆意凌辱和践踏。小说通过书写一个好人决定投入这个靠诈骗和人性弱点吃饭的痞棍世界的故事，揭露了国民党统治之下痞棍横行、恶人当道的黑暗现实。陈荒煤的《长江上》（1936）写退伍兵独眼龙当兵七八年好不容易熬成一个小排长，但由于身患肺病只能无奈退伍，回到家乡后才发现妻儿已经下落不明，他只好到江轮上当伙计混饭吃，由于整日与喜欢嫖妓的茶坊头老张和鸦片走私犯杜胖子为伍，他也不自觉地染上了嫖赌和烟瘾。后来他不愿再过这种非人生活，遂带着对妻儿的回忆和思念走上了新的流浪之路。透过这部小说，读者不仅可以借助长江轮上水手污浊生活的表象透视他们灵魂深处的人性善，更能感受到作者对于这些苦难生活承受者的深深同情。子冈的《疯狂的人》（1937）写阿鲁勤奋好学，终于读上了兵工学校，在实验室做军用化学试验时，他最好的朋友因操作失误被炸死，阿鲁伤心得九夜没有睡觉，加上对国家危难的担心和看到民众抗日捐款不积极时的愤怒，他发疯了，而发高烧更是让他每日呓语不断。这部小说的成熟之处在于通过第三者的视角叙写了阿鲁抗日诉求不断碰壁的情形,也揭示了社会庸众尤其是家人对阿鲁的误解和隔膜。如果我们把阿鲁视为一个启蒙者和爱国者,那么他的清醒源自于"发疯",但可悲的是他的"疯狂"并未促进庸众的觉醒,这就使他具有了鲁迅笔下那种狂人式的悲剧意蕴,并契合了这一时期文学和社会的主流价值观念。

1930—1937年间的左翼小说也偶有通过历史题材的书写来影射现实的,郭源新(郑振铎)1934年刊载于《文学》月刊上的《桂公塘》《黄公俊之最后》和《毁灭》是其中比较有代表性的三部作品,这三部新型历史小说于1936年结集为《桂公塘》,并由商务印书馆出版。《桂公塘》写的是南宋末年文天祥宰相赴元讲和被扣押后设法逃脱、辗转数处终于脱险的故事。小说基本上是在演绎文天祥的一些纪事内容,作者开头便引用了文天祥的一首诗《旅怀》来烘托一种情境和思绪,诗云:"天地虽宽靡所容!长淮谁是主人翁?江南父老还相念,只欠一帆东海风。"小说以忆叙的方式展开故事情节。蒙古大军即将南下,朝廷拟派大臣去谈判,以右丞相吴坚为代表的奸臣们互相推诿,流露出了卑鄙龌龊的态度和见危求脱的怯懦神气,他们纷纷给文天祥扣高帽,称他是国家的柱石,希望他去送死。文天祥尽管知道这些小人的卑鄙心理,但他还是以"摧折强虏的锐锋"决定去谈判和一探"北虏的虚实"。想不到蒙古军出乎例外的把他羁留下来,并在派南宋降臣吕文焕等来劝降的同时,挥师南下迅速占领了南宋的都城。文天祥在余元庆等人的保护和策划下,从镇江北营经水路逃到真州城,却因为蒙古军的离间计而被摒弃于城外,他们打算逃到扬州重整旗鼓,但当他们意识到扬州守军也难免会中离间计之后,毅然决定弃扬州直趋通州并渡海归江南去见二主,以便别求报国之道。小说批判了奸臣们的卖国行径和"宁愿送给外贼,不愿送给家人"的汉奸心理;同时,作者借助文天祥的故事,表达了强烈的爱国主义精神,正如他所解释的那样:"读《文天祥指南录》,不知泪之何从,竟打湿了那本破书。因缀饰成此篇,敬献给为国人所摒弃的抗敌战士们!为行文方便起见,曾略略改动了原作的几个小的地方。这是预先声明,省得别人说话。因为这一段事过于凄惨,自己写完了再读一过,却又落了一会泪。"① 显然,令作者落泪的是中国被日本帝国主义大肆侵略,以及国民党当权派毫无抗日意志甚至争当汉奸的事实,尤其后者可谓中华民族的耻辱和隐痛。《黄公俊之最后》写清末文人、太平军将领黄公俊被曾国藩兄弟逮捕后宁死不降清廷的故事。作者在小说开头摘录了一段充满慷慨激昂和轮回之感的黄公俊文句作为引子:"最痛有人甘婢仆,可怜无界别华彝!世上事情如转烛,人间哀乐苦回轮。周公王莽谁真假?彭祖颜回等渺茫。凡物有生皆有灭,此身非幻亦非真。纲常万古恶作剧,霹雳青天笑煞人。"② 接着引出了黄公俊的家族史。黄公俊的祖上因反抗清廷的变乱,在台湾被俘获后流放到长沙。愤怒于血写的家史和扬州十日、嘉定屠城之类的恐怖纪事,黄公俊祖孙三代都以对科考的消极憎恶来表示他们对清朝统治者的仇视和不合作态度。驻守长沙的满族骑兵的侮辱、被屠杀的噩梦和祖先遗传下来的强悍的反抗精神,令其瘦弱的身躯充满了坚强的意志和不涸的热情,也使他间或做着复兴故国的梦。太平军在广西金田起事后,黄公俊祖孙三代被压抑已久的"等候"复国的机会终于来了,与曾国藩兄弟们把太平军视为千古未见的穷凶极恶的集张角、黄巢、李自成、张献忠于一身的逆贼叛徒的看法不同,他将太平军视为扛着民族复兴大旗和能够让穷人翻身报怨、拯救自己的"仁义之师"。他与"泼皮"好汉阿虎出城

---

① 郭源新:《桂公塘》,《文学》月刊1934年4月1日第二卷第四号。
② 郭源新:《黄公俊之最后》,《文学》月刊1934年7月1日第三卷第一号。

去投奔太平军,他认可太平军提出的驱除鞑虏、追求革命的主张,他愿意做太平军的一个马前卒,并设法去发动农民参加太平军。但曾国藩所组建的湘军以保湘卫土和功名利禄为诱导,获得了湖南人的大力支持,这支军队成了锐气和声誉大减的太平军的致命对手。黄公俊被太平军派去与曾国藩议和,以便停止汉人之间的兄弟阋墙,但他大义凛然的劝解毫无效果,曾国藩不愿放弃自己的军权、经济权,更不愿冒灭族杀身的危险,他立志要实现以一己之力剿灭太平军的目标。太平天国由于内讧、内耗、腐败和横征暴敛逐渐失去了民心,而清军通过卖国的方式请来以戈登为统帅的英国洋枪队,他们的强大火力和先进武器不断给太平军以重创。最后,忠王派黄公俊去与曾九谈判,太平军可以归降,但要曾家组织汉族朝廷,曾氏兄弟为利害之心所蒙蔽,不但没有同意黄公俊的主张,反而将他囚禁起来。最后,在得知天京被湘军所破后,黄公俊拒绝了曾九的劝降和赦令,他但求一死也不愿看到整个民族的自由为不肖子孙所出卖的情状。这部小说影射了现实中的内乱和内战以及它们给中华民族带来的致命伤害。《毁灭》[①]讲述了南明小王朝阮大铖以政治斗争的名义迫害儒林士子的故事,它虽然与法捷耶夫的《毁灭》同名,但与后者并无直接关联性。作者精妙地揭示了阮大铖的阴暗心理、冷酷性格和无赖品性,他捏造莫须有的罪名,将昔日对他不屑一顾的名士清流诬为周镳、雷演祚党羽,以便致他们于死地。面对许定国杀害枭雄高杰投降北庭的重磅消息,他想的是与北庭设法疏解,先安内患,将来再和强邻算账。明眼人一看便知这是在讽刺国民党"攘外必先安内"的政策。由于马士英与阮大铖这类奸臣当道,所以左良玉等忠臣拟以兵谏的方式来清君侧。阮大铖设计让侯朝宗以其父亲即

---

① 郭源新:《毁灭》,《文学》月刊1934年11月1日第三卷第五号。

左良玉恩师的名义给左写信，阻止了内战爆发。接着左良玉病死，西顾之忧消散，而北庭大军暂时按兵不动，加之李自成、张献忠也威胁不到南明朝廷，于是马士英等奸臣们立刻故态复萌，一面在秦淮河两岸歌舞升平，一面在统治区域内横征暴敛、公报私仇，享受着小朝廷大臣们的最高权威。但很快清廷铁骑在南明降臣许定国的引领下疾驰南下，南明大将黄得功战死，扬州失守，史可法投江自杀。噩耗传到南京，立刻引起了极大的骚乱，都城盗抢事件频发，谣言四起，皇帝不思抵抗，拟定迁都亦不过是为了逃出南京这座危城，奸臣们更是自顾自逃亡和投降，他们的家产被愤怒的群众抢走，他们一生搜刮的财产不过是为别人看管一时的财物而已，他们最后都难免落得孑然一身或死于非命的下场。就这样，在当时描写民间一派凄惨景象与激愤情绪并行情状的小说世界里，在作者们认为无产阶级革命与抗日洪流激荡人间世界时，历史人物亦真亦幻的言行和传说成了一个个影射现实的寓言。

左翼小说自诞生之日起，就与其他文学样式一同承载着启蒙、救亡和民族化的道统，并一直绞缠于极力冲破内在"左倾"阻力和外在围剿的紧张感与自我认同之中。为此，"左联"在成立大会上明确宣称要"援助而且从事无产阶级艺术的产生"，无产阶级艺术要以表现无产阶级的感情为内容，要反对封建阶级、资产阶级和"失掉社会地位"的小资产阶级的倾向[①]。这不仅体现了明晰的文学对抗意识，更彰显了强烈的阶级斗争思路。鲁迅则在1931年指出："属于统治阶级的所谓'文艺家'，早已腐烂到连所谓'为艺术的艺术'以至'颓废'的作品也不能生产，现在来抵制左翼文艺的，只有诬蔑，压迫，囚禁和杀戮；来和左

[①]《文艺界消息·左翼作家联盟底成立》，《萌芽月刊》1930年4月1日第1卷第4期。

翼作家对立的,也只有流氓,侦探,走狗,刽子手了。"① 1936年,左翼文艺界内部又爆发了"两个口号的论争",尽管存在诸多纷争,但左翼文艺界无疑明确了左翼文学在抗战大背景下的时代任务。正如茅盾对于两个口号的精准分工:"'民族革命战争的大众文学'应是现在左翼作家创作的口号!""'国防文学'是全国一切作家关系间的标帜!"② 这种解读既保留了左翼文学本身的主体性,又顾全了民族国家的大义。是故,左翼小说家所感受、叙述的民众疾苦和抗日情绪,并未停留在简单的宣讲口号层面上,而是导引出了更深层的民族悲剧和个人悲剧一体共存的生命感悟。他们所传递的思想意识不仅丰富了时人对"反帝反封建"、"反强权反专制"等政治情感的认知,更推动了整个社会在形而上层面上对"力的文学"的审美接受,在对悲苦现实的剖析和叙事中增强了左翼小说的意义深度。

与此同时,在惨淡激愤的左翼小说世界中,左翼作家们对天灾人祸尤其是日本帝国主义之害的厚重书写逐渐演变为一种结构左翼小说情节的叙述策略,并彰显了左翼小说的多元性和深邃感。在左翼小说家的笔下,底层民众不再简单地把自己的悲剧归结为命运使然,他们生出了打破自身奴隶宿命的强烈诉求,这种诉求并未增加小说的悬念,却成为推动情节发展的自然动力、吸引读者的常见策略和增厚小说内涵的艺术技巧。最关键的是,尽管左翼小说存在为了强化无产阶级革命和抗日民族战争合理性而刻意美化、强化底层民众的道德和力量等现象,但他们并未鼓吹狭隘的民族主义和单纯空洞的爱国主义,而是在进行底层叙事时

---

① 鲁迅:《黑暗中国的文艺界的现状——为美国〈新群众〉作》,载《鲁迅全集》(第4卷),人民文学出版社1981年版,第285页。

② 茅盾:《关于引起纠纷的两个口号》,《文学界》1936年8月10日第一卷第三号。

把民族国家关怀精神落到了实处,落在了建构工农大众的"主体"和质朴的爱国爱家意识上,这使得左翼小说无论是在数量上还是在质量上都明显高于其他左翼文学样式,这也是左翼小说被视为左翼文学中"收获最丰的部门"[①] 的根本缘由。

[①] 杨义:《中国现代小说史》(二),人民文学出版社1981年版,第233—234页。

第三章　政治情势与狂狷诗风:1930—1937年间的左翼诗歌

1930—1937年间的左翼诗歌是"皈依"政治和现实的诗歌。社会现实尤其是政治情势的急遽变化推动左翼诗歌开启了新的抒情和叙事道路，同时，政治视域、民族立场和底层关怀"统辖"了左翼诗歌的思想领域。而自视为摩罗战士的左翼诗人也心甘情愿地接受了文学"依附"和"臣服"于政治的现状。这一时期左翼诗歌的特色因此而生，它因勇于抗争国民党和帝国主义的政治压迫与文艺统制充满了狂狷之气，而它的艺术缺失也因为过于依附政治得以凸显。

20世纪30年代的左翼诗人大多具有"中共"的党派身份，还有一些虽然没有加入中共，却保持着政治斗争的警惕性和诗艺探索的积极性，他们在政治立场上与国民党是敌对的，在文学观念上则与新月诗派等有着明显不同，即使在"左联"解散和左翼文艺界提倡"国防文学"之后，这种情形也仍然存在。所以鲁迅在1936年接受《救亡情报》记者访问时曾特别强调说："民族危难到了现在这样的地步，联合战线这口号的提出，当然也是必要的，但我始终认为在民族解放斗争这条联合战线上，对于那些狭义的不正确的国民主义者，尤其是翻来覆去的投机主义者，却望他们能够改正他们的心思。"[①] 这一提醒非常及时，也

---

① 鲁迅:《几个重要问题》,《夜莺》1936年6月15日第一卷第四期。

说明一些左翼作家是非常清醒的,他们对于国民党的政治迫害和投机主义者的墙头草心理早有体察,不会因为一个充满民族主义色彩的口号就原谅或忘记国民党给左翼文艺界制造的新仇旧恨。同时,他们更加信服马克思主义的阶级斗争等学说,尽管马克思主义并未给他们提供什么切实的中国革命胜利经验,但他们还是在这里找到了参与中国社会大变动的方法和解决中国政治革命等问题的具体路径。这正如左翼诗人殷夫在其遗诗中所说的:"我们过的是非人的生活,/唯有斗争才解得锁链,/把沉重的镣铐打在地上,/把卑鄙的欺骗扯得粉碎,/我们要用血用肉用铁斗争到底,/我们要把敌人杀得干净,/管他妈的帝国主义国民党,/管他妈的取消主义改组派,/豪绅军阀,半个也不剩,/不建立我们自己的政权,——/我们相信,我们相信,永难翻身!"[①] 这也表明左翼文艺界依凭无产阶级所过的非人生活和备受帝国主义、国民党、地主豪绅、新军阀压迫的事实,找到了反抗斗争与建立"我们自己的政权"的多重根据。

《礼记·乐记》云"乱世之音,怨以怒,其正乖"。《毛诗序》亦谓"乱世之音怨以怒,其正乖"。孔颖达疏:"乱世谓兵革不息","乱世之政教与民心乖戾,民怨其政教,所以忿怒,述其怨怒之心而作歌,故乱世之音亦怨以怒也"[②]。在20世纪30年代左翼诗歌中,读者很容易就能感受到强烈的乱世之音和悲愤之情。穆木天的《我们要唱新的诗歌》告诉读者:"一二八的血未干,/热河的炮火已经烛天。/黄浦江上停着帝国主义军舰;吴淞口外花旗、太阳旗日在飘翻。"学易的《一九三二初夜》通过报贩之口彰显了社会的混乱:"'冯玉祥拿大饼,油炸桧请客——'/'东洋兵打锦州,张学良吃败仗——'/国民政府今朝成立,——'/

---

① 殷夫:《五一歌》,《前哨》1931年4月25日第1卷第1期。
② 阮元校刻:《十三经注疏》(上册),中华书局1980年版,第270页。

'湘、鄂、皖、苏、浙、豫六省大联军——'／'外交部长陈友仁就职——'／'孙科向大英银行借款……——'"。蒲风的《农夫阿三》借农夫阿三之口质疑道："为什么东四省已送给日本人？／说是保百姓，救国家，／干吗自家又杀自家人？"任钧的《中国哟，你还不怒吼吗?》告诉读者，满洲、热河、晋察被那贪婪的恶兽吃掉了，而它还没有吃饱，它正向中国的心肺和肠胃伸出血腥的毒爪。柳倩的《游方僧》则写游方僧"清瘦的形容，／抑郁写上了苍白的脸。／疏落的须髯，／挂起永恒创痛的心"，连本该看破红尘的僧人都对这种乱世的苦楚忍不住长叹，乱世之下连出家人也没有好日子过，等待他们的只有"一木鱼，一佛号，一声长叹"和"未计的死亡"。由此，我们一方面可以感受到左翼诗人对社会政治黑暗的失望和痛恨，一方面更可以感受到他们急于参与战斗和报仇雪恨的峻急心态。殷夫的《意识的旋律》高喊："报仇！报仇！报仇！／Dec. 11 喊破了广州！／白的黑衣掩了红光，／五千个无辜尸首沉下珠江，／滔天的大浪又沉没了神州，／海的中心等候着最大的锤头！"戴伯晖的《血光照耀的五月》明言："呵！血光照耀的五月来临了，／这是我们伟大的时代降到，／我们高举着×头与×刀，／去呵！去和那恶魔们血战。"同时，他在《血腥的五卅》中明示了为何要去血战的缘由："帝国主义者挟着军舰和枪炮，／还是如昔日一样残酷，凶横，／到处厉行着越货与杀人；／我们的同胞还是讲容忍容忍。／／军阀的残暴真是亘古所未有，／他们安心做帝国主义的刽子手；／屠杀那整千整万的青年和工农，／但他们的兽心还不觉得满足。"浪白在遗诗《在柱头上》中狂吼："冲锋，冲锋，冲锋！来哟，来哟，叛徒们。／我们是人，我们有生命，／我们得冲锋。管你妈的手枪白刃，／我们的计划已定，／我们是长痛不如短痛，／来哟，来哟，我们冲开这牢笼。"段可情的《下层阶级的五月》声言："起来！起来！我们这些牛马不如的工农，／向着那压迫阶级的人们努力去进攻，／高捧着革命的旗帜，在太阳之下翻红，／才能去破坏他们的安宁，把世界轰动。//我们绝不要害怕敌人们无情的残杀,/不能推翻他们的统治,我们永远要作奴隶,/要在他们这样严重的威胁压迫之下,/去肉搏,巷战,死斗,方才能显出我们的勇气。"谷非的《仇敌底祭礼》重复着日本劳动组合全国协议会所发出的口号:"不要打中国的兄弟!"并号召全世界的奴隶们挣脱颈上的锁链去争取自由平等和名叫"大地"的"祖国"。在某种意义上,这些诗歌都是乱世之悲乃至亡国之悲的直接抒发或隐喻表达,诗人急于表现的不仅仅是下层民众的苦难遭际和反抗意识,还有身处悲剧时代满溢于他们心中的愤懑之情和先锋锐气。

左翼诗人们在急切号召广大爱国者反抗大地主、大资产阶级和帝国主义的奴役,而新月派的诗人们则寄希望于国民党政府变成"好人政府",当后者从"帮闲"和"帮忙"的角度去批判社会现实、谴责政治黑暗和表达失望情绪时,他们同样悲愤的诗句仍然与左翼诗歌存在一定的差异,因为他们的出发点是为了维护既成政体的合法性,而前者是从与国民党完全对立的角度去谴责极权政治的。值得注意的是,尽管左翼诗人和新月派诗人在诗歌观念、美学思想方面存在一定歧异,但由于他们在抗日救国的民族立场上的一致性,他们之间已经开始出现向抗战文学合流的趋势,这使得双方在创作上的矛盾冲突并不像在理论论争中那么剧烈。实际上,新诗在当时政治环境和文化市场中的生存困境更令双方感到焦虑。与"五四"时期相比,20 世纪 30 年代以后,新诗的读者和作者数量都在锐减,诗坛日渐萧条。早在 1929 年罗念生就叹息"近来我们的诗坛未免太寂寞了",并依据《文学周报》上的出版统计得出了非常令人丧气的结论:"诗集最不时行,这好象是说诗的时代已经死去了";"这年头真不是诗的时代"①。

---

① 念生:《〈草莽集〉》,《文学周报》(第 8 卷),泰东图书公司 1929 年版,第733 页。

1931年梁实秋描述新诗界的没落情形是:"新诗创作的试验,现在已到了严重的时候了,当初摇旗呐喊的人如今早已冷了,写自由诗的人如今也都找到更自由的工作了,小诗作家如今也不能再写更小的诗了,——现在只剩了几个忠于艺术的老实人死守着这毫无生气的新诗。"① 1934年鲁迅在给《新诗歌》编辑窦隐夫的信中直言新诗"还是在交倒楣运"②。1935年朱自清编选《中国新文学大系》时则叹息道:民十五《晨报》《诗刊》出现以后,诗一方面走上"精致的抒情的路上去了",另一方面"做诗的读诗的却一天少一天,比起当年的狂热,真有天渊之别了"③。而臧克家更是在当时伤感地说:"中国的诗在文学史上占了重要地位,夸大点说,中国是一个诗的国家也没有什么不可,为什么新诗在现代被人歧视着,各大杂志大半不给它个地位,好似新诗只合填杂志缝和点缀报屁股。眼看着别的部门在蓬勃的滋长,而它——新诗被打入了冷宫,这现象映到一个热爱新诗如你的青年眼中,自然在叹气,愤慨之余,惊问一下:'新诗会灭亡的吗?'"④

出于探析新诗衰微的原因和"振兴"诗坛的方略,各派诗人均提出了自己的主张。戴望舒认为很多新诗作者强写自己不知道的无产阶级和资产阶级生活难免令人"反感"⑤;小雅诗社认为当时的"犁田打铁"派诗没有"真感情"⑥,所以自然难获读

---

① 梁实秋:《新诗的格调及其它》,《诗刊》1931年1月20日创刊号。
② 鲁迅:《致窦隐夫》,载《鲁迅全集》(第12卷),人民文学出版社1981年版,第556页。
③ 赵家璧编:《编辑忆旧》,生活·读书·新知三联书店1984年版,第195页。
④ 臧克家:《新诗答问》,载《臧克家散文小说集》(上),长江文艺出版社1982年版,第8页。
⑤ 戴望舒:《一点意见》,《北斗》1932年1月20日第2卷第1期。
⑥ 仝人:《社中人语》,《小雅》1936年12月第4期。

者的青睐；而左翼诗人蒲风认为诗歌的"中落"是源于金钱腐蚀和政治禁忌："许多诗人因诗歌不能卖钱而改了路，并且许多思想正确的诗歌不能随意的披露"[1]。与其他诗派强调诗歌的个体体验、经验或抒发真情的重要性相比，中国诗歌会在"左联"提倡文艺大众化的背景下提出了诗歌大众化的主张，也因其如此，尽管左翼诗歌存在艺术技巧粗糙、思想机械简单、创作水平不高等缺陷，但由于左翼诗歌契合了反帝反封建的时代精神和思想主潮，特别是承载、抒写了底层民众的悲哀和怨气，所以在当时似乎更容易获得读者的认可和赞许，以至于有了蒲风所夸耀的中国诗歌会"倡现实主义的路，鼓吹诗歌大众化，这才挽救了各趋极端的诗坛"[2]一说。其实，"诗歌的大众化"这一主张并不能使得诗坛"幡然豹变"，真正能够产生这种效力和造成所谓新诗"黄金时代"的是抗战激情的大爆发、民众民族情绪的全面提升和诗人对文学工具理性的强烈认同，正是在这一过程中，诗歌作为传递爱国思想和抗日精神的便捷"工具"，重新焕发出了青春和激情。

挟带着一腔热血和爱国之情，左翼诗人们仿佛置身于风萧萧兮易水寒的悲壮情境中，而与其他诗派相比，也只有他们才能够喊出抗日救亡、保家卫国和底层关怀的最强音。由于早期左翼诗人中的代表人物——蒋光慈、殷夫、胡也频和柔石早逝，加之郭沫若远遁日本潜心治学，所以左翼诗歌的声音主要是由中国诗歌

---

[1] 蒲风：《五四到现在的中国诗坛鸟瞰》，载《现代中国诗坛》，诗歌出版社1938年版，第61—62页。

[2] 蒲风：《五四到现在的中国诗坛鸟瞰》，载《现代中国诗坛》，诗歌出版社1938年版，第70页。

会诗人和被誉为当时"中国诗坛的泰斗"①——艾青所发出的。在阴森凄惨的氛围中发出战斗的号角是这一时期最常见的诗歌写法，如叶流的《新编十二个月花名》、穆木天的《扫射》、蒲风的《行不得呀哥哥》、田间的《雪地逃荒者》、王亚平的《大沽口》、马甦夫的《祖国》、柳倩的《西风歌》和艾青的《雪落在中国的土地上》等。

叶流的《新编十二个月花名》起始便借助梅花透雪开引出了一副穷人正月哀哭图，并在对底层民众天灾人祸场景的描绘中隐含着诗人浓郁的同情："二月兰花喷喷香，一家儿女哭断肠，/无衣无食饥和冻，喊天喊地喊爹娘！/三月桃花点点红，没有天亮就做工，/一年三百六十日，风吹雨打肚又空。/四月蔷薇白又黄，天灾人祸苦难当，/去年失却东三省，国民政府迁洛阳。"此后在对日寇侵略中国罪恶行径的叙写中寄寓了作者无限的愤慨，接着对抗日英雄进行了歌赞，然后对国民党的投降妥协表达了愤怒，最后号召大家准备上战场。这首诗以十二个月花名起兴，通过鲜花的盛开来反衬人间世界的悲惨，形成了鲜明的对照，而诗人的愤慨之情似乎只有变成鼓励民众上阵杀敌的号召之后才稍得以疏解。穆木天的《扫射》表达了怒其不争之感。"九一八"事变以来，日本帝国主义越发压迫和奴役东北民众，他们派遣数十万大兵在东北大地上横行霸道，用大炮到处轰杀无辜百姓，于是豪绅地主投降了，军阀政客不去抵抗了，农村破产了，水灾、饥馑和失业把东北弄得饿殍遍野、哀鸿载道、民不聊生。英勇的义勇军奋起反抗，日寇说他们是土匪，其实他们都是善良的百姓和勤苦的农民。义勇军武装自卫，把日寇弄得头乱如

---

① 智利诗人巴勃罗·聂鲁达曾在他的回忆录《我承认，我历经沧桑》中称艾青为"中国诗坛的泰斗"。转引自中国大百科全书总编辑委员会编《中国大百科全书：中国文学》(Ⅰ)，中国大百科全书出版社2002年版，第8页。

麻，为了镇压义勇军，日寇想出了釜底抽薪的毒计，他们让村民们集合起来证明自身不通匪，但随后就用机关枪进行屠杀。诗人的愤怒情绪在最后达到高潮，并以"这是一九三二年的夏天，/那些天真的民众受了帝国主义的扫射，/他们就了他们所梦想不到的死，/在那青青的山坡之旁，阳光辉耀之下"的感喟作为结束语。蒲风的《行不得呀哥哥》充满了无奈的苦楚意味。诗中写道：妈妈年纪高，家中事务多，一个少妇的丈夫归家只三天就离去，他"只恨当初主意错，不该暗中偷向营中逃"，他到处开拔杀土匪，其实杀的是苦兄弟，明知杀人不对，但假期已满必须回，不然"回头找着要枪毙"。就这样，少妇哭倒在山阴道，只有鹧鸪为她声声哀唱："行不得呀哥哥！"田间的《雪地逃荒者》塑造了一列在黑夜中被迫前行的"雪地逃荒者"群像。饥饿之火燃烧着逃荒者的心，寒冷的鞭子抽打着他们的脊背，妇人、小孩和大人组成"一条长线饥饿的人影"，夜晚像"宰割的死神"抓住每一个疲倦劳苦的生命，为此，求生的人们只能挣扎着不断前行。王亚平的《大沽口》充溢着历史的沧桑感和对国民党不抵抗行为的愤怒。大沽口惨遭炮火的浩劫，饱负着历史的创痕，从前刚修的时候是多么坚固、伟大、庄严，那周围的万千荒冢掩埋的都是保家卫国的英雄，可现在"再无人安慰他们的英灵"，"九一八"事变以后大沽口迎来了新的生机，但炮台还未修好就因日本和中国讲和而停工，可中国兵刚从前线退却，日本兵就冲进了关口，从此大沽口成了日寇的军港。马甦夫的《祖国》充溢着爱憎分明的情感。诗人一方面歌颂祖国伟大的母亲，因为她拥有壮丽的山河、肥饶的田园、富足的物产、浩瀚的海洋、蔚蓝的天空、温暖的太阳、壮观的五岳、巍巍的昆仑、广袤的平原、三千年的春秋和古老的文明；另一方面展现了祖国阴惨的现状，如今她受尽了奸辱侮蔑，充满了战争饥饿，到处是肿胀的尸身，到处有悲哀的呻吟，到处有黑死病等瘟疫。诗人的愁苦情绪在心中跌宕起伏，最后却在"你的翻山倒海的呼声，/把全世界，全宇宙都已震动"中一扫而空。柳倩的《西风歌》唱响了义勇军的归来之歌。尽管西风裹挟着无限的寒冷，尽管"九一八"事变之后五年的故国赐给流亡者的只是"将胜过于亡国的痛楚"，但他们归来了，他们阻击敌人的兵车和偷袭，他们要用敌人的鲜血洗涤五年来的羞辱，他们以少数伤亡换得了"绝大胜利"，他们为每一个失掉的家园流血和战斗，他们要回去收拾那残暴的敌人和收回失去自由的土地。

艾青在《太阳》《黎明》《春天》《笑》《煤的对话》等早期诗作中传达了生的希望、光明的追求和对美好未来的憧憬。在《大堰河——我的保姆》中，他通过大堰河的形象歌颂了旧中国劳动妇女的勤劳、善良、朴实和宽厚，也歌颂了大堰河们承载苦难的力与美："苦难的美是由于在这阶级的社会里，人类为摆脱苦难而斗争！"[①] 在《透明的夜》中诗人绘写了一幅充满生气的人间图画；在《一个拿撒勒人的死》中诗人赞美了一个"要救人的如今都不能救自己了"的牺牲者的奉献精神；在《煤的对话》中诗人以"煤"的燃烧特性隐喻中华民族不屈的民族之魂；在《他死在第二次》中诗人呼唤为祖国人民英勇献身的爱国主义精神；在《复活的土地》中诗人更是毫不隐讳地对战斗者的精神给予了深情的歌赞：

> 因为，我们的曾经死了的大地，
> 在明朗的天空下
> 已复活了！
> ——苦难也已成为记忆，

[①] 艾青：《诗论》，载艾青著《大堰河——我的保姆》，华夏出版社2008年版，第266页。

在它温热的胸膛里
重新潆流着的
将是战斗者的血液。①

而当抗日战争全面爆发时，诗人却无意于彰显烽火枕戈的战乱气息和民族英雄的战斗精神，他更属意于表现中华大地和华夏子民承受沉重灾难的韧力，正如他在《雪落在中国的土地上》中所展现的："雪落在中国的土地上，/寒冷在封锁着中国呀……""中国的苦痛与灾难/像这雪夜一样广阔而又漫长呀！"但这灾难深重的大地同样承载了太阳的无穷热力，而受苦受难的民族和国家更承载着诗人与爱国者深沉的爱，是故诗人眼含热泪地写道："中国/我在没有灯光的晚上/所写的无力的诗句/能给你些许的温暖么？"

在这里，我们很容易看出艾青与中国诗歌会诗人的诗在风格上的差异。叶流、穆木天、蒲风等通过惨绝人寰的景象描摹，将日寇带来的灾难渲染得惊心骇目。诗人们所持有的民族立场和爱国情怀使他们对日寇的侵略尤其是日寇给中华民族带来的一个个国耻抱有无法平抑的愤怒怨怼。不同于中国诗歌会诗人溢于言表的愤慨和急于赶走日寇的激切，艾青将心中如火的悲愤之情压抑、沉潜下来，这反而使得他的诗更具深沉而持久的感人力量和悲悯意味。在艾青看来，诗人是不平则鸣，只要人世间存在不公正的事情，诗人就有责任遣使语言之剑去和敌人争斗："要是你们能听见深夜还有哭声；/看见垃圾桶边还有若干探索的眼；/年轻人的尸体还暴露在道旁……/你们的呼吸能不感到困苦吗？/你

---

① 艾青：《复活的土地》，载艾青著《大堰河——我的保姆》，华夏出版社2008年版，第72页。

们的嘴还能缄默吗？"① 是故，他认同革命文艺的社会使命："假如说，革命的理论是从思想上去影响人朝向革命，组织人为革命而行动；那末，革命的文艺创作则是从情感开始到理智去影响人走向革命，组织人为革命而生，为革命而死。"② 同时，他在诗歌创作过程中极为注重情景交融、形神合一和形散神聚的审美建构。艾青诗中的悲悯情怀会令读者想起杜甫及其战乱题材诗。杜甫是被誉为"诗圣"的，他的诗是被誉为"诗史"的，艾青所生活的时代已经不是能够产生"诗圣"的时代，其诗作也没有杜甫诗那么厚重有力，但艾青在抗日烽火的映照中把悲愤之气化作幽沉之调，还是有几分杜甫神韵。反观中国诗歌会诗人，他们的突出特点在于"能抓住时代的旋律，摄取现实生活中的重大题材，用俗言俚语唱出大众的心声，诗风都比较刚健、朴实、明快"③。也就是说，尽管艾青和中国诗歌会诗人的诗风存在一定的差异，但他们的愤怒、忧伤、悲悯、恨意和爱国情怀并无本质性区别。对于这一时期的左翼诗人而言，民族国家危机的加重不断延展他们感时伤世的忧患之思，他们自觉地为普通人乃至无产阶级进行代言，并基于自身的生命体验和生存经验去表现无产阶级的生活困境。这也是他们获得诗感的重要源泉。

出于对日寇的国恨家仇，左翼诗人们很自然地把无能的国民党及其党羽推向了专制统治者和卖国贼的位置。任钧的《将军还乡》用对比的手法，通过将军母亲之口比较了将军前后两次还乡情景的不同：当将军在长城外抗击外来侵略时，将军的母亲

---

① 艾青：《诗人论》，载艾青著《大堰河——我的保姆》，北京：华夏出版社2008年版，第319页。

② 艾青：《我对于目前文艺上几个问题的意见》，载艾青著《艾青论创作》，上海文艺出版社1985年版，第631页。

③ 王训昭选编：《一代诗风——中国诗歌会作品及评论选·前言》，华东师范大学出版社1996年版，第16页。

在家乡被捧得天一般高；当将军变成汉奸以后，将军的母亲被骂成是"老狐狸"，养了狗汉奸。他的《希特拉的诧异》更暗讽了国民党反动派的无耻与矫情，他们反对希特拉（希特勒）把黑人与华人定性为"劣等民族"，自以为是遭受了侮辱，可是黑人敢于反抗，而国民党反动派只知道"不抵抗"，所以希特拉感到万分诧异："'天呀，想不到他们还好意思提出什么抗议'！"蒲风的《牌照》讥讽了"爱国有罪"的奇怪现象，"整千整万的爱国犯/被钉在黑暗的牢狱里"；《怎买得起新衣给她呀——给某邮件检查员》揭露和批判了国民党邮件检查员任意剪看私人信件、践踏公民隐私权的行为；叙事长诗《六月流火》写国民党为了"剿匪"要把农人们的土地征去建造公路，农人们抗议把公路建筑在他们的祖坟上，他们寄希望于官长们的良心发现，但一纸布告让他们失望至极，他们的生命线——坟墓、田土即将失去，绝望和愤怒的村民发动了暴动，他们取得了阶段性胜利，但也换来了镇压和屠杀，这就批判了国民党不思抗日、发动内战和镇压农民反抗斗争的残酷无道。温流的《CHOU 岗》控诉了国民党1927年反革命大屠杀的罪行："Chou 岗，Chou 岗，/你是血的刑场！/你吃着肉，/你吃着子弹，/你喝着血浆。"也表达了对臭岗及强权者的痛恨，要知道，饥饿、杀戮和酷刑不会改变共产党人的信仰，"他们"如火药，如炸弹，终会把臭岗和强权者炸得粉碎。其《吊郭清》一诗，写十八岁的抗日爱国青年郭清被国民党政府非法逮捕，在狱中被狗汉奸折磨了二十多天，诗人告诉读者，郭清的死固然换来了汉奸残忍的狞笑，但也换来了四面八方的声援与呐喊："血债要用血来还，/咱们替你向汉奸算账！"杨骚的《小歌金陵》通过对比手法反讽了国民党的好大喜功，他们大修中山陵，使其"伟大"和"惊人"得堪比明孝陵，但"今百姓"还是与"古百姓"一样渺小、可怜和被挖肉、抽筋。王亚平的《十二月的风》干脆将国民党的统治与秦始皇嬴政的暴政相提并论:"密令盼咐教授,校长……/用机敏手段对付青年怒潮,/更在街角埋伏了暗探,/手枪,利刃,压榨文化呼声。/竖竖眉毛也遭受逮捕,/临时监牢拘禁战士的英勇,/大学门前加紧了岗位,/夜晚出门必须答出口令,/三千年前苛暴的嬴政,/此时又借尸还魂!?"叶流的《新编十二个月花名》批判了党国要人面对日寇入侵时的懦夫行径:"七月凤仙青又青,大炮打倒南京城,/党国要人纷纷走,姨太太们也同行。"他的《国难五更调》表达了对国民党不抵抗政策的愤恨:"一更一点月初升,说起愤恨,呀呀得而唫,国难日加深,大人先生不抵抗,东三省,就送人呀,热河又吃紧,呀呀得而唫,摇动了平津。"在左翼诗人看来,国民党政府把东三省拱手送给日寇是一个标志,仅此即可证明国民党不配做中国的执政党。他们消解了国民党政权的合法性,这是为民国的宪政制度祛魅,也是为无产阶级夺取最后的政权和胜利造势,更是为他们所信奉的人生价值与革命理想追求正名。左翼诗人们以浅显的诗句表达着新颖的人生经验和战争体验,而出现在这些诗句中的各种口号也呈现了他们对抗强权的强烈诉求和不屈意志。

  处在帝国主义的侵略、国民党的暴虐统治和世界经济危机的大背景下,底层民众的生活自然充满了悲苦意味,于是为无产阶级叙说生活之苦和生命之悲成了左翼诗歌所要表述的重要内容。艾青的《大堰河——我的保姆》写出了大堰河的善良、勤劳和博爱,也写出了她的生活苦难,这种苦难甚至延续到了她死亡以后:"大堰河,含泪的去了!/同着四十几年的人世生活的凌侮,/同着数不尽的奴隶的凄苦,/同着四块钱的棺材和几束稻草,/同着几尺长方的埋棺材的土地,/同着一手把的纸钱的灰,/大堰河,她含泪的去了。"林木瓜的《新莲花》写道:"财主年年初一,/穷人日日年三十。/天皇皇,地皇皇,/穷人日日年三十。//三脚木床稻草褥,/一条单被过年冬。/吃粗糠,住草房,/年年苦做日日忙。/天皇皇,地皇皇,/到今朝只喝着白汤。"奇玉的《现代民歌》写道:"无情雪花不住飘,/遮天盖地似鹅毛,/怨一声天爷不睁眼,冻折了胳膊饿断了腰。"蒲风的《村妇的晨起》写村妇晨起之后,"匆匆堆好一团破旧,/让钥匙进出数声'麟麟',/她穿上千缝万补的衫裤",这就折射了其生活之苦。柳倩的《舟子谣》叹道:"小蓬船,/撑过渡,/一摇摇到阎王渡。/阎王面前也好诉诉苦,/只有那无钱缴捐逼得哭。/我们的命难道生来苦。/斗一斗劲儿不摆渡。"杜谈的《思母谣》写"我"因日寇轰炸家破人亡,母亲被压死,父亲跛了腿,逃到上海来,"后退都无路",因为"一年一次'一二八'"。胡楣(关露)的《马达响了》活化了工人被压榨的过程,他们"用血汗去滑动机器",从天明干到日落再干到夜半,就这样血汗变成了绸子,绸子变成了资本家的资本。王亚平的《两歌女》慨叹道:"有多少流浪都市,/有多少惨死异乡,/有多少逼为盗匪,/有多少忍痛做娼,/这并非命运里注定,/也不是上帝要的把戏,/这是少数人制造的灾殃。"洪遒《缝衣婆》中的缝衣婆老无所依,她只能靠自己缝衣顽强过活:"抚遍人家的破衣,/尽让西北风侵凌自己,/短促的线穿过一颗心,/尖利的针挑起一个恨,/一针,一针,针针缝上了/一串串辛酸的泪珠。"任钧的《祖国,我要永远为你歌唱》写道:"我要唱出你的重重苦难,/你的遍体创伤——/水灾,旱灾,蝗灾,匪祸……/人民是长年的转徙流亡!"左翼诗人是时已经意识到,当世的离乱世界实为中国之殇、民众之戚,所以他们在诗中表达的虽然是个体经验和生命感受,却传递了公众普遍具有或认同的情感、心绪与立场。当左翼诗人们从阶级分析的视角去审视"当下"时,他们很自然地就在愁云惨雾中构架起了一个被重重压迫的世界。随着视线游走和空间位移,他们依据马列主义学说的启示将愁惨的情绪引向反抗维度,他们客观地描写着自己和民众感情的冲动,他们的诗歌充满了"观念的呐喊"。但是,似乎没有什么能比这种呐喊更加直观地表现左翼诗人的狂狷气质和不屈品格了,也因其如此,他们的诗思才会更多地被战斗情绪所萦绕。

1930—1937年是世界经济大萧条和中国社会格局大混乱的时期,思想文艺界充溢着凄清绝望的氛围。那时的世界可谓鬼影幢幢、暗无天日,战争阴影下的民间更是弥漫着血腥的气息和死亡的味道。就是在这样的时代背景下,左翼诗人的诗歌依然充满了强力之美和狂狷之风,而战斗激情更是一直被他们所钟爱、强化和看重,这与他们探索诗歌艺术形式如何才能更好地表达反抗精神有关,也与他们提倡诗歌大众化和开展诗歌朗读活动直接相关。穆木天认为,诗歌朗读活动是"诗歌工作上的一个转机",也是"诗歌大众化的一个方式",其内容应当"切实于民众的生活",其语言应当是"民众的口语",其感情应当是"抗战总动员中的民众的感情"[①]。蒲风认为:"诗人的任务是表现与歌唱。而愤恨现实,毁灭现实;或鼓荡现实,推动现实;最要紧的为具体的表现与热情的歌唱。歌唱为唯一的武器。"[②] 任钧则认定:"诗人应该从正面去把这血淋淋的现实作为他的作品的血肉,去产生出他的坚实犀利的诗歌。然后,再用那样的诗歌去催促,和鼓动全国给敌人蹂躏、践踏,剥削得遍体鳞伤的大众,为着正在危亡线上的民族和国家,作英勇的搏斗。"[③] 顺应这些主张,反抗精神和战斗激情总是会弥补左翼诗人相对贫乏的想象,让他们的诗作体现出刚劲有力的整体风格和张扬别致的价值观念。穆木

[①] 穆木天:《诗歌朗读与诗歌大众化》,载陈惇、刘象愚编选:《穆木天文学评论集》,北京师范大学出版社2000年版,第161—162页。

[②] 蒲风:《〈摇篮歌〉自序》,载《蒲风选集》(上),海峡文艺出版社1985年版,第585页。

[③] 任钧:《站在国防诗歌的旗下》,《新诗话》,新中国出版社1946年版,第172页。

第三章 政治情势与狂狷诗风：1930—1937年间的左翼诗歌　135

天的《全民族总动员》做出了激动人心的民族抗战总动员："兄弟们，大地上已经震响起民族抗战的号角，/现在，到了我们总动员的时候，/你们听，敌人的军马在啼，/敌人的大炮在那里轰击，/天空上，在翱翔着敌人的飞机，/大地上，已经洒满了被屠杀的民众的血迹，/现在，没有地方让我们去苟安逃避，/是退让，还是抵抗，是生还是死！/兄弟们！大家要武装起来，/我们要保卫我们的上海，/托起我们的刀枪，向强盗冲去，/我们要使黄浦江成为敌人的血海！"蒲风的《一九三二年交响曲》展现了汹涌的革命浪潮："跃跳，跃跳，每一个人都在大时代中跃跳！/咆哮，咆哮，每一个城市都在咆哮！/——这个世界，这个世界老早就分成两个：/一个在集团地万众一心的猛进，/一个却纷乱的愈见崩溃残破；/一方想尽法子残酷地把革命运动镇压，/一方越斗越强地坚决的要把敌人打倒。"叶流的《新十叹——为正泰橡胶厂惨案而作》正告工人："第十叹来叹完成，奉告同胞快想清，/劳苦群众齐携手，若要享福快斗争！"温流的《打砖歌》和《青纱帐》，前者充满暗示地说："小的锤，方的砖，/咱们的世界在前面，/不要怜悯不怕死，/打呵，打呵，干呵干！"后者则欢快地展现了战士们的机敏和神勇："青纱帐，咱们的城墙！/咱们握着刀，握着枪，/在雪底下来来往往，/在黄沙底下来来往往，/叶缝里，梗缝里，/咱们看准敌人就放，/一个个弹子，/打进敌人的胸膛"。杨骚的《鸡不啼》呼喝道："起来吧，兄弟，起来！/合众口如海口大，把白雾嘘开！/合万手如开天辟地的盘古的巨掌，/把百鬼捆死，扫净满天满天的毒菌恶苔！"雷石榆的《新世界的父母》号召道："啊，殖民地的兄弟姊妹们！/扭断奴隶的枷锁吧！/夺取压迫的毒鞭吧！"柳倩的《救亡歌》明确宣称："我们是民族解放的战士。/我们是保卫领土的看守。/我们要驱逐帝国主义的力量。/用大拳打倒汉奸和走狗！"芦荻的《出狱》告诉读者："铁链锁不住反抗的心，/用我们的力，/扭碎奴隶的枷锁！/用我们的血，/洗净人间的囚牢！"宋寒衣的《南洋谣》激昂地表示："告诉你：赤道上我们的兄弟/再不是一条一条的绵羊了；/张开了饥饿的口，/像发怒的猛兽要把狠毒的猎人噬尽！"对于左翼诗人而言，这类刺激性和鼓动性很强的言语构成了极具激励效用的艺术情境。面对小丑跳梁、日寇横行的可怖人间，面对民不聊生的社会惨象，感念改造社会和驱走日寇的艰难，左翼诗人们的心中涌起的不是生逢乱世的哀愁和忧思，而是暴风骤雨般的革命激情。这不能不说是一种充满正能量的诗意空间。

此外，左翼诗人还抒写了很多反映都市和农村生活题材的作品。百灵的《码头工人歌》展现了码头工人的辛苦，他们从早搬到晚，"眼睛都迷糊了，/骨头架子都要散了"。袁勃的《平汉车上即景（一）》展现了一幅春阳下动人的劳动图画。柳倩的《第一次享受着暖和的风》《春耕》《我歌唱》，三首诗均作于1936年春天，诗人表面上在抒写农村生活的惬意场景，实际上借此歌颂了苏区幸福安详的生活和苏维埃制度的优越性。此外，左翼诗人还抒写了一些批评懦夫向生活妥协的行为和讥嘲自由主义知识分子愚痴言行的诗作，前者如蒲风的《罗蕾莎》，诗人写"我"非常同情罗蕾莎内心的矛盾、怯懦和愁苦，但更希望她能有争生存的勇气，不然岁月将蚀尽她的年华，"大变动"也会使她"粉碎"；后者如任钧的《诗人的辞典掉了》，该诗不但嘲讽了自由主义诗人丢失辞典后就黔驴技穷再也写不出"有着许多新鲜的字眼，/有着许多美丽的词藻"的窘态，还批评了他们不敢正视淋漓鲜血的懦弱心理和反对无产阶级文艺的本本主义创作观。

1930—1937年间的左翼诗歌当然有一些缺陷，但它们仍然会给今人以诸多启迪。这些诗歌最为人们所诟病的大概就是标语口号化和浅显俗陋了。对于这一点，当时的左翼诗人们已经有所感知，但他们并未因此意志消沉、妄自菲薄。面对魑魅食人、群魔乱舞、日寇狙獗的政治乱局，左翼诗人们将古代文人的狂狷之风表现得淋漓尽致。如果说魏晋南北朝时期的文人狂狷不过是为了生存和掩饰自己真实思想的一种行为策略，那么20世纪30年代的左翼诗人们则用这种狂狷之风来彰显他们改天换地的豪情壮志和永远无畏的精魂凝铸，而正是这种精神力量让新诗自"五四"以后重新焕发出了惊人的力量。蒲风说："'九·一八'（1931）'一·二八'（1932）以后，诗坛充满了复兴的声浪，在这复兴的潮流中，唯美颓废的显然业已崩溃了。"[①] 蒲风的观点当然值得商榷，但我们不得不承认，当时诗坛的所谓"复兴"应该主要归功于左翼诗歌刚毅诗风的积极引领。或者说，在唯美派诗人"长太息以掩涕兮，哀民生之多艰"却无计可施时，在颓废派诗人沉溺于苦闷彷徨、挫败破灭和长吁短叹中无法自拔时，左翼诗人们将中西方诗歌中的狂狷传统发挥到了一种极致状态，因此这一时期的左翼诗歌完全不同于前者吁叹颓靡的意趣，它们构建了20世纪30年代中国诗坛最为刚劲有力的诗风和品格。

[①] 蒲风：《〈都市的冬〉序》，载王训昭选编《一代诗风——中国诗歌会作品及评论选》，华东师范大学出版社1996年版，第419页。

第四章　一个日趋强势的文体:1930—1937年间的左翼戏剧

"左联"成立前后,中国戏剧运动出现了一些难得的盛况,无论是公演的回数、演戏团体的数量和剧联联合会的成立以及联合公演的筹备,还是社会公众或进步人士对戏剧的关注,都达到了一个短时间的高峰值,这并非偶然。按照郑伯奇的说法,戏剧一跃成为当时社会风尚的真正原因是"社会的激变",尤其是"大众势力的增化和它的集团化",从前"呻吟'自我'歌咏'恋爱'"的诗篇在大众面前变得苍白无力,描写人生和申诉痛苦的作品也只能给读者以间接刺激,而激励、组织大众最直接有力的艺术形态当然要首推戏剧,所以戏剧在革命高潮时代和广州、武汉等地总是会受到热烈欢迎。由于意识到"群众与组织化"是戏剧运动潮流的主力,那么以群众力量为背景的戏剧运动才有真正的发展前途和无限希望,为此他得出了"中国戏剧运动的进路是普罗列塔利亚演剧"的结论,并希望剧坛注意"促成旧剧及早崩坏","批判布尔乔亚戏剧,同时要积极学得它的成功的技术","提高现在普罗列塔利亚文化的水准","演剧和大众的接近——演剧的大众化"[①]。郑伯奇的看法无疑应和了"左联"提倡"文艺大众化"的主张,他能够注意到戏剧受众尤

---

① 郑伯奇:《中国戏剧运动的进路》,《艺术月刊》1930年3月16日第一卷第一期。

其是"普罗"大众对于进步戏剧运动的影响和推动作用实属难得。同理,也正是因为积极响应"左联"的纲领和主张,所以南国社、艺术剧社等左翼社团都明确表态要"方向转换",并对自己以前的所谓错误倾向进行了认真清理和自我批评。问题在于,郑伯奇等人的观点显然忽略了旧伦理道德的消解和新伦理道德的生成之于进步戏剧界的重大影响,而这恰恰是解开左翼戏剧在20世纪30年代变得日趋强势的一个重要切入点。

"深入大众"是我们在1930—1937年间左翼戏剧作者留下的文字中经常见到的关键词。这是一个国内民族情绪不断发酵和政治斗争异常尖锐的时期,随着整个社会激进思潮的风起云涌,左翼文人也有了日益强烈的新伦理道德建构的诉求和准则。这种新伦理道德其实就是革命伦理和革命道德,要想完成这种新伦理道德的建构就必须通过大众或曰无产阶级革命才能得以实现。为此,"新兴戏剧"在内容和形式上须扬弃旧的戏剧技巧和观念,发扬阶级意识,"到实际的斗争生活去,找取真真的普罗列搭利亚意识的内容,而努力他最适应的形式",并使戏剧充当"锐利的武器和政治的合流"以便完成"我们的革命"[①]。正是出于对新伦理道德以及无产阶级革命合理性的认可,进步戏剧界人士会有意无意地淡化自己的知识分子身份而强化自己的民众身份认同,似乎后一身份是无限光荣的。比如田汉在《我们的自己批判》这篇长文中就曾大力夸赞自己的社员是"爱平等爱自由的民众":"他们愿意始终站在被压迫的民众底地位喊叫。这是无疑的,因为他们始终是受着压迫的,第一他们都是些穷人。他们的生活就是一种'惨苦的重担'。在重担下的人以艺术的倾向结合起来,自然不会把艺术来消闲,来歌舞升平,他们将使它成为

[①] 叶沉:《戏剧运动的目前误谬及今后的进路》,《沙仑月刊》1930年6月16日第一卷第一期。

一种运动,以促进新时代之实现。他们将和欧战中的兵士似的在炮力的压迫之下一步一步地进军。"① 田汉在这里当然不是什么"自己批判",而是一种政治表态。无论世人怎么看待田汉的政治表态,谁都不能否认,在国民党实力政治和强权专制之下,这番言辞不但体现了南国社的非凡勇气和价值选择,更彰显了革命伦理、道德和精神对进步文人的吸引力与正导向。

近现代以来,大众化的观念意识一直渗透于戏剧创作中,所以戏剧大众化和大众化戏剧问题受到了进步戏剧界的空前重视。在左翼文艺界看来,文学的大众化已经根本不是问题,瞿秋白甚至提出了"普洛大众文艺"的口号,他认为:"中国普洛大众文艺的问题,已经不是什么空谈的问题,而是现实的问题";"普洛文艺应当是民众的。新式白话的文艺应当变成民众的。但是还并没有变呢。因此,劈头一个问题就是:怎样去变?这个问题不能解决,一切都无从说起。"② 沿着瞿秋白的思路,田汉在思考中国普罗戏剧运动问题时明确提出了"戏剧大众化"和"大众化戏剧"的理念,并解释说:"戏剧它本身不像文学创作还可以多少'一相情愿'的。你的话不为观众所理解所爱好,观众是可以毫不客气的'抽签开闸'的,十分贵族的戏只好演给你自己看。何况是普罗戏剧那更是毫无问题的应以工人以及一般的劳苦大众为对象的。假使普罗戏剧而没有穿蓝衣的人们来看,或是就勉强动员他们来看也看不懂,引不起他们的兴趣,这只是'一相情愿'的普罗戏剧。"③ 为此,左翼戏剧工作者很自然地把大众的满意度视为公演成功与否的标志。在艺术剧社1930年举

---

① 田汉:《我们的自己批判》,《南国月刊》1930年3月20日第二卷第一期。
② 史铁儿:《普洛大众文艺的现实问题》,《文学》半月刊1932年4月25日第一卷第一期。
③ 田汉:《戏剧大众化和大众化戏剧》,《北斗》1932年7月20日第二卷第三、四期合刊。

行一次公演后的内部座谈会中,陈劲生直言不讳地说:"观众中间大概有三派:第一派是反对派,说我们是在宣传什么;第二派是智识份子和学生群众,他们在意识方面是表同情于我们的,可不是在演技方面;还有的是很少数的工人,他们很不满意于我们的剧本的意识和演出的技巧。总之,因为据我的见解,我们的对象是不在智识份子而在工人群众,所以我宁肯说这次上演是失败了。"① 冯乃超虽然不同意陈劲生的"失败说",但他承认要依据"观客群众"的满意度来作为衡量剧作上演成功与否的标准。田汉则批评南国社和艺术剧社在很长一段时间内所演出的戏剧,"不但说不上深入工农大众,连都市的小市民层都没有起什么大的影响",并将产生这种倾向的原因归结为戏剧运动倡导者本身"无产阶级成分的微弱乃至缺乏"和指导理论的错误——"取了公演活动上左倾机会主义的路线",结果不但中心活动的移动出演无法执行,就连公演活动也被取消了②。这实际上体现了左翼戏剧运动的一种尴尬或曰艰难情状,不反映大众的革命情绪等于不符合"左联"提倡的文艺大众化精神,也难以获得观众的认可和青睐,而针对国民党当局的具有明晰政治倾向和批评视域的剧作,又会被查禁或取消公演,如此一来同样无法实现"戏剧大众化"的接受效果。所以,20世纪30年代初的左翼戏剧界只能多开展"游击战"式的学校戏剧运动。这种情况直到"九一八"事变后才发生了根本性改变。反帝情绪的高涨和戏剧大众化的合力让中国左翼戏剧运动充满了"活气",蓝衣剧团运动则奠定了其真正的发展基础。在这一时期,剧联作者们帮助工人组

---

① 邱韵铎、龚冰庐:《艺术剧社第一次座谈会速记》,《艺术月刊》1930年3月16日第一卷第一期。

② 田汉:《戏剧大众化和大众化戏剧》,《北斗》1932年7月20日第二卷第三、四期合刊。

织蓝衣剧团,帮助工人制作和演出反映他们自己生活、斗争和要求的剧本,如《最后一幕》《奶糕》等;同时,剧联作者们也学着写了一些工人能理解和欢迎的剧作,如《停电》《血衣》等,并将工人所唱的歌曲、所会的杂耍作为剧作的内容,这不但是一种新的戏剧形式的尝试,也是"普罗戏剧运动已经开始了大众化的运动"①的标志,更意味着戏剧大众化和大众化戏剧主张在"左联"的导引下被左翼文艺界广泛接受了。

在1930—1937年间的左翼文艺界看来,褒善贬恶、鼓吹革命、歌咏工农运动和移风易俗就是左翼戏剧家的天职。在中国,戏剧与道德的关系是息息相关的,新文学的倡导者们从来没有因为提倡政治革命或文学革命而忽视道德革命,这种道德革命不仅意味着要抨击、否定封建伦理道德的合法性和合理性,更要建构新的伦理道德或曰实现革命伦理的社会认同,而这只能靠"大众"去完成和实现。因此,左翼戏剧运动提倡者一方面要启蒙大众甚至批判大众的国民劣根性,一方面要高扬他们身上的反抗精神、革命意志和爱国情怀,鼓励大众为了无产阶级革命胜利去斗争乃至牺牲。也因其如此,这一时期的左翼戏剧作者们创作了很多底层民众尤其是工农革命、士兵抗日等题材的剧作。龚冰庐的《换上新的》(1930)以1927年冬某大都会为背景,展现了工人们通过罢工运动换取新生活的斗争意志。剧本写纺织厂工人破坏了水管和电线,修理工被资本家收买的工会代表所蒙骗,以为罢工取得胜利并决议复工,所以他们努力修好了水管和电线,没想到厂方打通电话后立刻叫警察前来镇压罢工运动,得知事实真相后,工人们重新剪断电线,融入罢工队伍之中,并决心为做个"人"而斗争到底。白薇的《假洋人》(1931)歌颂了以车夫

---

① 田汉:《戏剧大众化和大众化戏剧》,《北斗》1932年7月20日第二卷第三、四期合刊。

第四章 一个日趋强势的文体：1930—1937年间的左翼戏剧

为代表的底层民众的骨气和硬气。剧本写上海一个弄堂的门口，一个警察在和娘姨们谈笑，她们侍候的主子是一个台湾人，但这个"绅士"一直装东洋人的威风来压榨冰工的冰钱和帮助其太太东洋艳服女克扣车夫的车费，具有讽刺意味的是，他因为友人病容女和表妹素服女从事反日活动而被日本暗探当作叛徒、捣乱鬼和忘恩负义者逮捕了，倒是车夫为素服女关爱底层人的做法所感动，用自己的生命救出了素服女，并发出了打倒帝国主义和假洋人的吼声。田汉的《暴风雨中的七个女性》（1932）叙写了"九一八"事变后上海七个女性发起成立"中国女作家反日联盟"的经历，事实教育了她们中的黄蔷、蒋珂、张绿痕和凌云，她们充分意识到只有联合和发挥群众的力量才能实现抗日胜利的道理；同时，剧作也批评了以谢玉波、苏玛丽、陈湘灵为代表的小资阶级知识女性的虚幻性与软弱性，她们只会空谈"博爱"和"人道主义"，或者干脆为家庭生活所牵绊，根本不敢直面现实和参加抗日游行等实践活动，她们参加反日联盟不过是为了赶时髦和迷恋跳舞会而已。陈白尘的《大风雨之夜》（1934）写在国民革命军未到之前的某个暴风雨夜，某监狱号子的三名政治犯趁"龙头"（号子的统治者）老宋出去赌博的机会，为其他穷苦出身的犯人详细解析了狱长和狱员们是怎样贪污监牢修缮费以及克扣犯人饭费的，又是怎样与龙头合作利用其他犯人做打手来敲诈穷苦的新犯人的，当犯人们明白了谁是他们的阶级仇人之后，他们团结起来利用大风雨摧毁狱墙的契机冲破了监牢的囚禁。墨沙的《父子兄弟》（1935）以日本侵占沈阳和伪满统治为背景，叙述了刘家多年失散的长子刘志贵归家却被次子刘志强和幼子刘志刚打死的悲剧。刘家因旱灾无奈将志贵卖给邻村一户人家，志贵的养父母家先是被土匪抢劫，又遭难于水灾，只好举家南迁，半路上全家被军队冲散，志贵流浪街头，后来在济南参军，从山东到江苏到福建又投奔奉军并转到黑龙江，日寇入侵东北时，他和战友们违反国民政府的命令和日寇恶斗,后来他又参加了义勇军,并回到沈阳准备发动起义,顺便回家寻亲。没想到刚和父亲相认,却因父亲出去给他买吃的,所以与刚返回家的两个弟弟发生误会,志贵误以为因养家糊口被迫当警察的志强要逮捕他,双方遂发生枪战,志贵被打死。当志强发觉打死的是自己的大哥时,他先是惭愧愤恨得想要自杀,后来终于明白了日本鬼子才是他们的仇人,所以毅然决定去参加义勇军,并开枪袭击日本鬼子,他的枪声被当作起事的信号,于是一场攻取沈阳城的抗日起义爆发了。李健吾的《老王和他的同志们》(1936)写老王和他的同志们坚守阵地、打击日寇的故事。老王是上海本地人,他虽然不是军人,却胜似军人,他和守土的国民党士兵一起战斗,他们不说空话,不发牢骚,果敢有为、勇于动作,在日寇的狂轰乱炸和疯狂进攻中坚守阵地十余天,狠狠地教训了不可一世的日寇,为中国军人争光添彩,他们的英雄壮举也获得了群众发自内心的支持和赞美。张季纯的《血洒卢沟桥》(1937)叙述了曾经在喜峰口打败日军的中国29军的一个连队,他们驻守宛平县城,他们热爱卢沟桥,当日本鬼子前来侵犯时他们决不后退,并与鬼子展开了殊死的搏斗,这种伟大的抗日精神甚至感染了普通的老农妇,令她也拿起大刀冲了出去。这些故事本身并无离奇之处,排演时的效果也未见得有多么好,但作者们试图依托底层民众建构新的伦理道德榜样的意图是非常明显的。

这种意图甚至是1930—1937年间左翼文艺界奉劝世人参加无产阶级革命、反抗国民党强权和抵抗日寇侵略的集体取向。左明的《夜之颤动》(1930)写一个农民家庭备受饥饿的折磨,芳儿的爷爷外出借面,芳儿的父亲当兵在外,芳儿的奶奶和待产的母亲在焦急地等待吃食。一个瞎子被芳儿奶奶叫过来算命,同一天出生的孩子,王老爷家的小少爷是要当大官的命,而老农的孙子就只配挨饿,当得悉儿子战死后,芳儿的爷爷在疯魔状态中杀死了儿媳妇刚生下来的婴儿。正当大家手足无措时，老农夫的儿子回来了，他并没有战死，在得知父亲杀死了自己的孩子之后，他并未因此责怪父亲，而是告诉父亲，穷人除了死亡之外还有一条光明的出路——斗争。老人被儿子说服，他毅然决定加入进攻恶势力的群众队伍当中去。这意味着只要参加革命队伍，就算是杀死自己的孙子这样有悖人伦的罪行也可以既往不咎，就儿子来说，就算自己的孩子被杀死，也不能耽搁和阻挡他参加求光明的革命队伍的步伐。白薇的《莺》（1931）写灵芝是一个歌唱家，却像笼中鸟一样被公爹岳渊和丈夫岳宏禁锢在家，苦闷异常。灵芝想和岳宏离婚，因为觉得双方在身体和精神上都没有真正的交流，丈夫虽然表面上因为美貌而爱她，但实际上思想极为落伍，每天就知道吃喝玩乐。至于岳渊更是一个极为恶毒的军阀，他把搜刮到的民脂民膏都存进外国银行，把矿山等国家资源贱卖给帝国主义者，每天就惦记着玩弄女人，甚至支走儿子来调戏儿媳灵芝。剧作结尾，灵芝在战友们的帮助下逃出了岳家，参谋长臻化因为被岳渊识破共党身份而被枪杀，但农民、灾民和失业者组成的革命队伍已经冲进城里，在震天的枪炮声和群众的呐喊声中，岳渊的残暴统治结束了。在这一过程中，维持这个虚伪军阀"革命伟人"的伦理道德基石也迅速坍塌下来了。田汉的《战友》（1932）写大学生沈孟嘉在上海事变中投身义勇军，眼睛受伤后和战友老刘同住在伤兵医院里，在看护妇的悉心照料下，他们慢慢恢复了一些，但孟嘉永远失明了，老刘则失去了一条胳膊。尽管如此，他们并没有为当初参加义勇军的选择而后悔，可令他们气愤的是国民党当局一方面镇压伤兵中的激进分子，一方面与日寇签订卖国的"淞沪停战协定"，这意味着他们的牺牲白费了。更令孟嘉伤心的是，他的爱人周女士偏偏嫁给了他最讨厌的破坏"反日会"的走狗陈咏明。正当孟嘉无法排遣身体和内心的双重痛苦而对自己的生存意义产生质疑时，是战友老刘顽强不屈的精神和机智劝说，尤其是爱国群众的呐喊声，让孟嘉重新燃起了生命和战斗的希望。剧作结尾，群众高呼："反对签字卖国条约！""反对帝国主义瓜分上海！""反对帝国主义瓜分中国，进攻中国革命！""打倒帝国主义！""打倒帝国主义的走狗！""踏着抗日士兵义勇军的血路前进！"① 这些怒吼声远远压过了教堂里的结婚进行曲，它们无疑把那些不关心国家命运者置于备受道德谴责的境地，这是非常富有象征意味的。沙驼的《犁声》（1933）写赵福生从上海回来，"不安分"的心灵让他识破了区长太太和潘大先生贪污救灾款的把戏，政府本来让他们买洋米洋面发给灾民和难民救急，他们却拿来放债，穷人借他们一石米要还二十块钱，稻的价钱又随他们定，结果他们把借债者一年收获的稻谷全都夺去，至于交不上租的就得把房子抵押。所以福生们以敲犁头为信号，准备反抗地主豪绅的压迫。地主豪绅设计把农民逼上绝路，后者自然就要造反，那么前者作为乡间道德的化身、代表和楷模的合法性就被解构了。洪深的《狗眼》（1934）写上海一个赛狗场，人们在押宝赌博看哪条狗跑得快，狗们则因为三角恋爱在争斗，这些狗平时被拘禁在笼子里，没有自由也无法谈恋爱，它们决定通过比赛来确定谁有权和唯一的母狗谈恋爱，在这一过程中，它们学会了人类的坏脾气和劣根性，而外国狗则自以为比中国狗高人一等。这些狗的情态其实是没有骨气的政客、造谣生事的新闻记者和汉奸式阴谋家们的生动写照。在作者看来，无论是在人抑或狗的世界里永远都是"打打打"。作者更讽刺了走狗主人旧道德观念的严苛，他们居然不允许公狗和母狗亲近。李健吾的《另外一群》（1935）写太太从小带大的丫鬟生了少爷的私生子，她咬紧牙关为少爷的名誉着想而不说出孩子的父亲是谁，厨师、老仆、马夫、女仆都同情这个丫鬟的遭遇，

---

① 田汉：《战友》，《文学月报》1932年7月10日第二号。

他们一有机会就痛骂丫鬟的奸夫是"不成人的东西"。这个丫鬟自生下孩子后就一直在哭泣并妄想获得太太的原谅，但太太恨丫鬟给她带来了羞辱，只想把丫鬟和孩子赶出去，甚至想处死她们。过了几天，少爷终于来看望这个丫鬟，但他是一个不负责任的花花公子，本来只是想玩玩而已，甚至觉得她给他带来了麻烦，他不想因为娶她而被朋友们嘲笑，也不想认这个孩子，他只想用钱来摆平这件麻烦事。当少爷暴露出了本真面目之后，这个丫鬟终于抛弃了自己的幻想，她要离开这个家，到老花匠这样的底层民众中去寻找新生。丫鬟的敢爱敢恨、仆人们的善良同情和少爷的猥琐自私、太太的冷酷无情，在道德层面上形成了鲜明的对比。陈白尘的《恭喜发财》（1936）写刘校长中了航空奖券的头奖，他本想跑掉私吞这笔巨款，但由于老师们听闻消息后迅速赶来祝贺令他无法走脱，于是他决定按原计划将奖金全部捐出，接着教育局的石局长、公安局的徐局长、保卫团的宋团长、区里的傅区长纷纷前来，他们名为道贺，实际上是想分一杯羹。他们根本不在乎日本飞机满天飞背后的民族危机，反而将唱着"打倒××"的爱国学生和教员鲁老师抓起来法办，原因是教育当局禁止师生参加抗日运动和使用"抗×教材"，他们把爱国师生当做反动分子，把他们的歌唱当做"妨害治安"、"煽惑暴动"的行为。"爱国有罪"这样一个丑恶事实，充分说明了国民党当局是如何拙劣地将自己置于道德审判高台之上的。王震之的独幕剧《古城的怒吼》（1937）开篇以一首凌鹤所作的雄壮的《冲锋歌》为起笔：

哩哒哒哩哒哒哩，杀。
咚咙，咚咙，咚咙，冲！
我们是救国的弟兄，
我们是中国的先锋。

冲破鬼子的队伍，
刺透鬼子的队伍，
刺透敌人的心胸！
不怕鬼子计无穷，
不怕敌人枪炮凶，
抡起大刀，天翻地动，
收复失地，消灭敌踪。
头颅作酒杯，
敌血罪黄龙！
我们要自由独立，
我们要世界大同，
杀尽仇寇逞英雄，
血染山河满地红！
哩哒哒哩哒哒哩，杀。
咚咙，咚咙，咚咙，冲！①

　　接着，作者以北平城陈公馆一家的吃饭问题切入叙事，日本鬼子发动卢沟桥事变后，北平人的生活也随之陷入谷底，连陈公馆也只能每天吃咸菜肉饼和虾子豆腐。由于知悉了日本鬼子炮轰宛平城的消息，所以陈振国营长所统领的士兵为不能上阵杀敌而骚动起来，虽然经过压制后士兵们暂时平息下去，但抗日暗潮仍在涌动。而陈营长自己也气闷于不准和日本鬼子开战的军令，最后在得知新寡的弟妹被鬼子炸死和士兵们自发开赴前线打鬼子的情形后，他自愿加入这支队伍，并和士兵们一起发出了与鬼子拼命的"古城的怒吼"。

　　左翼戏剧工作者力图从工农兵那里寻找可供建构新的革命伦

---

①　王震之：《古城的怒吼》，《光明》1937年8月10日第三卷第五号。

理道德和抗日民族英雄形象的舞台叙事或曰演出内容,这与近代以来那些最先觉醒起来的革命先驱依凭自身强烈的历史责任感去教诲中国社会中占最大比例的"民众"起来救国的启蒙理路其实是一样的。只不过那时民众要"革命"的对象是满清"鞑子"和以八国联军为代表的帝国主义者。那一代先贤在自豪于自身启蒙者和先驱者身份的同时,也曾表达过对麻木民众道德观念落后和墨守成规行为的谴责。但其实他们的价值观是矛盾的,他们的道德尺度在针对不同人时是不一样的。为此,到了20世纪30年代混乱的国民党统治时期,以往那些伦理道德革命的先驱已经成为国家政权体系中的既得利益者,他们中的大多数人无法接受无产阶级的革命立场,他们在赞同国民党强权统治的过程中成了左翼戏剧中被革命的对象,而那些死去的革命先贤获得了左翼戏剧的原谅和青睐,于是他们逝去的背影和死者的尊严将那些重新皈依传统道德者反衬成了"无耻之徒"。夏衍的《自由魂》(1936)就是最具代表性的一部剧作。该剧演清末鉴湖女侠秋瑾参加抗清革命和争自由未果英勇赴死的壮举。秋瑾之死固然是个悲剧,但作者用浪漫主义笔法书写了秋瑾的传奇。剧中的秋瑾是一个巾帼英雄,作者让各种人物都围绕着她并为她服务,她虽是一介女流,但正义凛然、气势非凡,似乎无往而不胜,直令男性愧怍。她在与丈夫王延钧归家省亲途中,先是与害怕无赖教民的知县斗争,义救原来家里的老长工阮财富免于牢狱之灾,接着写她寓居北京,虽然已是两个孩子的母亲,但要比做官的丈夫更为关心国家大事。看到日本与俄国在中国境内打仗时清政府居然宣布"局外中立"的消息,她气愤难平:"日本跟俄罗斯在中国的土地上打仗,这还是什么'本朝龙兴之地'呐,而中国居然能够宣佈(布,引者注)什么局外中立,这不是'局外'得很奇怪吗?奉天给占据啦,增祺给监禁啦,我们呐哼,抓几个手无寸铁的革命党……"为了国家的兴盛,她产生了去日本学习的强烈愿望，当丈夫用传统伦理道德说教来阻止她去日本时，她怒斥道："我跟你说，中国好好一个几千年的大国度，弄成现在这个极穷极弱的地步，大部分都是你们这班醉生梦死，只知自己，不知国家的官僚的责任！"① 在好友吴兰石劝诱她学医做中国的南丁格尔时，她更是明确宣称："我想救女界，同时我也想救中国（仰望着窗外，出神地）我情愿做上断头台的法国的罗兰我不希望做得英国维多利亚奖章的南丁格！……"② 这掷地有声的宣言完全把秋瑾的英雄性格和高尚德行展现了出来。1905年秋瑾与丈夫决裂后成功赴日，两年后她学成归来，变得更加果敢雄健、豪气干云，这正如她豪饮后高声吟唱的那样："吾辈爱自由，勉励自由一杯酒！/男女平权天赋就，岂甘居牛后？//愿奋然自拔，一洗从前羞耻垢，/责任在肩头，恢复江山劳素手！"③ 此后，秋瑾与革命家王金发合作，在金华、安庆等地发动起义，但在叛徒蒋纪的出卖和奸贼绍兴知府贵福的破坏下，起义失败了。秋瑾拒绝逃亡，被捕后从容赴死，并希望以这种惨烈的方式警醒世人推翻专制而无能的满清政府。《自由魂》公演后，戏剧界将秋瑾与赛金花相比较后认为，赛金花是不自觉而偶然地为国人做了一些好事，秋瑾则完全相反："她有觉醒的头脑，独立的思想；她抛了整个的生命，为着民族国家的生存而奋斗牺牲。在这一点上，这剧本就抓住了最大的时代意义。"④ 这是非常切中肯綮的。事实上，秋瑾悲壮激昂的语词处处彰显了她别样的女侠风采，在其烈士光芒的映衬下，所有中华民族的叛徒、汉奸和苟活于专制政权下的奴才都将被永远地钉在旧道德的耻辱柱上。

---

① 夏衍：《自由魂》，《光明》1936年12月10日第二卷第一号。
② 同上。
③ 夏衍：《自由魂》，《光明》1936年12月25日第二卷第二号。
④ 《夏衍先生继〈赛金花〉后之力作——〈自由魂〉》，《光明》1937年5月25日第二卷第十二号。

除开《自由魂》之外，1930—1937年间还有一批隶属于历史题材的左翼戏剧，它们的数量并不多，但同样能够引起读者建构新的革命道德理想的兴味。陈白尘的独幕剧《虞姬》（1933）写虞姬爱上了项羽的护兵罗平。罗平等士兵在垓下听闻汉营中楚人歌声彻夜不息，怀疑楚地已然尽失，加之连年战争、项羽残暴，他们准备起事制止项羽和刘邦肆意发动战争、牺牲小兵性命来满足他们自身杀戮欲望的做法。虞姬则拟劝说项羽独自逃去，和平结束战争，但劝说失败，项羽下令进攻汉军。这时罗平等士兵拒绝执行项羽的命令，项羽欲杀罗平，虞姬阻拦时说出了自己爱罗平的事实，遂被盛怒的项羽杀死，愤怒的士兵们杀向项羽，项羽只得带着几个护兵仓皇出逃。该剧的反战宣传意味非常浓厚，也具有很强的煽动性和鼓动性。遗憾的是，该剧不但情节多有悖于正史之处，而且人物完全操着一口标准的现代"行话"，比如有些士兵张口"同志"、"群众"，闭口"非战运动"、"爱大众"，而罗平在怒斥项羽时居然说出了如下一番言论：

> 我们是来传达我们的意见的……，我们全体弟兄们现在觉悟了！以前你们骗了我们来打倒秦皇帝，说这是"革命"！可是现在"革命"成功了，我们所希望的和平却不曾看见，而你们的狐狸尾巴现出来了！屠杀百姓，掠夺百姓，压迫百姓的魔王刚被打倒，你们便替代他做了更残酷，更淫虐的魔王！我们本来可以得到了和平，但你却给我们驱逐到更残暴的，走向死灭的战争上去！使我们的血填砌成你的宝座，用我们的骷髅雕刻成你的王冠！你们争权夺利，我们却血肉横飞！你们锦衣美食，我们却饥寒交迫！我们快要全体毁灭了，而你们却还酣战未已！先生！我们不愿意再以我们有限的骸骨填塞你们无底的欲壑了！现在告诉你……我们这十万剩余的生命，为得要创造未来的社会，我们不再为你做

牺牲品了！我们不再为你打仗！①

　　显然，作者借此批评了现实中发动战争的"现代暴君"，其语言风格充满了戏谑的味道，也充满了道德批判的意味，但剧作的历史感不强，且很容易令观众觉得剧情太过虚假。夏衍的《赛金花》（1936）写满族姑娘赛金花流落苏州，为求生存沦为妓女，后被大使洪文卿重金赎出纳为小妾，并成为清朝第一位"出使俄德荷奥四国钦差大臣夫人"。洪文卿死后，赛金花被大太太赶出家门，成为江南名妓，后到天津开妓院，因闹教案被户部尚书兼佐北洋军务立山接至北京，她为洪文卿好友礼部尚书孙家鼐所憎，称其奇装异服招摇过市会被别人当作国家将亡的妖孽。这些官员不敢跟洋人讲话，只会在赛金花这里耍威风。她与侍郎卢玉芳义结金兰，从此成为名噪一时的京城赛二爷。义和拳、虎神营和东交民巷的洋人酣战，各类官员却趁着战火未烧身之前在赛金花的妓院里寻欢作乐。八国联军入侵北京，他们个个吓得屁滚尿流、跪地求饶，远不如赛金花有骨气，在德国士兵调戏她时，她敢于怒斥侵略者"不能欺负女人"。她利用自己与联军统帅瓦德齐的朋友关系和督办联军军粮的机会，制止了联军在北京滥杀无辜的恶行，救下了无数普通百姓。李鸿章等人与瓦德齐谈判未果，只好求赛金花帮忙；他们不在乎出卖国家利益，只求保全老佛爷的"体面"；他们害怕民气，也不知道如何利用民气，只想弹压同盟会的"乱党活动"；他们利用赛金花时，就将她比作西施和王昭君，甚至说她是北京的观世音菩萨，背地里却认为大清国的体面都被这个"淫贱的女人"糟蹋尽了；赛金花劝说克林德公使夫人放弃了处死老佛爷和皇帝的要求，保全了大清朝的体面，事后却被

---

① 陈白尘：《虞姬》，《文学》月刊1933年9月1日第一卷第三号。

孙家鼐等人找借口抓起来办了"妨害风化罪",并将她赶回南方。赛金花的披肝沥胆、复杂经历成就了一段女性传奇,同时也将清朝官员的奴相和翻脸不认人、毫无廉耻感等丑态表现得淋漓尽致。这正如《赛金花》广告所点明的那样:"全剧虽然以赛金花为中心,但更重要的,却是暴露了清廷官吏的无耻与丑态,荒淫与怯懦,作者就好像是扭了一把无耻之徒的辫子,向我们指出了汉奸卖国贼究竟是些怎样的人物:是官呢?还是民呢?"[①] 显而易见,这种指示在国难深重的当时并非"可笑的陈迹",而是含有极大的教训意义,该剧在1936年连续满座上演22场的盛况及其轰动上海的文化效应也从侧面证明了这一点。欧阳予倩的《桃花扇》(1936)演明崇祯末年,趋炎附势、下流无耻的阮大铖拜奸臣魏忠贤为干爹,谋得官职后彻底变成了官门的走狗,一味陷害忠良,与东林、复社两个文社的朋友为敌,他以文界宗师自命,谁不顺从他就治谁"毁圣叛君"、"大逆不道"的罪名,可谓脸厚心黑之极。魏忠贤死后他没了靠山,便重装读书人,想借着祭孔的机会拉拢一班文士以便东山再起,结果被侯朝宗等士子嘲骂为无耻奴才,痛打出孔庙。是时,贪官污吏横行,苛捐杂税繁多,流寇蜂拥而起,满洲兵又拟入关,社会动乱不堪,文士无力改变朝政和世俗人心,便去风月场中寻欢作乐。侯朝宗因此结识了秦淮河上的绝代佳人李香君。阮大铖被打后怀恨在心,他借杨文聪之手借钱给侯朝宗,待侯朝宗和李香君定情后,就让人传言侯用了他的钱入了他的党。一旦知晓侯朝宗上了阮大铖的当,甚至可能沦为阮大铖的走狗,义烈的李香君立时明言不会接待奸臣的走狗,并把聘礼等退还给杨文聪,挫败了阮大铖的阴谋。阮大铖

---

① 《历史名剧——〈赛金花〉》,《文学》月刊1937年2月1日第八卷第二号。

与马士英狼狈为奸，拥护酒色之徒福王为帝，偏安南京，得势后大抓东林党人等文士报仇，侯朝宗无奈踏上了流亡之路。阮大铖抓了李香君等人唱曲求乐，被李香君大骂，后送给福王，但她有节操和骨气，不演奸臣编的曲目，清兵攻破南京，李香君到处流浪，终于等到了侯朝宗来寻他，却发现侯朝宗居然考取了清朝的功名，于是她拒绝与侯朝宗同行，并跌死在台阶上。该剧抨击了卖国者的丑恶行径，歌赞了李香君等爱国者的铮铮铁骨，进而折射了作者对抗日英雄的褒扬和对汉奸走狗的鞭挞意旨。陈白尘的《金田村》（1937）写鸦片战争之后，清政府专心媚外、压抑民气、割地赔款，苛捐杂税日益沉重，贪官酷吏甚于强盗，衙差皂役如同豺狼，官逼民反之下自然盗匪如毛。在这种社会大背景下，洪秀全的家乡金田村连年遭灾，民不聊生。洪秀全和冯云山以传拜上帝教为名，砸城隍庙破除人们对泥塑菩萨的迷信，集聚客家贫民的力量准备造反。他们被反动商贾、文士秀才视为伦常大变、侮辱神圣、目无国法的妖孽和流氓强盗的暴徒。但上帝会信徒日增，遍布广西广东一代，成了一股不可侵犯的政治势力，他们借助营救冯云山、韦昌辉的机会发动起义，相继攻克了永安州、全州，入湖南乘湘水大涨顺流拟直取长沙。太平军攻长沙受阻，南王冯云山和西王萧朝贵战死，太平军走宁乡、益阳，渡洞庭湖攻占了岳州，取得了阶段性胜利。太平军之所以能够大胜清兵，主要是在于他们能够做到合力抗清、纪律严明、善待百姓、诛杀土豪、军事指挥精当，加之清政府本身腐败无能、军备废弛、卖国求荣和社会矛盾急剧激化。与此同时，作者也书写了太平天国内部争权夺利、矛盾重重的情形，大敌当前他们还能够一致对外，但当情势发生变化时就不能保证他们团结一心了。事实上，正是由于内部分裂和自我耗损才使得太平天国由盛转衰。这种现象对于抗战中的中国社会各界是具有警示意味的。这些历史题材的戏剧后来蔚为大观，为20世纪40年代历史剧的繁荣奠定了坚实的基础。之所以会如此，是因为戏剧作者们没有抛弃真正的社会人生，没有去咀嚼那些陈腐的道德律令或格言名句，而是依凭现实大力讽刺国民党的投降政策和腐败人事，并以此来支撑他们新的"文以载道"理念。同时，舞台叙事或情节发展的流畅与自然，也使得这一时期诸多历史题材的左翼戏剧成为艺术与政治相结合的成功范例。

这一时期的左翼戏剧工作者已经无法用古人的道德理想来支撑自己继续书写革命或抗日的作品，所以他们不再渲染传统平民道德中善良老实、勤恳持家、安分守己，以及在长期奴化教育和威权逼压下所形成的奴性、顺从的一面，而是渲染底层民众的好斗和激进，似乎只要有人振臂一呼，"打倒国民党反动派"、"打倒日本帝国主义"之类的呼声就会震天般响起。这在演出现场很容易获得左翼人士的认同，但读者在阅读剧本时难免会产生突兀感和不实感。不过，当时的戏剧作者们并未在意这个问题，为了凸显底层民众的刚强和血气，与左翼小说家一样，他们同样热衷于书写底层民众尤其是工农兵的骂语，似乎不如此就不能显现出民众的斗志和宣传鼓动的舞台效果。叶沉的《蜂起》（1930）和《租界风景》（1931），前者演丝厂厂主汪白潭和走狗李勾材以及被收买的黄色工会代表狼狈为奸，制定了各种苛刻的条款来加大对女工的剥削力度，女工们在领袖刘瑛、汤劲新的带领下，暴打李勾材、怒斥黄色工会代表、严惩厂主汪白潭，并发出了"打倒帝国主义"及其走狗的呼声，而对于李勾材之类的工贼，女工们则直接痛骂他们为"活死鬼"、"杀头鬼"、"帝国主义的走狗"；后者演初冬的寒夜中三个人力车夫在租界酒吧门口等待载客，他们还没有挣出一天的车份儿钱，三个日本鬼子ABC在酒吧鬼混出来后坐车，C坐上车不久就诬赖车夫乙偷了他的钱包，并在争斗中开枪打死了乙，但作为被压迫者的日本女招待揭穿了A偷钱包的事实，于是群众的呐喊声如海潮一样轰响起来，同理，因为痛恨日本鬼子花天酒地、侵略中国，所以车夫们一有机会就骂他们"王八蛋"、"操你妈的"或"倭鬼"。安娥的《兵差》（1933）演昏聩的母亲赶走儿媳，詈骂在工厂里因替工友说话而被罚款的儿子，她不允许儿媳回来，还把女儿卖与人家作媳妇，但不管她怎么努力，她积攒的钱财还是被兵差搜刮一空，面对母亲的愚昧、蛮横、颟顸和"混蛋"的骂声，儿女们终于发出了"我们年青人自己作主张"的宣言。陈白尘的《除夕》（1934）演1932年初阴历腊月二十四日一个小城（离上海约两日程）里天华袜厂一家人的悲剧。在战争乌云的笼罩下，随着水灾后遗症的凸显、农村经济的破产和国际经济危机背景下帝国主义对华的商品倾销，天华袜厂的生意就像给鬼吸去一样，冷清得没响儿了。接着，行业竞争加剧后直落得"穷鬼杀焦鬼"，兵患、匪患不断，到上海外埠收账受阻，日本鬼子在上海和中国军队开战，苛捐杂税和年底要账、提本金的又蜂拥而至。更糟糕的是，父亲被土匪绑架，三弟被军队抓走，货品被要账者疯抢，母亲受到多重刺激过世，就这样，天华袜厂的店局如同狂风暴雨中的房子迅速垮塌下来。由于痛恨日本鬼子和拼市者，所以就有了"死人的日本兵"、"这些杀头的"、"肮脏坏"等骂语。王玢、亚凡的《不能抓的烟贩》（1936）演北平公安局某区派出所的警察就会凶狠地对付爱国学生，面对日本鬼子的欺负却不敢还手，一个母亲状告她的儿子吸毒、偷卖自家和邻里的东西，希望警察能把他抓进监牢，但由于他给日本人卖药，所以即使犯了法警察也不敢抓，因为"上面"怕"有碍邦交"。当然，这些警察也恨日本鬼子，所以也会大骂："他妈的，××鬼。"宋之的的《太平年》（1936）写日寇控制下的河北省丰润县东区某镇，一户小康人家的孙姓父亲和一对儿女准备过一个太平年，但一个日本鬼子经过时觊觎秀兰的美貌，遂叫了一个同伙，趁着秀兰父亲出门的一会儿工夫，绑架了秀兰弟弟，强奸并枪杀了秀兰。面对这些充满兽性的日寇，文中借人物之口骂他们"混账王八蛋"已经算是很文明了。尤兢（于伶）的《在关内过年》(1937) 演旧历除夕，一户从关东逃难到上海的贫民家庭，母亲和妻子在焦急地等待九儿的父亲来接他们回关东过年，可日寇的入侵彻底毁了他们的安定生活，九儿的父亲为了生活重回关东，三年后已不知是死是活。九儿一家在上海无依无靠，备受流氓的欺辱，连一点儿用来包饺子的猪肉也被地痞抢走，就这样，他们在除夕夜被抛进了更加阴冷饥饿的痛苦和绝望之中。由于他们的悲剧是日寇的侵略造成的，所以他们在谈起日寇时自然充满了仇恨和詈骂之语，并把日寇比作人人得而诛之的"鞑子"。诸多剧本抑或舞台表演中的"骂语"，尤其是针对日寇的骂语告诉我们，作者通过这些现实政治题材的戏剧宣扬了明晰的反日思想，也传达了新的道德观——以抗日为荣，以降日为耻。这一时期戏剧的道德倾向理应受到后世的赞许和尊敬，因为它们促进了进步文学向抗战文学的合流。

  审读 1930—1937 年间的戏剧时，读者能够真切感受到人物的说白非常符合文本的内部伦理，或者说，作者尽力做到了让人物的言行符合他们的身份，所演内容尤其是宣扬抗日救亡的戏剧获得了民众的强烈认同。田汉的《CARMEN》(1930) 演 Carmen 因为在一个女工贼的额头上用切烟刀划了十字而被送进监狱，聪明的她利用监狱班长 Don Jose 对她的爱慕之情设计逃之夭夭，事后她想尽办法救 Don Jose 出狱并以身相许，但她并不喜欢他任人驱使的走狗性格，所以马上又离开了他，即使 Don Jose 以杀死她来威胁她不要离开，她也在所不惜，这就体现了 Carmen 作为一个吉卜赛女郎敢爱敢恨、敢做敢当、爱憎分明的性格。为了展现 Carmen 的风骨，作者写道，当 Don Jose 听到归营号马上要归队时，Carmen 立刻讽刺说："归队？你真是一条忠实的走狗啊！怎么这样服服帖帖地随人家驱使呢！看你的服装，你的样子真是好样个金丝雀。你的胆子真比一只母鸡还小呢。"① 这就充分体现了 Carmen 天生爱自由的高贵品性。杨邨人的《民间》(1930) 演农村小学教员楚玉因为丈夫子平为革命牺牲和弟弟楚青参加农民运动被地主杀害，遂产生了强烈的反抗地主豪绅压迫的斗争欲望，并最终融入革命队伍之中。剧作虽然还有口号化倾向，但人物奋起反抗的行为是符合一般的生活逻辑和现实逻辑的。李健吾的《梁允达》(1934) 演梁允达表面上是一个勤俭持家的好人，他兢兢业业地守护着父亲给他留下的家产。他的儿子四喜是个怕老婆的人，也是个喜欢调戏女人的赌徒，因为赌博欠债开始坑骗梁允达的钱。梁允达多年前的狐朋狗友刘狗因为被当作土豪劣绅而受到打击，所以跑到梁家投奔梁允达，直到他的到来读者才知道，当年梁允达为了图谋家财竟然让刘狗暗地里一闷棍打死了自己的父亲。刘狗自恃掌握梁允达的秘密，先是胁迫梁允达做烟土生意与他分成，接着和梁允达的儿媳通奸，然后让四喜编排自己梦见一个像自家人的血淋淋的死鬼的噩梦，来骗梁允达出钱重修祠堂以便中饱私囊。但梁允达早已猜到是刘狗在教四喜说这套话，因此当四喜惊异地反问："教我？"梁允达立刻声色俱厉地斥骂道：

> 教你！难道我说错了吗？你不讲，我也不用你讲！灭门的畜生！你当我是死蛆，由你们合起来翻腾？不成！不成！我还有眼睛，我还有耳朵，我还有鼻子嘴，我生了气，照样儿能够处死你们这群狗男女！咱们比个高低，斗个死活，看谁尅的住谁！我杀了他，看你们有本事把我怎么样！打什么姓蔡的，打错了人，当我糊涂一辈子！我先弄死他，看谁能够活过谁！看我能不能安逸后半辈子！知道我心上就是这块

---

① 田汉：《Carmen》，《南国月刊》1930 年 5 月 20 日第二卷第二期。

烂疮,看我溃不死,过来添点儿胡椒盐!我收拾了他,我拔了他的毛,叫你们看,叫你瞧,我梁允达还活着,活着做给你们看!①

梁允达的言辞非常富有生活气息,生动地展现了他的泼劲和杀气,在知悉自己只要活着就无法摆脱刘狗这块心病之后,他拿起宝剑杀了刘狗。剧本尽展梁允达这种道德败类的暗黑与毒辣,也批判了其他一众人等的阴暗心理和恶魔性。徐佩韦的《都会的一角》(1935)演1935年深秋上海舞女张曼曼还未起床,收牛奶账的伙计和欠高利贷债务的情人以及喜欢占小便宜的房东便接踵而至,为了给情人还债和给弟弟购置校服,她先是厚着脸皮将牛奶账推后,然后又紧急联系几个相熟的老板借钱,结果他们不是破产、跑路就是被逮捕,最后她只好把自己的大衣和戒指拿去当掉为情人还债。剧本以喜剧的形式展现了舞女生活的窘迫和困厄,正如张曼曼在接到家信时所抱怨的那样:"什么平安家报,反正又是要钱,起初说,当舞女辱没他们的家门,可是到后来赚了钱,弟弟也送来啦,钱也要啦……"② 荒煤的《黎明》(1936)演"一二八"事变后失业工人福生输光了给孩子阿康买药的钱,加之引他去赌的工头说:"来,把你的老婆押给我吧,……我借几十块钱给你做买卖去!"便一怒之下杀了这个恶棍,逃亡几天后他想回家看看妻子莲香和孩子阿康,可孩子因为无药医治死去,而他也因为损友李五的出卖被逮捕入狱。黑暗的社会留给莲香的只有悲哀、绝望、痨病和死亡的前景。程兆翔的《我土》(1937)演在"一二八"事变之后的某个冬天,铁路工人商志南失业在家,他与妻子茂文以及好友张新华等人无法回到

---
① 李健吾:《梁允达》,《文学》月刊1934年4月1日第二卷第四号。
② 徐佩韦:《都会的一角》,《文学》月刊1935年12月1日第五卷第六号。

东北老家，无以为生唯有艰苦度日，日本鬼子霸占了铁路和车站，不停地运输士兵和战马，却不让难民坐车逃难。商志南和铁路工人黄平、丁日昌密谋商定炸掉运日本兵的火车，但他们的计划不幸败露，黄平被处死，丁日昌逃遁，商志南被逮捕，因抗日而残疾的张新华被枪杀。他们的英雄壮举完全符合他们的价值信条——"人不要马马虎虎的死去，也不要马马虎虎的活着"。客观地说，这些作品的叙述并不见得有多么熟练和精妙，但在道德主旨尤其是抗日宣传上无疑具有"警世"和激励效用，比如《打回老家去》（王林）、《汉奸的子孙》（尤兢、章泯、洪深、张庚）等剧作就因为传递了民众的心声而获得了热烈欢迎和舞台演出的极大成功。

在1930—1937年间的戏剧脚本和舞台演出中，底层民众和知识阶级都被激发出了一种空前的反抗精神，其背后当然还潜隐着左翼戏剧界的激愤情绪和把戏剧作为推动抗日救亡运动重要武器的工具理念。当左翼戏剧界透析了社会中无产阶级和知识阶级都在伺机欲动的念头之后，他们非常热切地希望激发这种民气，并一举将衰疲的中国局面扭转过来。是时，左翼文艺界已经充分认识到：演剧活动是用动作和言语来表现生活真实的，所以它具有直接性；同时，它和观众进行的是面对面的交流，这使它最容易实现大众化。这两种特性使得戏剧具备其他文学体裁难以媲美的教育和启发群众的力量，也使得戏剧能够成为推动民族革命战争运动快速发展的强大"武器"[①]。是故，当左翼戏剧界切实感到利用戏剧舞台能够扭转社会时代风气和推动民族革命战争时，他们很自然地生出了"变革世界"的雄壮感，并对戏剧的内容和形式产生了新的要求，这也是由于"创作主旨和题材内容的

[①] 胡风：《抗日声中的演剧运动——关于"星期实验小剧场"》，《夜莺》1936年6月15日第一卷第四期。

变化势必要求表现形式的变化与之适应"①的结果。比如，胡风依凭小剧场运动的缺陷对戏剧界提出了极为明确的要求：第一，在形式的探求和实验上，既要学习国外将"活新闻"入戏的做法，将华北走私、朝阳门事件、抗日的联合战线运动等编辑后搬上舞台，还要吸纳中国旧剧的艺术经验来创造一种能够表现现实主题的"小歌剧"；第二，在扩展演剧的工作对象上，除了汉奸卖国贼以外的爱国民众都要发动起来，并且要做到在舞台和观众的结合过程中去实现"提拔新人"的目标；第三，在演剧的内容问题上，要从关心观众生活的角度走进民族革命战争这一时代主题；第四，在组织问题上，"星期实验小剧场"等剧团应该有计划地保持、扩大自身的影响，鼓励戏剧爱好者成立更多的非职业演剧团体，并在大众中间展开活动。②与胡风将批评视角集中于小剧场运动有所不同，张庚在审视1936年的戏剧运动时主要是从提倡"国防戏剧"的角度展开的，他将戏剧视为"活时代的活纪录"。他强调说：中国新戏剧是伴随着新文化运动和民族的呼声而兴起的，文明戏的败退和历史更是证明，戏剧一旦脱离改革社会和为民族斗争的战线就会没落、腐败，就会失去其文化价值和艺术性；戏剧新形式的展开要依凭救亡运动，救亡运动也会把戏剧作为它的利器，这就要求戏剧工作者必须到救亡前线去，要与群众打成一片；在救亡运动中，戏剧工作者在开展救亡工作时要把视野放宽，要避免关门主义错误，要真正做到戏剧界的联合救亡，更要推动旧戏改革以便鼓舞各地方戏的受众去抗日救亡；戏剧界要继续推进戏剧大众化进程，剧作家要避免新

---

① 刘纳：《嬗变——辛亥革命时期至五四时期的中国文学》，中国社会科学出版社1998年版，第80页。
② 胡风：《抗日声中的演剧运动——关于"星期实验小剧场"》，《夜莺》1936年6月15日第一卷第四期。

的"口号标语主义"和"脸谱主义",更加紧密地融入现实生活,以便"为无尽的未来的人们"播撒新的文化种子和道德趣味①。不过,相比于道德趣味建构工作的长期性而言,进步戏剧界更为切实的问题是要解决经费不足、剧本荒、演员技艺稚拙、舞台技术人员和导演人才紧缺、舞台装置和灯光条件不足以及戏剧屡遭禁演等问题,这其中尤以禁演的伤害最大。以实验小剧场的遭遇为例,1936年5月31日实验小剧场在上海新光大剧院举行第一次公演,三部剧中只有一部是反汉奸题材的,但已经引起了各方的注意和反动势力的憎恨,并在第二次公演时被公共租界工部局迫令停演。显然,这种严酷的文艺统制才是制约左翼戏剧发展的根本元素。

巨大的道德宣教和政治宣传效力,使得戏剧成为大众日益关心和进步文艺界日趋倚重的一种艺术形态,左翼戏剧界甚至强调话剧是教育和唤醒民众的"最显然深刻的艺术",其功效和"武器性"是不亚于飞机大炮的,并且作为武器它会更有力和长久,因为它可以更有效地保卫"国家和民族的生命"②。这种理路在1936年抗日民族革命战争运动兴起时表现得尤为突出,而1937年《光明》第二卷第十二号的"戏剧专号"更是证明了这一点。20世纪30年代以来,很多文艺期刊都开辟过一些"专号",比如仅《文学》月刊上就开辟过"翻译专号"、"创作专号"、"弱小民族文学专号"、"中国文学研究专号"、"儿童文学特辑",但还没有刊物专门开辟小说、诗歌、散文专号。以是观之,《光明》半月刊上的"戏剧专号"从一个角度说明左翼文艺界在戏剧作为组织救亡群众之利器的观念和看法上已经取得了一致。该

---

① 张庚:《一九三六年的戏剧——活时代的活纪录》,《光明》1936年12月25日第二卷第二号。
② 李淡虹:《太原的剧运》,《光明》1937年5月25日第二卷第十二号。

专号不仅刊载了很多剧本,还探讨了很多戏剧理论问题。郑伯奇基于当时戏剧运动突飞猛进和引起"小市民大众"广泛关注的情势,认为戏剧的通俗化问题是当时"戏剧运动的胜败存亡的问题",指出戏剧通俗化的原则是不违背时代要求、不歪曲现实、不放弃戏剧的领导作用;同时,他还要求剧作者和演出者不要忘记戏剧的教育意义,在取材、技巧、对话和动作上要力求观众的完全理解,但绝对不能放弃自己从事戏剧运动的立场去追随观众的嗜好和趣味,且要避免"观念论式的通俗化"现象或曰借剧中人物之口大发议论的做法①。张庚将当时的戏剧运动视为"春柳社的黄金时代"和"南国的兴起"之后中国剧运的"第三次的中兴",其特性在于争取了较多的市民观众,并给他们的生活和观念"作一种发展"②。韦春畝对于戏剧大众化的意见是:"通俗并不同于卑俗,戏剧大众化的目的是在提高观众的情操而并不在投合观众的趣味;在中国话剧运动进展到大剧场阶段的现在,我以为这是一个值得严肃地省察的问题。"他对于上海戏剧运动的建议是:"戏里面多一点实生活,实生活里面多一点戏!"③光未然则对"庸俗的戏剧运动"提出了批判,他提醒戏剧界要抵制如下不良倾向:以职业化为借口用浅薄的"噱头"和"罗曼司"来吸引观众;戏剧家逃避现实,大演西洋名剧,无视中国艰苦血腥的各种斗争;被"商业化"所裹挟,大讲"生意经",丧失了戏剧工作者的"正义感";提倡国防戏剧却难以克服"公式主义"的流弊,且很容易陷入"取消主义"的泥沼;倡导艺人提高演戏技术时重回"为艺术而艺术"的老路;

---

① 郑伯奇:《关于戏剧的通俗化》,《光明》1937年5月25日第二卷第十二号。
② 张庚:《目前剧运的几个当面问题》,《光明》1937年5月25日第二卷第十二号。
③ 韦春畝:《对于春季联合公演的一些杂感》,《光明》1937年5月25日第二卷第十二号。

某些剧团壮大后倚势凌人压迫同道,忘记了自身的使命;剧人成名后盛气凌人、思想堕落、生活糜烂。他强调戏剧界不应允许这些卑污俗恶现象长久存在,不应坐视戏剧庸俗化危机的日益加深,而是应该团结起来纠正这些暗黑现象①。这些主张充分说明,左翼批评界在提倡戏剧大众化和国防戏剧时,是非常警惕旧道德和低级趣味的沉渣泛起的;同时,他们充分意识到,只要能够把握住群众的情绪,观众的趣味并不难改变。最关键的是,进步戏剧界找到了"四十年代剧社的今后的方向":"中国已经到了生死关头,只有全国团结起来一致抵抗,才能得到最后的胜利,否则是只有被我们的敌人所灭亡!只要不是汉奸,一定愿意为救亡抗敌的戏剧去努力,并且我们应该用我们的最大的努力去建设民族的战斗的戏剧艺术。"②这意味着进步戏剧界已经将抗日救亡视为当时他们必须遵循的最大道统。

还值得注意的是,《光明》上的"戏剧专号"详细介绍了各地剧运的情况,这些文章有利于读者了解当时进步戏剧界尤其是国防戏剧的公演情况,也有利于批评界审视当时戏剧界的戏剧观和道德观。据这些介绍文字可知,延安主要有平凡剧社、中央剧社、战号剧社三个业余剧团,它们为进一步推动剧运合并为人民抗日剧社,演出了《察东之夜》《杀婴》《没有牌子的人》《撤退赵家庄》《回春之曲》《秘密》《父子兄弟》等剧。延安比较有特色的剧种是农民剧和"活报",前者由农民自己扮演,演员和观众往往打成一片,除了汉奸不是由真汉奸扮演外,其他演员都忠实地表演了本身曾经实践过的生活,并从各种生活样态中反

---

① 光未然:《"庸俗的戏剧运动"批判》,《光明》1937年5月25日第二卷第十二号。

② 辛汉文:《四十年代剧社的今后的方向》,《光明》1937年5月25日第二卷第十二号。

映出整个中国社会的情形,这是极具教育意义的;后者是戏剧中一种轻骑式的短小杂剧,内容包括唱歌、对白、舞蹈、演说且配有音乐,其任务是"随时以趣味的方式报告新的社会情形,政治消息,学术思想,和'报告文学'具有同样的性质和优点"①。太原主要有西北剧社(1936年夏停止活动)、公余剧团、新生剧团等,这些剧社公演过《秋阳》《东北之家》《撤退赵家庄》《汉奸的子孙》《最后一计》《别的苦女人》《逃不得》《父亲和孩子》《塞外的狂涛》《放下你的鞭子》等剧②。杭州有烽火剧社、艺专剧社、明天剧社、三五剧社、扶风剧社、南园剧社等二十多个剧团,这些剧社公演过《我们的故乡》等剧③。广西有救国话剧社、国防剧社、二一剧团、风雨剧社、桂林初中剧团、西大剧团等,这些剧社公演过《械斗》《回春之曲》《女记者》《撤退赵家庄》《回声》《金宝》《东北之家》《一个女人和一条狗》《打出象牙之塔》《家》《最后的胜利》《别的苦女人》《我们的故乡》《中秋月》《旱灾》等剧④。长沙举行过"长沙业余剧人联合公演"并上演了《回春之曲》和《吴康的船》,还举行过"长沙戏剧音乐联合公演"并上演了《汉奸的子孙》和《神秘的太太》,其他剧团上演过《撤退赵家庄》《我们的故乡》等剧⑤。天津有南开中学、南开女中、南开大学等学校剧团,公演过《国民公敌》《少奶奶的扇子》《还我河山》等剧;还有孤松、春草、青玲、津电、绿竹、永生、通俗、春风、燕社、鹦鹉、银线、大陆等剧社,公演过《不过是春天》《秋瑾》《毋宁

---

① 任天马:《肤施(延安)的话剧与"活报"》,《光明》1937年5月25日第二卷第十二号。
② 李淡虹:《太原的剧运》,《光明》1937年5月25日第二卷第十二号。
③ 娜拉:《杭州的剧运》,《光明》1937年5月25日第二卷第十二号。
④ 白克:《剧运在广西》,《光明》1937年5月25日第二卷第十二号
⑤ 章扬新:《长沙的剧运》,《光明》1937年5月25日第二卷第十二号。

死》《赛金花》《钦差大臣》等剧①。武汉有汉口戏剧学会、汉口鸽的艺术会、拓荒剧团、民族剧社、雷雨剧团、怒潮剧社等，公演了《回春之曲》《水银灯下》《胜利的微笑》《阿银姑娘》《S·O·S》《苏州夜话》《汉奸的子孙》《洪水》《毒针》《械斗》《毒药》《走私》《黎明之前》《雷雨》《号外新闻》《群蛊》《最后一计》等剧②。漳州有艻潮剧社、龙中师剧社、毓南业余剧团、莺声剧社等剧团，公演过《贼》《婴儿杀戮》《战友》《酒楼小景》《逃》《她的秘密》《雪中行商》《父子兄弟》《小英雄》《汉奸的子孙》《中秋月》《人丹》《湖上的悲剧》《本地货》《别的苦女人》《获虎之夜》《苏州夜话》《弃妇》《这不过是春天》《民族之光》《突击》《撕毁》《东北之家》《平步登天》《汉奸之家》等剧③。以西安为中心的西北地区有"一二·一二"剧团、解放剧社等社团，公演过《中华的母亲》《回春之曲》《苏州夜话》《喇叭》《压迫》《打回老家去》《火山口上》《死亡线上》《一片爱国心》《撤退赵家庄》《自觉》等剧④。仔细辨析各地的演剧情况可知，上演的大多是救亡剧、国防剧，演出结束时群众与演员往往会共同高呼"打倒日本帝国主义"等爱国口号。综合这些介绍各地剧运情况的文章来看，它们也都显现出了明晰的政治视域和新式的道德"劝世"意向。

　　随着抗日战争的深入和救亡运动的全面展开，戏剧改造社会、宣传抗战的救亡使命和政治任务也越来越重，正如光未然所强调的那样："戏剧之救亡的使命应该加重，戏剧之政治的任务

---

① 成心：《天津剧运近况》，《光明》1937年5月25日第二卷第十二号。
② 蓝枫：《戏剧运动在武汉》，《光明》1937年5月25日第二卷第十二号。
③ 黄汒：《几年来漳州剧运的动态》，《光明》1937年5月25日第二卷第十二号。
④ 向林：《西北角上饶有历史意味的"一二·一二"剧团》，《光明》1937年5月25日第二卷第十二号。

应该加强起来。每一个戏剧工作者应该把自己的头脑武装起来;每一个剧团应该坚强地组织起来,成为救亡运动中的一个细胞;剧团与剧团之间应该密切地联系起来,以从事于有计划地战斗。"① 戏剧地位的提升使得戏剧工作者获得了更多尊敬和社会认同,以往被视为下贱的"戏子"开始增添演艺明星的亮色。演戏成为一件令人艳羡的职业,戏剧工作者在不断增加,文艺刊物上登载剧本的数量也有了质的飞跃,仍以《光明》为例,它并非戏剧的专业刊物,但几乎每期都刊载剧本。比如:洪深的《走私》(创刊号),沈起予等的《出发之前》(第1卷第2号),尤兢等的《汉奸的子孙》(第1卷第3号),舒群、罗烽的《过关》(第1卷第4号),洪深等的《洋白糖》(第1卷第5号),姚时晓的《别的苦女人》(第1卷第6号),章泯等的《我们的故乡》(第1卷第7—9号),王玢、亚凡的《不能抓的烟贩》(第1卷第10号),章泯的《死亡线上》(第1卷第12号),夏衍的《自由魂》(第2卷第1—2号),洪深等的《咸鱼主义》(第2卷第3号),程兆翔的《我土》(第2卷第4号),尤兢的《在关内过年》(第2卷第5号),左兵的《猫》(第2卷第6—8号),许幸之改编的《阿Q正传》(第2卷第10—12号),崔嵬的《张家店》(第3卷第3号),张季纯的《血洒卢沟桥》(第3卷第4号),王震之的《古城的怒吼》(第3卷第5号)等。延此,一代戏剧艺人在体认了得意、成功的处境之后,更找到了道德力量的精神支撑,他们为崇高的抗日救亡目标所指引,在发挥自身榜样力量的过程中走向了道德的自我完善。或者说,强烈的责任感、激昂感、实在感和成就感凝结成了左翼剧作家集体性的自信感、自豪感乃至英雄情结,这为他们提供了一种前辈艺人从

---

① 光未然:《"庸俗的戏剧运动"批判》,《光明》1937年5月25日第二卷第十二号。

未产生过的艺术体验和道德经验。

左翼戏剧作为一种艺术形态,其日趋强势的原因不仅在于自身艺术水平的提高以及一旦上演就具有其他文学形态所不具备的舞台效应,还在于戏剧界对最新科技的吸纳,特别是与电影艺术的结合。在20世纪30年代,戏剧家往往也是电影剧本的创作者,洪深就是最典型的例子,他的《劫后桃花》(《文学》月刊第2卷第1—2号)是中国历史上第一部电影文学剧本,开创了电影文学剧本创作的先河;再如徐佩韦在剧本《都会的一角》(《文学》月刊第五卷第六号)的结尾明确表示"作者保有上演及摄制电影之权"[1],这意味着该剧本是可以作为电影剧本的。本来,电影是建立在新剧基础上的一门新的艺术形态,初期电影的导演、编剧、演员多出身于新剧,内容上多受情节剧的影响,形式上多受戏剧表演形式的启发,而剧情电影甚至可以划归到亚戏剧的门类下,更确切地说,电影就是"一种带有戏剧特色的、主动自觉运用光影幻觉来表现运动的视听艺术"[2];但是,随着电影的快速发展和拍摄技术的日渐成熟,它因声影光电的完美结合而迅速成为世界上最流行、最受观众欢迎和最具影响力的一种娱乐方式,这就逼得戏剧创作者不得不吸纳电影的优点,比如吸纳电影剧本在画面建构、主人公特写、气氛烘托、光影和谐等方面的精妙做法。此外,电影对受众的影响力和感召力非常大,所以电影对于新的社会风气和道德趣味的导引具有明显的助力效用。这对于左翼戏剧界颇有吸引力和启发性,也是戏剧工作者愿意借鉴电影艺术手法和从事电影拍摄的主要原因之一。

---

[1] 徐佩韦:《都会的一角》,《文学》月刊1935年12月1日第五卷第六号。
[2] 黄舜:《戏剧与电影的关系——从戏剧本质的四要素和媒介特点来探讨》,《才智》2012年第18期。

第四章 一个日趋强势的文体：1930—1937年间的左翼戏剧

综上所述，从上海艺术剧社成立时提出"无产阶级戏剧"（或称"新兴戏剧"、"普罗戏剧"）口号，到中国左翼剧团联盟、中国左翼剧作家联盟领导左翼戏剧运动，提倡"戏剧的大众化"和"国防戏剧"，尤其是通过左翼作家的戏剧创作，我们可以清晰地感受到他们对历史和现实使命的主动担当：他们自觉地站在无产阶级这一边，生动地表现了底层大众阶级斗争和救亡意识的成长，热情地歌赞了抗日民众的爱国精神和英雄壮举，精当地讽刺了国民党媚外求荣的罪恶和丑行，猛烈地抨击了日寇侵略中国的罪行和恶德，辛辣地嘲讽了汉奸走狗的无良和无耻。左翼文艺界对戏剧启蒙、教化、德育、政治功能的开掘，尤其是把左翼戏剧与电影艺术结合在一起，使得左翼戏剧真正走向了底层大众；同时，左翼剧作家并未因为强调戏剧的政治功能而忽视戏剧本身的艺术规律，他们注重提高自身的艺术修养和创作技能，努力"从许多复杂错综的现象中去创作一种人物的典型，在广泛而琐碎的题材中去寻求良好的主题"[1]，努力提升剧本的质量、演剧人员的技巧，竭力完善舞台灯光的效果，全面加强戏剧理论、批评的建构和对戏剧后备人才的培养力度，也产生了强烈的版权意识[2]，这些都表明20世纪30年代的左翼戏剧运动较之以往的戏剧运动有了明显的进步。总之，1930—1937年间以抗日救亡为主线的政治取向、社会风气和道德评判影响着戏剧风气，文坛出现了戏剧文体日趋强势和

---

[1] 这是1937年4月夏衍在香港青年戏剧协会讲演时的一句话。转引自董立甫：《夏衍解放前的话剧创作》，《上海师范大学学报》1979年第4期。

[2] 比如李健吾的《另外一群》（《文学》月刊1935年3月1日第四卷第三期）声称"排演权保留"；荒煤的《黎明》（《文学界》1936年7月10日第2号）声称："本剧系初稿，作者还想改过，凡排演此剧，为了舞台上演的便利而有所修改者务祈通知作者。"

新式道德横亘戏剧的景观，进而使得越来越多的左翼戏剧既能产生直接的政治宣传等功利性效果，又能依凭自身的艺术力量和时代特色来吸引更多的受众或读者。

第五章　游击谋略、骂世心态与抗争立场：1930—1937 年间左翼作家的杂文创作

在中国左翼知识分子的精神发展历程中，1930—1937 年是一个绝望和希望交织缠绕的时期。绝望源于进步知识分子对中国社会糟糕现状的失望，对 20 世纪 30 年代兵荒马乱、民不聊生、民族国家危机日趋严重的情状的失望，尤其是对国民党统治的失望，推动了进步思想文艺界的"左"转，这不但使得左翼知识分子的队伍越来越庞大，也使得"左联"的组织力量越来越强悍；希望则是来自左翼知识界在认同马列主义之后以苏联为参照看到了无产阶级革命胜利的前景，看到了抗日浪潮兴起背后民气改变世俗社会和历史进程的巨大威力，也因其如此，左翼文艺界充分利用杂文这种"新生的少壮的"[①] 文体的特点，对日帝、国民党、国民劣根性和社会病症展开了更加犀利的嘲骂、批判和讥讽，并在反抗国民党文艺统制的过程中走向了艺术的顶峰：从刊物来说，不仅有像《申报·自由谈》《论语》《人间世》《太白》《中华日报·动向》《立报·言林芳》《杂文》(《质文》)那样的杂文重镇，而且几乎所有的综合性文学刊物都刊载杂文，其数量之多更是十分惊人。据不完全统计，仅 1930 年至抗战全面爆发的几年间，就出版杂文集一百多部，占现代杂文史上全部杂文集

---

① 杜宣：《关于杂文》，《杂文》1935 年 5 月 15 日第一号。

的一半之多①。鲁迅在1935年写就的《且介亭杂文·序言》中说："近几年来，所谓'杂文'的产生，比先前多，也比先前更受着攻击。……然而没有效，作者多起来，读者也多起来了。"②所指的正是这段杂文发展的黄金时期。当然，因为杂文的文风太过犀利，所以容易引来祸患。为此，魏番在《杂文》一文中主张，时值虎狼当道之际，杂文作者们恰好可以利用"游击战法"来痛击那些喜欢"阴谋陷害"的"畜生们"，他形象地比拟这种战斗的情形为："百万大军，像马蚁子出洞，浩浩荡荡而来，是确也威风得很，足够俪惊心动魄。然而，假使一不留神，流进了层峦叠嶂，林木丛杂的地带，可就有如堕落在酱缸中的蝇群，虽然唧唧粥粥的一大堆，也要动弹而不可得了。这时候，只好佩服那两个一起，三个一团的游击队，它倒还能浮游自在，神出鬼没；投一枝标枪，发一颗子弹，就往往正制着了敌人的死命。"③这表明左翼文艺界充分意识到，在国民党文艺统制极为严酷的环境下，杂文的"辛辣"风格和"匕首"特性，是可以在与敌人短兵相接时给予对方致命一击的。也正是在这种近战过程中，左翼作家们的愤怒、失望和振奋、希望交织在一起，从而衍生出了这一时期杂文的游击谋略、骂世心态与抗争立场。

1930年5月前后，"左联"召开了两次大会，一些会员的政治报告充满了乐观情绪，他们是如此看待国内外政治情势的："资本主义的崩溃现象，一天明显一天"；"帝国主义的最后挣札（扎，引者注）是一面加紧剥削本国的劳动者，一面争夺国外的殖民地。中国的军阀混战，便是日英美三帝国主义争夺商场的结

---

① 姜振昌：《压制与冲决压制之间——三十年代杂文发展的基本动力》，《浙江学刊》1989年第5期。
② 鲁迅：《且介亭杂文·序言》，载《鲁迅全集》（第6卷），人民文学出版社1981年版，第3页。
③ 魏番：《杂文》，《杂文》1935年5月15日第一号。

果"。为此,"左联"要求革命文学家"在这个革命高潮到来的前夜","应该不迟疑地加入这艰苦的行动中去,即使把文学家的工作地位抛去,也是毫不足惜的"①。这意味着在一些"左联"成员看来,革命工作大有可为,所以左翼作家要学会取舍和明确自身的抗争立场。然而,现实生活中法西斯专制所制造的恐惧感远远大于这种伪革命高潮带来的兴奋感,左翼作家既要保持一定的革命精神和战斗姿态,又要避免无谓的牺牲减员和空洞的高调理论,这就促使他们中的很多人选择杂文这种文体来进行写作,而国民党的迫压也逼得这些杂文作者采用游击战法,标志之一就是尽量使用冷嘲、反讽、隐喻、暗示等艺术手法,而在批判国民党的腐败无能和日寇的野蛮残暴行径时尽量使用笔名、化名。有人评论这种"化名"现象时认为,"在军事学上,大约这也可以算作一种'壕堑战':既易于制服敌人,又对自己较为稳当"②。置评者固然对这种现象有批评之意,但这的确是左翼文艺界对付当时恶劣环境的一种好办法。

在 20 世纪 30 年代左翼文艺界看来,日本帝国主义已经成为中华民族最大的敌人,所以主张书写抗日战争题材和批判汉奸或准汉奸无耻卑污行径的杂文日渐增多。寒生在《从怒涛澎湃般的观众呼喊声里归来》中介绍上海各剧团抗日联合大公演情况时,认为这次公演的成功之处在于:"第一是抓着了这一时代的核心的,泛滥着全国的大水灾,一万万以上的灾民的呻吟困苦,普遍全国的失业恐慌,日本帝国主义的积极进攻中国,屠杀中国民众,以及由此而引起的遍全中国的反帝斗争,特别是在暴力的镇压下的无产者的反帝斗争,都在舞台上沉痛熟烈的反映出来激

---

① 《左翼作家联盟的两次大会记略》,《新地》月刊 1930 年 6 月 1 日第一卷第六期。

② 木刻:《"提起化名的问题"》,《杂文》1935 年 7 月 15 日第二号。

动着观众的心坎了。第二是获得了相当的观众,以学生小市民工人合的成千以上的观众大多数都是受到了很大的感动的这就是这次公演的成绩。"① 临秋在《"走江湖卖膏药的"文艺运动》中愤怒地表示,满蒙被日寇所抢占,东北的劳苦大众都变成了日寇的枪靶和炮灰,豪绅却变成了日寇的"宠儿",为此他质疑所谓的"老牌专家们"道:"为什么不积极的出来在文艺上去反帝国主义和反封建势力!?为什么不积极的起来在文艺上去谋中国的独立自由!?"② 立波在提倡"国防文学"时声言:"凡中国人,只要不是万恶不赦的卖国卖民的明中暗里的汉奸,只要不是甘心做亡国奴的豚犬,都是国防文学的营盘里的战友。国防文学营盘里的任何朋友的通行证,上面只有简单的两句话:'我是中国人!我反对汉奸和外敌!'"③ 梦野悲愤地写道,在日寇的战网之下,冀东防共自治政府的登台和华北新的傀儡政权的登台,所有铁的事实都在警告国人:"中华民族的故土,五千年文化的发源地,转瞬即将由汉奸和准汉奸拱手献敌!全部中国发生了快要继满洲而沦为殖民地的巨大危险!"④《夜莺》编者痛骂了汉奸卖国贼的猖獗和残忍:"在敌人以利刀加颈,生死间不容发之际,被杀者连吼一声的权利也被剥夺,不是帮凶者决没有这样破纪录的残忍!"⑤ 屈轶斩钉截铁地告诉读者,如果作家能够站在大众立

---

① 寒生:《从怒涛澎湃般的观众呼喊声里归来——上海四团体抗日联合大公演观后感》,《北斗》1931年12月20日第一卷第四期。

② 临秋:《"走江湖卖膏药的"文艺运动》,《北斗》1931年12月20日第一卷第四期。

③ 立波:《关于"国防文学"》,载中国社会科学院文学研究所现代文学研究室编《"两个口号"论争资料选编》(上),人民文学出版社1982年版,第4页。

④ 梦野:《民族自卫运动与民族自卫文学》,载中国社会科学院文学研究所现代文学研究室编《"两个口号"论争资料选编》(上),人民文学出版社1982年版,第6页。

⑤ 编者:《又是"闲话"》,《夜莺》,1936年5月10日,第一卷第三期。

第五章　游击谋略、骂世心态与抗争立场：……杂文创作

场上如实地将大众因走私而受到的苦痛与压迫"呐喊"出来，且其作品所指示的"终极之点"还带有"极其有力"的反帝抗日意味，那么其作品就应予以"最高的估价"①。1936年10月，面对"日本帝国主义的侵略，日甚一日，亡国之祸，迫在眉睫"的现实，由茅盾起草的《文艺界同人为团结御侮与言论自由宣言》向所有不愿当亡国奴的文艺界同人提出了明确要求："在文学上，我们不强求其相同，但在抗×救国上，我们应团结一致以求行动之更有力。"②署名"幼"者在《回答敌人的鞭子》中通过日本政府大肆抓捕、驱逐留日文化人的行为，揭穿了日本帝国主义的所谓"'文化提携'者不过是"对奴隶的鞭子"③而已，为此他号召中国文人直接批判日本的文化欺骗和侵略行径。就这样，在抗日救亡或联合抗日的呼声中，进步文人尤其是左翼作家们竞相以骂日骂世来彰显他们的政治立场和抗争意识。

在1930—1937年间的左翼作家看来，国家政治、经济、文化、军事等各个领域均是问题多多、积弱难返、积弊难除，造成这些恶果的第一责任人当然是国民党。也正是出于对国民党政府的失望情绪和抗争立场，杂文作者们竞相以嘲骂国民党治下的各种乱象来倾泻他们内心的不满、义愤、恨意和怒气。一剑的《所谓"左派"》通过国民党"左"派（改组派）在《轰烈报》上批评蒋介石镇压共党分子不力的言论，透视了后者存心中伤、借刀杀人做法的卑鄙无耻及其极"左"思维背后的凶残本性，因为其潜台词等于是在说："蒋政府，不够残杀青年，阻挠革命，更不够箝制言论，剥夺自由，须我'左'派来，才能杀得

---

① 屈轶：《从走私问题说起》，《光明》1936年7月10日第一卷第三号。
② 《文艺界同人为团结御侮与言论自由宣言》，《文学》月刊1936年10月1日第七卷第四号。
③ 幼：《回答敌人的鞭子》，《光明》1937年4月25日第二卷第十号。

一个不留，压得一声不响。"① 原来，所谓"左"派就是这么"左"！汪北的《痛的研究》透析了汪精卫"须知亡党之痛，甚于个人失位"言论背后罔顾民族利益的卖国行为和汉奸思维，即将党派和个人利益置于国家与人民之上②。思德的《甚么是反革命？谁是反革命派？》驳斥了中国反动统治阶级集团走狗"违抗中央就是反革命"说法的荒谬性，并意味深长地反问道："请看！现在的中国，甚么是社会革命的推动？谁是社会变革的推动者？同时谁是社会变革的阻碍者？"③ 他的《领事裁判权的撤销》则揭露了以国民党为代表的统治阶级专以欺骗蒙蔽为能事的做法："明明是投降帝国主义却说是打倒帝国主义，明明是向封建势力妥协却说是打倒封建势力，明明是反革命却说是革命，明明是革命却说是反革命。"④ 骆英豪的《剿共的成绩》巧妙地借助国民党报纸上的剿共新闻，揭露了"党国"军队大肆骚扰良民、奸淫掳掠、苛派杂捐的土匪行径⑤。健耶的《曲阜通信》暗讽了蒋介石在曲阜孔庙公告天下"尊孔"背后妄图愚弄广大民众以便维护其集权统治的隐秘心理⑥。鲁迅的《一九三三年上海所感》依据当时上海的情况，批判了国民党文艺政策造成的文坛萧条、报刊审查者的阴暗心理以及部分文人、政客和官僚们的骑墙心态，他们或是在军刀的保护下胡说八道，或是准备情势一变就更换旗帜，或是将钱存在外国银行里为自己留后路，他们如《西游记》里的妖精那样不停地变化自己的说法和面孔来愚弄民

---

① 一剑：《所谓"左派"》，《新地》月刊1930年6月1日第一卷第六期。
② 汪北：《痛的研究》，《新地》月刊1930年6月1日第一卷第六期。
③ 思德：《甚么是反革命？谁是反革命派？》，《新地》月刊1930年6月1日第一卷第六期。
④ 思德：《领事裁判权的撤销》，《新地》月刊1930年6月1日第一卷第六期。
⑤ 骆英豪：《剿共的成绩》，《新地》月刊1930年6月1日第一卷第六期。
⑥ 健耶：《曲阜通信》，《新地》月刊1930年6月1日第一卷第六期。

众,而这种愚民的效果如同暴君秦始皇的愚民政策一样骇人听闻①。他还在《花边文学·序言》中就国民党利用书报检查制度压制进步舆论的阴险做法气愤地表示:"但那时可真厉害,这么说不可以,那么说又不成功,而且删掉的地方,还不许留下空隙,要接起来,使作者自己来负吞吞吐吐,不知所云的责任。在这种明诛暗杀之下,能够苟延残喘,和读者相见的,那么,非奴隶文章是什么呢?"②锡五的《格杀勿论》借助新闻消息揭露了国民党清党反共政策的反动和血洗苏区屠杀民众的凶残③。寒生在《中国已经着火了!》中愤怒地罗列了一些当时中国的可怕事实:"看吧:中国的无抵抗主义的政府已经把东三省送给了日本,这是事实;用刺刀枪弹屠杀着反对日本帝国主义的民众,这也是事实;一万万以上的灾民至今还在栖树枝,睡山洞,吃黄泥,成千成万的饿毙在道旁,这更是事实;农民没有土地耕种,工人没有生活好做,一般的学生跨出校门就感到饭碗的恐慌,小商人小市民更被苛捐杂税束缚来走头无路,这当然是事实;统一政府告成后,跟着我们就听到了什么九省联防,河北联防,西南五省联治,这些千奇百怪的花样,更有谁能说它不是公开的秘密的事实!"④彬芷的《五月》告诉了读者一些1932年5月的"重磅"消息:东北义勇军反击帝国主义的侵略,却被国民党政府四处抓捕;几百万灾民流离失所,要求赈灾却被军队镇压;兵士已七八个月无饷可发,剿匪的军费却每月增加了两百万元;日俄要开战了,本是收复国土的大好时机,可中国政府却忙着和日本

---

① 鲁迅:《一九三三年上海所感》,《文学新地》1934年9月25日创刊号。
② 鲁迅:《花边文学·序言》,载《鲁迅全集》(第5卷),人民文学出版社1981年版,第418页。
③ 锡五:《格杀勿论》,《巴尔底山》1930年5月11日第一卷第四号。
④ 寒生:《中国已经着火了!》,《北斗》1932年1月20日第二卷第一期。

帝国主义签订停战协议①。沈起予的《随笔》通过大量事实揭破了国民党政府的反动本质："投降原是他们一贯的本行，'抵抗'原不过一时的欺骗勾当。"②鲁迅在《写于深夜里》为柔石遇害正名，为无数革命青年"暗暗的死"感到惨苦，进而批判了国民党当权派罗织罪名、虐杀异己、草菅人命的罪行③。

在这一时期的左翼文艺界看来，投降、依附、亲近于国民党的"右翼"文人已经无可救药，他们软弱动摇、助纣为虐、颠倒是非，其中既有胡适、梁实秋、徐志摩等文艺名流，也有"自由人"苏汶、"文坛掮客"曾今可、"革命小贩"杨邨人等争议人物，更有殷作桢等国民党御用文人。李德谟的《关于文化侵略问题》点名直斥胡适不赞成反文化侵略的观点，强调必须批判胡适这种替帝国主义和国民党说话的"奴隶见解"④。冯乃超在《胡适之底乌托邦》中讥讽胡适把贫穷、疾病、愚昧、贪污、扰乱视为中国社会衰弱之源是没有看透问题本质的表现，而他妄想通过所谓治者和被治者的"自觉改革"去解决问题的想法只能是一个无法实现的乌托邦⑤。霆声在《批评——谩骂攻击——挑拨》中认为，"左联"所受到的改组派、取消派、改良主义者、国家主义者以及其他一切保守的反动势力的攻击，其实是一种赤裸裸的阶级斗争⑥。谷荫在《徘徊在十字街头的，究竟是谁？》中，驳斥了师陶在《十字街头的印度革命》（刊于

---

① 彬芷：《五月》，《北斗》1932年5月20日第二卷第二期。
② 沈起予：《随笔》，《北斗》1932年5月20日第二卷第二期。
③ 鲁迅：《写于深夜里》，《夜莺》1936年5月10日第一卷第三期。
④ 李德谟：《关于文化侵略问题》，《巴尔底山》1930年4月11日第一卷第一号。
⑤ 乃超：《胡适之底乌托邦》，《巴尔底山》1930年5月11日第一卷第四号。
⑥ 霆声：《批评——谩骂 攻击——挑拨》，《巴尔底山》1930年5月21日第一卷第五号。

1930年5月1日出版的《洛浦》创刊号)中以印度革命的失败来"教训"中国革命的观点,认为他只是在利用印度革命来"发泄其攻击中国革命队伍的意见"①。阿四的《急就日记》批评了曾近可"诗人"、"词人"、"贼"、"商人"等多重身份的快速转换和投机意识,批判了杨邨人脱党闹剧的丑陋行径和奴才心理,点明了《汗血月刊》编撰者殷作桢法西斯理论家的身份,也暗讽了韩侍桁和苏汶的"第三种人"立场②。波哀的《论杨邨人可以代表中国人》讥嘲杨邨人偷裁内山书店中《南腔北调集》一书中鲁迅回复他的公开信未果,反而责怪店伙计不该辱骂他的可笑逻辑,并顺带讽刺了国民党政府与日本政府帝签订卖国条约时道德优越感的无耻:"中国人到现在还是道德崇高,涵养深厚的。即使奉还四省土地,也许还却而不取。'塘沽协定'成立时,不是'授受之间,礼让彬彬',举杯庆祝的图片,大家还可看到么?然则杨邨人先生不过偶尔裁一页书,便遭'出口大骂加以侮辱',我说日本人真太那个了。"③ 杉尊的《两种走狗》揭露了"洋奴"和"三民主义的信徒"这两种"高等华人"其实是帝国主义及其在华"代治者们"的走狗的真相④。漠野的《自相矛盾》怒斥了《汗血月刊》"文化剿匪专号"的法西斯思维以及御用文人们漏洞百出、前后矛盾的言论,这正如作者所比拟的那样:"走狗为了讨主人底欢喜,只有拼命地狂吠,但狂吠的是什么,恐怕连他自己也莫明其妙。"⑤ 南宫离的《从宣传过去到接受未来》嘲讽了民族主义文学借助对祖先的"可怜的梦

---

① 谷荫:《徘徊在十字街头的,究竟是谁?》,《巴尔底山》1930年5月21日第一卷第五号。
② 阿四:《急就日记》,《文学新地》1934年9月25日创刊号。
③ 波哀:《论杨邨人可以代表中国人》,《文学新地》1934年9月25日创刊号。
④ 杉尊:《两种走狗》,《巴尔底山》1930年5月11日第一卷第四号。
⑤ 漠野:《自相矛盾》,《文学新地》,1934年9月25日创刊号。

想"求得虚幻的"打到欧洲去"的阿Q精神，因为这种梦想只能助长封建势力的复活，读经、存文、尊孔、表彰节妇、反对男女同学交往都可以从这里找到答案，至于未来派艺术更是不适合当时备受法西斯侵略的中国现实需要①。这些杂文反映了当时左翼作家对"右翼"文人的失望、厌恶乃至痛恨之情，在对后者负面印象的累积过程中，他们很自然地对后者采取了讥讽、驳难乃至怒斥、嘲骂的方式，以此来表达他们内心对后者言行的不满和愤怒。显然，左翼文艺界对国民党御用文人的批判有其合理性，但对自由主义文人的批判明显存在过激之处，至少把自由主义文人视为阶级敌人的判断和做法是存在重大失误的，很多自由主义文人非常爱国，他们希望引进西方先进的文化和思想来拯救中华民族，他们面对国民党强权专制时显露出的被动的避险性、妥协性和软弱性，其实是他们难以穿越强权体制的死亡逻辑之后一种委曲求全的表现，只要他们没有为虎作伥、损人利己或诬陷他人以获取利益的言行，那就不应该被一概否决。

日本帝国主义、国民党及"右翼"文人之外，同样可嘲骂的现象和人事也是多如牛毛，左翼作家们随意点染、嬉笑怒骂皆可成篇立言，批判假恶丑、赞颂真善美。冬华的《以脚报国》直言"立国数千年的大中华民国"的国民往往有自欺欺人的"不治之症"②。开时的《社会现象一瞥》和《路旁的草地》，前者披露了上海警察的恶德恶行，他们不但干涉爱国民众张贴反日标语，还在打死、打伤民众后将手枪塞在死者手上栽赃嫁祸③；后者借黄蝴蝶逐花的安闲情形，批判了一些人既不关心民众的生

---

① 南宫离：《从宣传过去到接受未来》，《夜莺》1936年4月5日第一卷第二期。
② 冬华：《以脚报国》，《北斗》1931年10月20日第一卷第二期。
③ 开时：《社会现象一瞥》，《北斗》1931年10月20日第一卷第二期。

活疾苦和社会上的大小事情,也不顾虑"东(三)省军队既奉令不抵抗,义勇军,如何会被允许赴前敌?",甚至无意于了解列强的侵略和国内混战的严重性①。在作者看来,这些追求超脱和安闲的"隐士"是有愧于知识分子这一光荣称号的。鲁迅的《新的"女将"》和《宣传与做戏》,怒斥了中国国民喜欢"做戏"的劣根性:操练了多年的军人,一声鼓响突然都变成了无抵抗主义者,于是文人学士便大谈什么"乞丐杀敌"、"屠夫成仁"、"奇女子救国"一流的"传奇式古典",想一些出乎意料的人物来"为国增光"②;另一方面,中国人是非常善于宣传的,教育经费用光了却要开几个学堂装装门面,国人十之八九不识字却要请几位博士对西洋人讲讲中国的精神文明,政府本来随便拷问和杀害反对派却维持几个洋式的"模范监狱"给外国人看看,本来离前敌很远却说要"为国前驱",明明是连体操班也不愿意上的学生少爷,却偏要穿上军装说是"灭此朝食"③。在鲁迅看来,这种"做戏"不过是自欺欺人,于真正的抗日救国是毫无效用的。天凤在《阿拉伯人和科学家》中气愤地指出,日寇侵略东北之后,中国的军阀和政客不知抗敌,却学习帝国主义者视中国人为阿拉伯人的做法,一有冲突就开枪屠杀民众,至于某些文人,在声辩中国人酷爱和平之后居然埋怨国民不努力抗日和青年不去做科学家,这种不顾及中国社会环境和政治体制的言论,实在是唯心之论和荒谬之极④。司马今的《新英雄》揭破了国民党中"不可多得的将才"用"抵抗"手段实行不抵抗主义的人模狗相,鞭挞了"拉块司令"帮日本人捉拿中国人的汉奸嘴脸,

---

① 开时:《路旁的草地》,《北斗》1931年10月20日第一卷第二期。
② 冬华:《新的"女将"》,《北斗》1931年11月20日第一卷第三期。
③ 冬华:《宣传与做戏》,《北斗》1931年11月20日第一卷第三期。
④ 天凤:《阿拉伯人和科学家》,《北斗》1931年12月20日第一卷第四期。

揭示了"小诸葛"式知识分子的奴才本色,批判了自由主义作家容易误导读者的市侩"学说",歌颂了"匪徒"们敢于打倒军阀和帝国主义的英雄风骨,揭露了"新英雄"们的"豪言壮语"的"骡子话"(骗人)性质[①]。他又在《财神还是反财神》中犀利地指斥中国的"国货财神"靠着太上皇"英美法日的大财神"拼命剥削工农的血汗,他们联合起来屠杀一切反抗中国"财神"和日本"大财神"的群众,诓骗民众安心、镇静地做绅士地主和他们的共同奴隶;他们用金钱来收买"狗道主义的文学",其精义就是"狗的英雄主义"、"羊的奴才主义"和"动物的吞噬主义",进而有了外国的天父上帝和中国的财神菩萨狼狈为奸共同"吞噬"那些不肯安分和敢于反抗的人,有诗为证:"天父和菩萨在神国开会相逢,/选定了沙漠的动物拿来借用;/于是米加勒高举火剑,爱普鲁拉着银弓:/一刹那便刀光血影,青天白日满地红!"这些"狗道主义的文学"由声称要继续完成"五四"遗业却反对为群众服务的"自由的智识阶级"来制造。最后,他号召群众挖掉"奴隶的心",联合起来反抗"财神"的万重压迫,拿回属于自己的心血;他希望进步作家多创造《工场夜景》(袁殊)、《活路》(楼适夷)、《水》(丁玲)这类作品,因为它们才是"中国文学革命(以及革命文学)的新纪元",也是抗拒那些表面深明大义、暗里鼓吹不抵抗主义的"马路文学"的最好武器[②]。徐懋庸在《现在的聪明人》中讥讽了那些所谓的聪明人,时局一紧张,他们就怕因战争而破家,就想办法要逃离或者奉行"今朝有酒今朝醉"、"国家事,管他娘!"的麻木态度[③]。茅盾在《给青年作家的公开信》中表示,青年作家在希望中华

[①] 司马今:《新英雄》,《北斗》1932年5月20日第二卷第二期。
[②] 司马今:《财神还是反财神》,《北斗》1932年7月20日第二卷三四期合刊。
[③] 徐懋庸:《现在的聪明人》,《质文》1935年12月15日第四号。

民族不受侵略、压迫和不愿压迫、侵略别人这一点上是共通的，因此他提倡爱国作家们组成联合战线，为争取中华民族的解放自由和作家"爱国的言论自由"而战斗，这就隐性地批判了国民党固守"爱国有罪"原则的荒谬逻辑①。

通过对思想文艺界各种现象、作家、作品的评说和论评来传递左翼文艺界的价值取向、阶级意识和抗争立场，这是左翼作家创作杂文的一个重要的精神旨归。N. C. 在《从诗歌说起》中声言，无产阶级文学的发展历史离不开无产阶级的解放运动史，俄国无产阶级掌握政权的事实意味着中国无产阶级文学是反对者们所无法"抹杀"的，它将指引愤怒和反抗的劳动者成立"坚强的组织"并通过革命夺取政权②。H. C. 在《广大的贫民》中认为，中国贫民迅速增加是帝国主义和封建余孽等无穷剥削的结果，他们"唯一的生路"就是消除后者对他们的剥削③。谷荫在《起来，纪念五一劳动节》中歌赞五月一日是全世界无产阶级开始觉醒和联合起来反抗资产阶级统治的一天，为此他号召全中国被压迫的民众起来参加 1930 年的"五一大游行"和准备完成"中国的革命"④。菊华在《想对"左联"说的几句话》中希望"左联"加强"行动"、克服"劣点"，建议盟员全力支持"左联"，要求"左联"刊物改正"个人主义"的办刊"特色"和组织一个出版系统来扩张势力，希望"左联"加强批评、宣传等实践活动⑤。董龙的《哑吧文学》和《画狗罢》，前者嘲讽

---

① 茅盾：《给青年作家的公开信》，《光明》1936 年 8 月 10 日第一卷第五号。
② N. C.：《从诗歌说起》，《巴尔底山》1930 年 4 月 11 日第一卷第一号。
③ H. C.：《广大的贫民》，《巴尔底山》1930 年 4 月 11 日第一卷第一号。
④ 谷荫：《起来，纪念五一劳动节》，《巴尔底山》1930 年 5 月 1 日第一卷第二三号。
⑤ 菊华：《想对"左联"说的几句话》，《巴尔底山》1930 年 5 月 1 日第一卷第二三号。

了"国语的文学"口号下用新式白话创造的"哑吧的言语"和"哑吧文学"只能给少数"看得懂的人消遣消遣"①，它们不但无益于启蒙民众，反而成了新的愚民工具；后者批评张天翼的《鬼土日记》将社会黑暗现象"简单化"了，未能看到："袁世凯的鬼，梁起（启，引者注）超的鬼……的鬼一切种种的鬼，都还统治着中国。尤其是孔夫子的鬼，他还想统治世界。礼拜六的鬼统治着真正国货的文艺界。"② 为此，他奉劝作者与其描写鬼魂世界，还不如描写禽兽世界，因为这样才能画出中国"走狗和牛马"的鬼影。寒生的《南北极》认为穆时英小说《南北极》中主人公小狮子的身上充满了"豪气"，也浸透着"中国式的流氓意识"，而作者认可小狮子流氓气的观点和态度是错误的，因为流氓这一社会阶层的意识缺点非常多："他们的眼，不能正确的看穿资本主义社会的机构，因之，他们也就不能成为这一社会的挖塚者的主体。"③ 寒生在《大动乱的年头》中直言不讳地预言1932年将还是一个大动乱的年头，"罢工，示威，流血，造反，这些不祥的事件，依然要千百倍的比一九三一年还要猛烈的威逼着吃人阶级的吃人世界"④。鲁迅的《我们不再受骗了》明确告知读者，帝国主义要进攻苏联，并摆出所谓"公正的面孔"对苏联极尽憎恶、造谣、诅咒之能事，但中国人民和他们的利害关系完全相反，所以"我们不受骗了"，不但要反对他们进攻苏联，还要打倒这些进攻苏联的恶鬼，因为这才是"我们自己的生路"⑤。陈辛人在《"空想的爱"和"实行的爱"》中对一些富有"秀才气"的青年在思想和行为上的"二重性"

---

① 董龙：《哑吧文学》，《北斗》1931年9月20日创刊号。
② 董龙：《画狗罢》，《北斗》1931年9月20日创刊号。
③ 寒生：《南北极》，《北斗》1931年9月20日创刊号。
④ 寒生：《大动乱的年头》，《北斗》1932年1月20日第二卷第一期。
⑤ 鲁迅：《我们不再受骗了》，《北斗》1932年5月20日第二卷第二期。

矛盾现象进行了批评，他们有着许多值得赞美的为时代尽责的"空想的爱"，可是一旦踏上社会践行"实行的爱"时，就会"始而兴奋狂热，继而焦闷不堪，终而消极颓丧"①。唐弢在《随思录》中嘲讽那种把"五四"新文学运动的源流追溯到明末公安派、竟陵派的做法只能是"雅人们的特权"②；他还基于教育不普及导致新文艺难以流布到民众中去的现状，意识到新文艺作家争取落后民众的"急务"其实是"通俗化运动"③。洪深针对1937年文艺界和政界的乱象在《再行声明〈光明〉的态度》中严正地说："为着要保存我们的种族，为着要保守我们祖宗坟墓的故乡，中华全民族已经有了一个完全共同完全一致的目的：这就是，对内任何问题，都可磋商；任何委屈，都可忍受；我们第一任务，还是在保卫祖国领土主权，使它不受外敌的侵犯！"④ 洪深的"声明"也意味着左翼文艺界的骂世主旨由20世纪20年代的以阶级矛盾为主转换为20世纪30年代的以民族矛盾为主。

在这一时期的左翼文艺报刊中，刊载骂世杂文最多、最具代表性的就是1932年12月1日改组后的《申报》副刊《自由谈》和1935年5月15日创刊的《杂文》（《质文》）月刊。

《申报·自由谈》改组后，曾先后由黎烈文、张梓生编辑。依凭"兼容并包"的办刊立场、新老作家共存的撰稿队伍尤其是所刊杂感文的犀利风格与时效性，《申报·自由谈》不但在文化界引起了轰动，更在读者中产生了很大的反响。该刊曾一度被国民党刊物《社会新闻》《微言》等视为鲁迅垄断文坛的证据或

---

① 辛人：《"空想的爱"和"实行的爱"》，《申报·自由谈》1935年10月9日第五张。
② 唐弢：《随思录》，《中流》1936年12月30日第一卷第八期。
③ 唐弢：《随思录（续）》，《中流》1937年1月15日第一卷第九期。
④ 洪深：《再行声明〈光明〉的态度》，《光明》1937年2月10日第二卷第五号。

者左翼作家包办了的"阵地",这当然是捏造事实、无中生有,章太炎、吴稚晖、章克标、林微音、林语堂、郭明、谢云翼、王平陵、杨昌溪等人和左翼作家们一同在《申报·自由谈》这个"自由台"上"自由谈"就是明证。不过,国民党御用文人作出如上判断的一个理由是成立的,那就是改组后的《申报·自由谈》首先是以冷嘲、热讽和骂世为宗旨的。叶圣陶的《"今天天气好呵!"》嘲讽了专制暴政环境之下人们变得"异样地机警圆滑"和"怎样才能在双方夹迫的狭缝里转侧自如"居然成为立言持论者"必修科目"①的荒诞现象。韩侍桁在《谈"幽默"》中表示,中华民族是一个不能理解"幽默"的野蛮民族,中国人的笑话总是属于低级趣味的多,且脱不开性欲,要改造这种低级趣味,"除去正规的大众教育之外,大众化的文学是更负有极大的责任"②。茅盾在《"自杀"与"被杀"》中申明了严肃认真的人生态度的重要性,因为没有这种态度的国民"不免要弄成受人侵略而不敢抵抗,常常呼号国耻而只有五分钟的热度"③。陈望道在《长寿运动》中将国民党的文化专制与秦朝的"焚书坑儒"进行类比,并嘲讽道:"现在中国是一个大光明的时代。对于文化是可说爱护无所不至。试看:河南等处,现在正以国家的力量从事发掘。再看:每次会议差不多总有要人也者提出出版言论集会结社的自由的议案来,每次又都毫无困难地通过了。这与'偶语弃市'的时代不同,单看报章便可明白的。"④郁达夫在《说食色与欲》中肯定了外国哲学家关于欲念是"进化的主动力"的观点,但他认为在中国作长足进步的却是欲念所催生

---

① 叶圣陶:《"今天天气好呵!"》,《申报·自由谈》1932年12月1日第五张。
② 侍桁:《谈"幽默"》,《申报·自由谈》1932年12月9日第五张。
③ 玄:《"自杀"与"被杀"》,《申报·自由谈》1932年12月27日第四张。
④ 陈望道:《长寿运动》,《申报·自由谈》1932年12月29日第四张。

的坏的一面:"中国人因为有欲,所以要去刮地皮,卖官爵,争地盘、×××,弄到后来,变得目的意识也完全忘了,甚而至于倒认手段就是目的。"① 彭家煌在《虾和鳝及其他》中对国民党的不抵抗政策批评道:"九一八过了,一二八过去了,早已过了周年了,在'自有办法'的'长期抵抗''心理抵抗'之中,敌人打进山海关了,猛烈的炸弹虽向善于跳善于扭的热血青年中掷去,毕竟还是不跳,不扭。因为,那有什么用呢?那有什么意义呢?迟早终归要像虾和鳝一样被剥皮的啊!"② 鲁迅在《观斗》中针对军阀不抗日、喜内斗的行径嘲讽道:"'不抵抗'在字面上已经说得明明白白。'负弩前驱'呢,弩机的制造法久已失传了,必须待考古学家研究出来,制造起来,然后能够负,然后能够前驱。"③ 李辉英在《古物搬家的意义》中对政府保护古物却不保护领土的行为辛辣地嘲讽道:"有关文化的遗物,怎好任敌人摧毁!所以,东三省可以不收复,热河可以奉送,古物可不能不搬家了,这就可见古物比领土重要得不知几万亿兆倍了。"④ 廖沫沙在《人间何世?》中对林语堂无视民族国家危难而编辑《人间世》来提倡小品文的做法进行了批评:"个人的玩物丧志,轻描淡写,这就是小品文。西方文学有闲的自由的个人主义,和东方文学筋疲骨软,毫无气力的骚人名士主义,合而为小品文,合而为语堂先生所提倡的小品文,所主编的《人间世》。"⑤ 胡风在《"过去的幽灵"》中对周作人在 20 世纪 30 年代热心于谈鬼的价值转向提出了批评,进而嘲讽《人间世》比周作人还缺少

---

① 郁达夫:《说食色与欲》,《申报·自由谈》1932 年 12 月 30 日第四张。
② 彭家煌:《虾和鳝及其他》,《申报·自由谈》1933 年 1 月 30 日第五张。
③ 何家干:《观斗》,《申报·自由谈》1933 年 1 月 31 日第五张。
④ 李辉英:《古物搬家的意义》,《申报·自由谈》1933 年 3 月 14 日第四张。
⑤ 埜容:《人间何世?》,《申报·自由谈》1934 年 4 月 14 日第五张。

进取精神，因为"只是有点力求'精雅'，'谈狐说鬼'而已"①。徐懋庸在《"读书人"》中讥嘲了一些"读书人"的愚笨，他们自居为"智识分子"，却看不懂他人文章的意思，甚至与"第三种人"一样敌友不分②。白薇在《商学院公演观后感》中认为法国剧本《重燃坏了的火》（黎烈文译）所展现出来的男性充满爱情专制心理和女性备受贞操观念束缚的思想内容是非常落伍的，并不值得"多事之秋"中的中国青年花费许多功夫去排练和表演，这种排演与女人"闲着无事"时打扮自己一样是一种"糜费时间"③的行为。黎锦明在《替文学辩护》中直言批评吴稚晖"文学不死，大祸不止"的言论令人"惊悚不置"④。唐弢在《谈"杂文"》中对林希隽将"杂文"逐出"文艺作品领域"的说法进行了批驳，认为杂文取材广泛、体裁难定、笔法和布局因人而异，但这都不足以构成否定杂文是文艺作品的理由⑤。臧克家的《乐以忘忧》以自己在青岛和一个小县城过元宵节的经历，批评了国人在国难当头之际仍然不忘"好热闹"的国民劣根性和"好了创疤忘了痛"这类"乐以忘忧"的民族精神⑥。姚雪垠在《文学的别用》中解析了文学被用于"敲门砖"的历史根源——"学而优则仕"，进而嘲讽了是时社会中人借文学来找事做、骗女人、升官发财等投机取巧的做法⑦。欧阳凡海在《回忆过去》中对一些知识分子的思维方式进行了批评，因为他

---

① 胡风：《"过去的幽灵"（续）》，《申报·自由谈》1934年4月17日第五张。
② 徐懋庸：《"读书人"》，《申报·自由谈》1934年6月12日第四张。
③ 白薇：《商学院公演观后感（下）》，《申报·自由谈》1934年6月23日第五张。
④ 黎锦明：《替文学辩护》，《申报·自由谈》1934年8月13日第五张。
⑤ 唐弢：《谈"杂文"》，《申报·自由谈》1935年2月23日第五张。
⑥ 臧克家：《乐以忘忧》，《申报·自由谈》1935年3月2日第五张。
⑦ 姚雪垠：《文学的别用》，《申报·自由谈》1935年6月5日第四张。

第五章 游击谋略、骂世心态与抗争立场：……杂文创作　189

们惯于美化过去、失望将来和厌恶现在①。还值得注意的是，除了注重刊载杂文之外，《申报·自由谈》还刊载了很多左翼作家，如夏丏尊、周建人、靳以、芦焚、欧阳山、陈白尘、徐盈、刘白羽、艾芜、叶紫、何谷天、草明、黑婴、周而复、林娜（司马文森）、柯灵、黑丁、荒煤、罗洪、周扬等人的小说、诗歌、译介和文艺短论。

　　黎烈文、张梓生编辑时期的《申报·自由谈》是一个立场鲜明、"感应敏锐"、"包罗万象"②的报纸副刊，它不但通过各种社会批评揭露了国民党政府的腐败无能、投敌卖国和蛮横专制，还通过大大小小的论争展示了当时纷纭复杂的文坛景象。（1）在"腰斩张资平"事件中，《申报·自由谈》刊出编辑室启事声明："本刊登载张资平先生之长篇创作《时代与爱的歧路》业已数月，近来时接读者来信，表示倦意。本刊为尊重读者意见起见，自明日起将《时代与爱的歧路》停止刊载，改登近代世界文学名著法人 Jules Renard 作《红萝卜须》（Poil de Carotte），至希读者诸君注意为幸。"③ 显然，黎烈文自接编《申报·自由谈》后，锐意改革，栏目进步倾向显明，是故他腰斩《时代与爱的歧路》这部表现多角恋爱甚至带有色情描述意味的小说并非毫无来由之举。问题在于，张资平自出道以来何尝受过这种待遇，况且他一直以小说名家自居，所以恼羞成怒的他着手准备进行攻击。4月27日，《晶报》发表了一篇题为《自由谈腰斩张资平》的短文，5月9日《社会新闻》上发表了署名粹公的《张资平挤出〈自由谈〉》，这两篇文章大肆渲染、推波助澜之后，张资平借机在《时事新报》"青光"栏目上登载《张资平启

---

① 欧阳凡海：《回忆过去》，《申报·自由谈》1935年10月9日第五张。
② 唐弢：《申报自由谈·序》，上海图书馆1981年版，第5页。
③ 编辑室：《编辑室》，《申报·自由谈》1933年4月22日第五张。

事》诋毁黎烈文有资本家出版者做其后援,有姊妹嫁作大商人为妾并借此谋得编辑之职等。针对张资平的诬蔑,次日黎烈文也在《时事新报》上刊出启事揭露了张资平因其长篇小说被停登后怀恨入骨、造谣诬蔑、含沙射影、挑拨陷害的卑劣行径。
(2) 在关于"写实小说与第一人称写法"问题上,穆木天认为时代环境促使青年作家走出象牙塔,转向现实,关注大众痛苦,并在文艺创作中用现实主义表现了大众饥寒冻馁的生活,这种现实主义倾向是一种"时代的象征",但他对很多青年作家因使用浪漫主义惯用的第一人称写法并导致小说减少"真实味"的"毛病"非常不满,他希望这种倾向能够得到纠正,因为第一人称写法很容易使作者将其小说人物理想化、美化,从而导致形式与内容的"不调和"[①]。针对穆木天的观点,陈君冶提出了质疑,他认为:第一,不能因为浪漫主义惯用第一人称写法就认为后者是旧形式,因为形式的新旧是由内容决定的;第二,第一人称写法诚然不适宜表现复杂的客观现实,但第一人称写法也可以作为写实手法,作品的真实性归根于作者对现实的认识和表现手段的高低,与第一人称写法无关[②]。穆木天在回应陈君冶时辩解说,其文章的出发点是强调在当时中国写工农题材用第一人称很难使作品与主人公身份相适合,因此会减少作品的真实味,也容易流于滑稽。他还强调说:抒情主义样式在由"自我之表现"转变到"社会之表现"的时代自然要被抛弃;文学的真实性是同"在其中所反映的复杂的现实的分量"成正比的;第一人称是个人主义的抒情主义的形式,但"现在的现实主义所需要写的是

[①] 穆木天:《谈写实的小说与第一人称写法》,《申报·自由谈》1933 年 12 月 29 日第五张。
[②] 陈君冶:《谈第一人称写法与写实小说》,《申报·自由谈》1934 年 1 月 7 日第四张。

民族解放斗争中的工农大众的情绪"①。陈君冶在回应时认为：穆木天的理解有许多不正确的倾向，容易发展成为表现农工的小说必须等到中国文化提高后由农工自己去写的认识错误；第一人称写法被用到新内容的外观时已经不能将之视为个人主义的抒情主义形式；文学真实性的获取在于把握感性的人类活动实践的认识；仅仅逗留在自然主义的现实主义或纯旁观主义领域去探求现实主义手法和形式等问题，是永远也得不到光明之路可走的②。穆木天在第二次回应时认为，陈君冶始终是"观念地在空谈"，他歪曲片面地运用小说材料，曲解其主张并进行主观发挥，片面地去理解新旧现实主义的异同，并机械地把内容与形式分开来。他的结论是：文学样式有其时代性，写实小说须有其独特样式和基本样式，须主要使用第三人称，但并不禁止使用第一人称；在当时中国用工农做主人公时，第一人称写法并不适宜，叫还是文盲的工农去写那就不是艺术品了，但由知识分子所写的工农生活题材作品是可以产出的③。（3）在关于"女人与说谎"的讨论中，韩侍桁根据何容发表于《宇宙风》第134期上的《说谎赞》一文生发开去，认为说谎者不管是为了自己地位的坚固还是为了"拯救旁人的困难"去说谎，都含有"弱者的欲望与现实的不合"的原因，当然也有非说谎不能越过某种难关的场合，"而这场合也是弱者遇到的时候较多，大概也就是因此为什么女人讲谎话要比男人来得多"④。鲁迅则认为女人未必多说谎，但多被指

---

① 穆木天：《再谈写实的小说与第一人称写法》，《申报·自由谈》1934年1月10日第五张。

② 陈君冶：《论写实小说答穆木天》，《申报·自由谈》1934年1月14日第五张。

③ 穆木天：《关于写实的小说与第一人称写法之最后答辩》，《申报·自由谈》1934年2月10日第六张。

④ 侍桁：《谈说谎》，《申报·自由谈》1934年1月8日第五张。

为"讲谎话要比男人来得多",随后他借助"君王城上竖降旗,妾在深宫那得知?二十万人齐解甲,更无一个是男儿!"这首诗,嘲骂了当权者卖国却把责任推到女人身上的懦夫行径①。(4)在"京派与海派"论争中,曹聚仁针对沈从文在《大公报》文艺副刊第 32 期上刊文畅谈海派文人丑态的言论予以声援,认为当时的"海派"和"京派"没有什么差异,"天下乌鸦一般黑",主张"明日的批评家"应当英勇地扫荡京派和海派,"方能开辟新文艺的路来"②;他还犀利地讽刺道:"文学家,艺术家,虽说也是千年修炼的狐狸精,在外衣上都绣着'道德','清高','精神生活'这一类美丽的花纹;然而在照奴镜里依然显出原形。这在京派看来,当然有些刺眼的,那么长长的尾巴拖在外衣之外;可是有什么法子呢?这里就来了'京派'和'海派'的分野:知道不能掩饰了,索性把尾巴拖出来,这是'海派';扭扭捏捏,还想把外衣加长,把尾巴盖住,这是'京派'。"③青农认为海派文人因"商业竞卖"已经把人格和稿子一起卖了,他们实际上是这样一群人:"偷了成名作家的作品冒名发表的人,是'海派'。以朋友的优秀作品声称借看而冒名发表以成名的人,是'海派'。自己已经成名而以未成名作家的作品用自己的'招牌'发表以骗钱的人,是'海派'。翻译外国杂志的文章以及整本作品不注明是译作而发表的人,是'海派'。以廉价收买翻译作品而用自己的'招牌'以求名利双收的人,是'海派'。……"④鲁迅则寥寥数语就界定了"京派"和"海派"的含义与本质:"京派"和"海派"不是指作者的本籍,而

---

① 赵令仪:《女人未必多说谎》,《申报·自由谈》1934 年 1 月 12 日第五张。
② 曹聚仁:《京派与海派》,《申报·自由谈》1934 年 1 月 17 日第四张。
③ 曹聚仁:《续谈"海派"》,《申报·自由谈》1934 年 1 月 26 日第四张。
④ 青农:《谁是"海派"?》,《申报·自由谈》1934 年 1 月 29 日第四张。

第五章　游击谋略、骂世心态与抗争立场：……杂文创作　　193

是指一群人所聚的区域；"要而言之，不过'京派'是官的帮闲，'海派'则是商的帮忙而已"①。（5）在大众语论争中，针对汪懋祖、许梦因等复古派的挑战，徐懋庸在《关于文言文》中号召作家若非不得已不要有意用文言撰稿以免替复古派的不良倾向推波助澜②。曹聚仁在《什么是文言》中揭露了倡导文言复兴的守旧派之"病"在于根本不了解"什么是文言"，他毫不客气地奚落道："这种《新民丛报》式的文体，不独桐城正宗嗤之以鼻，即斯文种子必摇头叹息以为世道人心之大患（见康梁二氏），而他们沾沾自喜以为他们做的便是文言，岂非大大的笑柄！"③ 陈子展在《文言—白话—大众语》中认为文白之争早已分出胜负，对于"文言复兴"的口号"并不感到怎样的严重"④。魏猛克更是在《普通话与"大众语"》中不屑地说："现在的所谓'文言文复活'，其实只是灯油将尽的'回光反照'，本来不足稀奇，更用不着怎么忧虑。"⑤ 显然，在新文艺界看来，文言早已是白话的败将，新时势之下的问题是白话文太过于欧化，所以他们的中心任务应转到提倡大众语这边来，至于汪懋祖、许梦因等人重弹老调不过是为提倡尊孔读经的地方军阀张目，只能证明文言越来越不中用。（6）在翻译问题之争中，鲁迅对穆木天所持的"间接翻译，是一种滑头办法"⑥ 的观点提出了质疑，并在《论重译》中强调说："对于翻译，现在似乎暂不

---

① 栾廷石：《"京派"与"海派"》，《申报·自由谈》1934 年 2 月 3 日第五张。
② 徐懋庸：《关于文言文》，《申报·自由谈》1934 年 6 月 15 日第五张。
③ 曹聚仁：《什么是文言》，《申报·自由谈》1934 年 6 月 16 日第五张。
④ 陈子展：《文言—白话—大众语》，《申报·自由谈》1934 年 6 月 18 日第五张。
⑤ 魏猛克：《普通话与"大众语"》，《申报·自由谈》1934 年 6 月 26 日第五张。
⑥ 穆木天：《各尽所能》，《申报·自由谈》1934 年 6 月 19 日第五张。

必有严峻的堡垒。最要紧的是要看译文的佳良与否，直接译或间接译，是不必置重的；是否投机，也不必推问的。"① 这就肯定了重译（转译）本身及其作为一种权宜之计的现实合理性。穆木天在回应时认为鲁迅误会了他的观点，他知道翻译一些弱小民族的文学须采用间接翻译的办法，但他觉得间接翻译有很多问题需要注意：第一，"是译本之批判问题"，马马虎虎去做间接翻译是会出"毛病"的②；第二，他承认做翻译时须有权变的办法，但他更希望翻译界防止那些"阻碍真实的直接翻译本的间接译出的劣货"；第三，他强调了解作品才是翻译时的"先决条件"，而且"作品中的表现方式也是要注意的"③。鲁迅则在《再论重译》中声言，二者之间并无误会，实际上是各自强调的"轻重"有所不同，他主张先看翻译成绩的好坏，而不管译文是直接或间接以及译者的动机，他认为翻译之路要放宽，批评工作要"着重"："倘只是立论极严，想使译者自己慎重，倒会得到相反的结果，要好的慎重了，乱译者却还是乱译，这时恶译本就会比稍好的译本多。"④ 显然，穆木天的想法是趋向于追求"完美"的翻译，但鲁迅的想法要更深远和切合实际一些，也更有利于当时翻译界的壮大和进步。此外，《申报·自由谈》上还有"儿童教育"论争、小品文与"方巾气"论争、旧戏锣鼓讨论、批评与谩骂论争、"艺术论"问题论争、"讽刺与幽默"之争、"基本英语"的讨论、"'三层楼'与'古董'"的讨论、"回到农村去"论争、"伟大作品在哪里"论争、"创作与时间"论争、

---

① 史贲：《论重译》，《申报·自由谈》1934 年 6 月 27 日第四张。
② 穆木天：《论重译及其他》（上），《申报·自由谈》1934 年 6 月 30 日第五张。
③ 穆木天：《论重译及其他》（下），《申报·自由谈》1934 年 7 月 2 日第六张。
④ 史贲：《再论重译》，《申报·自由谈》1934 年 7 月 7 日第五张。

"艺术的形式和遗产"论争、"文学与生活"论争、"文人相轻"问题的讨论,等等。正可谓:"文坛景象,正反左右,一时都浓缩在《自由谈》上。"①

与《申报·自由谈》有所不同,《杂文》(《质文》)因创刊于日本,所以所刊杂文并不敢大张旗鼓地痛斥日寇侵略中国的罪行,而是竭力批评了国内一些文艺现象、文人言行和文艺观点。孟克在《子恺先生的画》中对丰子恺画作轻松、简洁、纯熟的"冲淡"笔调提出了批评:"真的艺术是反映时代,代表时代的,成为现在的真的艺术品,就必然是能够代表现在的多数大众的东西,子恺先生是画着他们了,但是,子恺先生在外表描歪了他们的嘴脸,在内心换上了自己的'意特沃罗基';凡所表现的悲欢哀乐,都是自己这一面的悲欢哀乐。"他认为丰子恺的画作是"与大众隔杂的天远的帮闲的东西",希望丰子恺能够切切实实"到真的大众中去体验体验",否则"结果恐怕要指引大众向黑暗的路去了"。②他又在《文线的统一》中肯定了文坛论争的积极意义,认为文坛论争推动了杂文的发展,表面上它们好像是一种混战,但论争的渊源是为了追求真理,这其中固然有私人间的"人身攻击"、流氓的趁火打劫和痞棍的假公济私,可它们都具有历史的必然性,并体现了新与旧、进步与没落、正确与歪曲之间的斗争,而在反法西斯的革命浪潮中文坛应该统一战线,与全中国劳苦大众的"伟大斗争的铁流"汇合,共同去"淹灭一切阻挠新人类的进展的公敌"③。他还在《没有发现的事物——普遍的东西》中针对"农民文学"等新文学创作中的脱离生活实际、"公式主义"、流水账式写作、缺乏艺术修养和写作技巧、洋化人物姓名、形式与内容割

---

① 唐弢:《申报自由谈·序》,上海图书馆1981年版,第5页。
② 孟克:《子恺先生的画》,《杂文》1935年5月15日第一号。
③ 孟克:《文线的统一》,《质文》1936年6月15日第五六号合刊。

裂等现象提出了批评，他希望作家能够发掘和创造"现实的真实的典型"，能够用左拉式的精神去"透视到现实的极深的细微里去"，能够将建设"国防文学"作为自己的政治任务，能够在自我批评中"飞跃地进展"①。非厂在《狗与林语堂》中肯定了林语堂昔日的进步性，他曾在青年横被杀戮时鸣不平，也曾在杨杏佛惨死时为"自由"呐喊，但类于狗抓地毯这种"原始蛮性"的遗留使得他在《论语》《人间世》上不断地"间接直接帮闲"，他还把文艺界对他的善意批评视为"普罗之狺狺之声"，尤其是他提倡"尊孔"和反对"破锣"、"激昂派"，这表明他在尽力"洗刷"和"撇清"自己，结果难免意志消沉、"自趋下贱"，"这种情形，在狗倒是没有的，可见人有了理智这个东西，一自讨下贱起来，反不能如畜生那么闲适了！"②猛在《"之乎者也"之类》中认为林语堂竭力主张"文言之白"而深恶痛绝"白话之文"是没有道理的，他以周作人译文运用得"与众不同"的"之乎者也"现象为例，力证"文言之白"未必就意味着文雅③。SJ的《盲人赶瞎马》批评了叶青要"请胡适出思想界去"和勾销人类实践性言论的可笑性，认为其"半生劳作"都是一些名词的"互为说明"，都是一些"装饰的论理"，并将其盲人赶瞎马的行为视为"今日思想界的一个大耻辱"④。鲁迅在《孔夫子在现代中国》中由湖南省政府主席何健捐赠孔子画像给日本汤岛的孔庙一事谈起，认为孔夫子在中国际遇不佳，生前常常走投无路，只好发牢骚说"道不行，乘桴浮于海"，但他死后成了"摩登圣人"，权势者把他捧起来的目的是为了加以利用，一旦失去利用价值，就会把这个工具或曰

---

① 魏孟克:《没有发现的事物——普遍的东西》,《质文》1936年10月10日第二卷第一期。
② 非厂:《狗与林语堂》,《杂文》1935年5月15日第一号。
③ 猛:《"之乎者也"之类》,《杂文》1935年9月20日第三号。
④ SJ:《盲人赶瞎马》,《杂文》1935年7月15日第二号。

"敲门砖"丢掉,袁世凯的祭孔、孙传芳的复兴投壶之礼、张宗昌的重刻十三经都是例证,一般的民众虽然把孔子当作圣人,但对于孔子是恭而不亲的,因为孔子设计的治国方案都是为了治民众即为权势者设想的方案,为民众着想的事则一点儿也没有①。他在《从帮忙到扯淡》中指出了文人清客的本质,他们在参与国家大事时就是统治者的"帮忙",在献诗作赋歌功颂德时就沦为统治者的"帮闲",而在帮闲的末代就只剩下"扯淡"了②。杜宣的《不敢求甚解》讥讽了国民党报纸喉舌肆意造假的现象,读者面对这些假消息时不敢求甚解,因为一求解就会遭到灾祸,"因为现在正是一个不能让人们面着真实和说着真实的时代"③。他还在《什么是"讽刺"——答文学社问》中界定了讽刺的概念和性质:"'讽刺'的生命是真实;不必是曾有的实事,但必须是会有的实情",所以它不是"捏造"、"污蔑"、"揭发隐私",它所写的是公然、常见的也是不合理、可笑、可鄙甚至可恶的事情;"讽刺作者虽然大抵为被讽刺者所憎恨,但他却常常是善意的,他的讽刺,在希望他们改善,并非要捺这一群到水底里"④。罗天在《一个进展的过程》中认为徐懋庸的《打杂集》表现了一个知识分子的进展过程,"作者是用敏锐的眼光,透视了目前中国整个社会的事象;把现社会的罪恶,以及那班帮闲的大方家们的丑态,尽情的掘发和指摘了出来,给我们留下了一幅人类的丑面谱"⑤。郭沫若在《鼎》中认同署名"鼎"者在《文学》月刊上发表的《作家们联合起来》一文的思想主旨,他认为这篇文章是"目前顶切要的文字",作家

---

① 鲁迅:《孔夫子在现代中国》,《杂文》1935 年 7 月 15 日第二号。
② 鲁迅:《从帮忙到扯淡》,《杂文》1935 年 9 月 20 日第三号。
③ 杜宣:《不敢求甚解》,《杂文》1935 年 9 月 20 日第三号。
④ 鲁迅:《什么是"讽刺"——答文学社问》,《杂文》1935 年 9 月 20 日第三号。
⑤ 罗天:《一个进展的过程》,《质文》1935 年 12 月 15 日第四号。

们在当时应该联合,这是时代所发出的指令,作家在作品的创意和风格上固然要表现自己的个性,但在思想意识和文坛地位上应该充分化除个人本位的观点,尤其是要清除阻碍这种联合的个人主义和行帮意识[1]。林焕平的《感慨无量》通过自己患肺痨在日本求医时所受到的医生的无视、看护妇的蔑视、庸众的仇视和包探的监视等不公正待遇,批判了日本社会的丑恶与军国主义的嚣张[2]。

与《申报·自由谈》相类似的是,《杂文》也通过一些论争展示了当时矛盾绞缠的思想文艺界的对话情状。(1)关于文学遗产问题之争。沈其繁在《文学遗产问题》中认为胡风过于看重思想和辛人过于看重形式的观点都是不正确的,他主张借重文学史的方法去研究古典作家和文艺作品的基本因素,然后才能去谈"批判地接受"[3]。孟式钧在《关于文学遗产》中表示不赞同胡风对于接受文学遗产的见解,他认为接受文学遗产不单单是学习古典艺术家的形式和认识方法,而是要学习他们的艺术创作方法[4]。陈辛人在《为文学遗产答胡风先生》中针对胡风的批评辩驳说,他并非要割掉古典作家的创作方法"单去模仿那抽象的形式",而是意在强调古今作家的世界观有本质性不同[5]。陈北鸥在《文学古典的再认识》中认为,古典文学研究"要从古典的检讨来发展新的作品,这才是古典认识的最重要的任务"[6]。茅盾在《对于接受文学遗产的意见》中认为,那些"表现了当时代的社会生活的多方面与矛盾,而且有前进倾向的作品"和

---

[1] 郭沫若:《鼎》,《质文》1936年6月15日第五六号合刊。
[2] 林焕平:《感慨无量》,《质文》1936年11月10日第二卷第二期。
[3] 沈其繁:《文学遗产问题》,《杂文》1935年5月15日第一号。
[4] 孟式钧:《关于文学遗产》,《杂文》1935年5月15日第一号。
[5] 辛人:《为文学遗产答胡风先生》,《杂文》1935年5月15日第一号。
[6] 北鸥:《文学古典的再认识》,《杂文》1935年7月15日第二号。

"不满于当时社会生活制度的作品（批判的现实主义的作品）"以及"民间故事歌谣之类"都是建设新文化的大众所需要继承的宝贵的文学遗产①。（2）对"第三种人"和"文艺自由论"的批评。孟克在《盾牌上的怪脸谱》中批评了苏汶的艺术家灵魂"独立说"和"自由说"，认为其《论辩集》是在搅自己"恶臭扑鼻"的思想"陈渣"，在其画着一副托尔斯泰怪脸谱的盾牌背后隐藏的仍然是浅薄的"人道主义精神"和"文艺自由论"②。他又在《"文人"》中嘲讽苏汶、杨邨人、周作人和《文饭小品》《星火》同人攻击左翼文艺界的不自量力，认为他们丧失了古代"文人"的"清高"幌子，很快就露出了狐鼠的原形，并将被时代巨轮更为火速地碾碎③。凡海的《"自由"何处去?》批评了苏汶等"第三种人"向备受国民党文艺政策、政治方针压制的左翼文艺界要自由以及声称要与后者构建的"'横暴'的文坛"对抗的荒唐和滑稽④。陈辛人在《艺术自由论》中认为"第三种人"关于"作家的主观和社会的客观"以及"题材和主题"的论述都类似于"'狐鬼'的说教"，他用轻蔑的口吻写道："在社会矛盾急激地尖锐化的近代，被限制在小布尔乔亚汜的圈里的人们，没有正视'正'和'反'的矛盾的存在的勇气，他们要在社会矛盾中寻找出路，结局找到一个虚幻的'独立的、自由的'花园。他们要在这园里栽培表现'主观'的文学艺术的花木。然而，这是自欺欠人的空想。"他的结论是："真正的人类的自由，艺术的自由，是这样地依靠着客观现实的发展的。一面只管钻进坟墓般的暗幻的境地里，一面却来高叫着'再亮

---

① 茅盾:《对于接受文学遗产的意见》,《杂文》1935 年 9 月 20 日第三号。
② 孟克:《盾牌上的怪脸谱》,《杂文》1935 年 7 月 15 日第二号。
③ 魏孟克:《"文人"》,《杂文》1935 年 9 月 20 日第三号。
④ 凡海:《"自由"何处去?》,《杂文》1935 年 9 月 20 日第三号。

些！'这就会渐渐离开了时代的'悲剧'的舞台，而成黑格尔所说的'滑稽'的脚色了。"①孟克在《"算了罢"——关于题材与主题》中认为，连题材应不应该选择这类常识问题都弄不清楚，"第三种人"的所谓理论家——特别是苏汶和韩侍桁"委实太可怜了"，同时，当他们也与进步文艺界一样要求主题的"正确与积极性"时，所谓"自由"的"艺术家的灵魂"就被他们自己埋到坟墓里去了②。（3）对提倡读经、尊孔、尊关岳者的讥嘲。白莱的《骷髅们的跳舞》讥嘲那些主张读经、祀孔、拜关岳者是封建社会忠臣孝子中最没出息的货色，这些名流士大夫从来没有所谓民族或国家的观念，根本不在乎主子是谁，只要不危害他们特殊的寄生阶级的地位就三呼万岁、圣寿无疆；这些主张"存文"、"读经"的名流学者，实在是"子曰诗云"、"呜呼噫嘻"惯了，他们的血液已经发生硬化，他们把学问看成一道护符和"一堵他们寄生虫阶级围护生活的城墙"，他们的道统是"民可使由之，不可使知之"，他们的行为就是"一群骷髅们的跳舞"③。黄坡在《豆腐技俩》中由广州《群声报》上的一则旧闻"总部延师教练大刀术"谈起，认为提倡练习大刀术"以资防身杀敌"者与念佛除灾、读经救国是一样的"豆腐化"，具而言之，妄图用孔子的仁义道德去说服侵略者良心发现，这和妄想用青龙刀或八卦刀等祖传法宝去救国一样，是非常可笑的，因为它们都是靠不住的"豆腐技俩"④。（4）对倡导阅读《庄子》《文选》者的批评。蟠在《戏法》中由叶灵凤编辑的《文饭小品》第四期上刊载的穆铃的《谈变戏法的人及其艺术》一文谈

---

① 辛人：《艺术自由论》，《质文》1935年12月15日第四号。
② 孟克：《"算了罢"——关于题材与主题》，《质文》1935年12月15日第四号。
③ 白莱：《骷髅们的跳舞》，《杂文》1935年7月15日第二期。
④ 黄坡：《豆腐技俩》，《质文》1935年12月15日第四号。

起，认为穆铃原来非常讨厌"大众"、害怕"前进"，同时又非常嫉妒"'前进'而有'大众'拥护的人"，当他对进步文艺界罗织"罪状"和"栽诬"时，尤其是当他为《庄子》《文选》和"低级趣味"鸣不平时，他不自觉地拆穿了自己的"西洋镜"，表明他自己不过是"遗少"、"恶少"、"轻薄小子"一类人，认为他充其量不过是施蛰存的"小娄罗"之一而已①。维华在《落空》中认为，真正的大众语——拉丁化之路惹怒了立意要"存文"及劝青年人读《庄子》《文选》的"文豪"，于是简笔字也被看做"魔鬼"，但简笔字却登入了那些"所谓上级刊物的殿堂里去"，这意味着它的流行和扩展不是憎恶者所能阻止的②。(5) 关于"意识第一"之争。郭沫若在与子鹄的通信中就诗歌问题"提示"诗人："意识是第一着，有了意识无论用什么方法，无论用什么形式，无论取什么材料都好。"③ 针对郭沫若的观点，王淑明在《时事新报》的文艺副刊《青光》上刊载了《与郭沫若先生论诗》一文，认为郭沫若否认、忽略了诗歌创作技巧的重要性，其目的是要恢复"标语口号诗"，其"提示""一无是处"。郭沫若在回应时认为王淑明对其文章断章取义，他写那句话时是兼顾了文艺的政治与艺术价值这两方面来说的，他并没有否认和忽略技巧问题，其意在于强调"人是第一着"或曰"要真正的人才有真正的诗"，在于强调诗人具有能动精神，在于强调各种文学体裁具有共有的"通性"和各自的"个性"④。番子在《"一无是处"》中为郭沫若鸣不平，认为王淑明对郭沫若的批评是站不住脚的，其批评没有顾及作家的实践过程

---

① 蟠：《戏法》，《杂文》1935年9月20日第三号。
② 维华：《落空》，《杂文》1935年9月20日第三号。
③ 郭沫若：《关于诗的问题》，《杂文》1935年9月20日第三号。
④ 郭沫若：《七请》，《质文》1935年12月15日第四号。

和所处境遇,其在别人头上一路践踏过去的"英雄行为"等于做了"敌方的幌子",委实有"在这里来一个反省的必要"①。
(6)关于"两个口号"之争。1936年7月10日,质文社同人对"两个口号"问题集中进行了探讨,郭沫若对此特意进行了辑录:陈北鸥严厉批评了胡风另提"民族革命战争的大众文学"口号的做法,认为这是一种个人英雄主义,是为了表现"理论家"的"权威"和"出风头";林林明言"国防文学"口号的提出有其必然性和合理性,认为该口号简单明了、正确有力,是"划时代的最具体的口号",而"民族革命战争的大众文学"口号也许放在印度、朝鲜等地更合适,因为它们已经无"国"可"防"了;刑桐华认为"国防文学"的内容不是狭义的爱国主义,与苏联的"国防文学"有所不同,中国也提倡这种文学的目的是为了民族生存和拥护"社会主义的联合战线",而创作口号宜"简单"不宜"冗漫";代石主张社会各界成立"联合战线"而非"统一战线",认为"国防文学"是文艺界根据"国防政府"的要求所作出的文学上的反映,"'国防文学'里面是包括着民族革命文学的";张香山强调不抗战便灭亡,为了拯救中国必须成立统一战线,"国防文学"口号的缘起就是来自于中国急迫的情势,其目的是为了打倒帝国主义,而"民族革命战争的大众文学"口号冗繁不简洁,不易为大众理解,它在作用和动机上犯有"极大的错误",即:"它扰乱了统一的战线,而独自标奇";"它想以英雄主义的色彩,支配同人志,……而出卖其高能";臧云远认为"国防文学"口号的重要性和必然性不言而喻,这可以从国防诗歌、国防戏剧、国防音乐的兴起得以证明;非厂希望文艺工作者为了救亡抗敌要竭诚拥护"国防文学"和"统一战线",认为作家脱离革命势力和站在群体之外在客观

---

① 番子:《"一无是处"》,《质文》1935年12月15日第四号。

上就等于"取消自己";孟克提醒"国防文学"提倡者要做好国防文学的理论建设,成立国防文学创作研究会组织,设立国防文学的指导机关;郭沫若延承了其在《国防,污池,炼狱》和《在国防旗帜下》两文中的观点,他大体上赞成"国防"这个用语,"觉得字面既简单而包括又广大,最适宜于作为一个统一战线的共同目标"①。在质文社中,从理论上探讨两个口号问题最深入的是任白戈。他专门撰写了《现阶段的文学问题》和《关于国防文学的几个问题》两篇长文来表达自己的观点。他认为中国民众为了独立、解放必须进行对外的民族革命和对内的民权革命,在日寇吞噬了中国半壁江山、国内军阀与买办竭力卖国、广大民众联合起来的大背景下,抗敌救国和扫除汉奸是当时中国"最大的斗争",为此中国民众需要"国防文学",中国知识分子要有"大国防"的意识,要坚持全面抗战的统一战线和文艺界的统一战线,"国防文学"口号已经深入民心和广为认可,国防文学前途璀璨,是故没有必要再提"民族革命战争的大众文学"这样的口号来否定、"抹杀"和代替"国防文学"这个口号②。他还表示,关于"国防文学"口号的争论是非常有必要的,这有利于严正立场,关键问题是如何搞好"国防文学"创作,他赞同将"国防文学"作为创作口号,主张将所有作家集合到国防文学的旗帜之下,这并不意味着否定作家的创作自由,而是为了督促作家在统一战线之下反对汉奸文学和克服宗派主义、政治党派与行帮意识的局限性③。从上述发言和论文来看,质文社同人并没有深刻理解胡风和鲁迅等人提倡"民族革命战争的大众

---

① 郭沫若辑:《国防文学集谈》,《质文》1936 年 10 月 10 日第二卷第一期。
② 任白戈:《现阶段的文学问题》,《质文》1936 年 10 月 10 日第二卷第一期。
③ 任白戈:《关于国防文学的几个问题》,《质文》1936 年 11 月 10 日第二卷第二期。

文学"口号背后的良苦用心和警示意旨,所以一边倒地表明了他们支持"国防文学"口号的立场和态度。

从《申报·自由谈》和《杂文》(《质文》)上刊载的情况来看,这些敢于针砭时弊、讽喻现实的杂文非常有"骨力"。与专门提倡幽默、性灵、闲适、冲淡、油滑、雍容、宽厚、安逸、漂亮、缜密等无视民族危机、民众苦痛的小品文形成了鲜明的对比。可以说,左翼文艺界非常严肃地把他们对各种社会现象和文艺现象的愤怒转化为批评、讥嘲和讽刺。于是,能够迅捷反映社会事变、政治倾向、思想观点、生活情趣、人生理想的杂文成为这一时期左翼作家最为得力的斗争武器。杂文固有的批判性力量也在这一时期被充分发挥出来。

在1930—1937年这段混乱的社会转型期中,旧有的思想、道德、文化、传统和历史在继续失去以往庄严的色彩,而新生的观念、信条、价值、主义和思潮尚未建立新的权威性,它们都为左翼作家的杂文创作提供了丰厚的嘲骂素材,而因时局纷乱、文艺纷争、思想歧异尤其是民族国家危机所引发的愤懑之气和抗争意绪,依托杂文得到了抒发和张扬。这在《申报·自由谈》和《杂文》以外的左翼文艺刊物上同样极为明显,这里不妨以《海燕》和《夜莺》为例。

在《海燕》上,鲁迅的《"题未定"草》系列杂文展现了他一贯的深刻和睿智。针对文学研究问题,鲁迅奉劝认真读书者不要依仗"选本"和相信"标点",因为眼光犀利、见识深广的选者的选本固然准确,但选者中大抵眼光如豆、抹杀作者真相的居多;同理,标点古文者往往不懂文章,乱点一气,以至于点而不断,这才是"文人浩劫"①。针对"摘句"现象,鲁迅认为它和选本、标点一样"最能引读者入于迷途",他以学人误读陶渊

---

① 鲁迅:《"题未定"草(六)》,《海燕》1936年1月20日第一期。

明、钱起等人的诗句和人格为例,力劝学者从事研究时要顾及文章的全篇和作者的"全人"及其所处的社会状态,这样结论才会"较为确凿"①。对于编印作家文集,他主张不妨附上与所存之"文"相关的别人的文字,这样就可以"揭起小无耻之旗,固然要引出无耻群,但使谦让者泼剌起来,却是一利"②,还可以画出随风转舵的选家的面目,更有利于读者明辨是非③。与鲁迅注重批判文艺界"贵古而贱今,忽近而图远"等毛病的思路相似,胡风也积极批评文艺界的诸多积习和不良风气:当青年学生为了自由和反抗奴隶命运而流血斗争时,一些文人却苦心孤诣地用"压死别人"的手段来抬高自己④,以"假装英雄"的方式来追求"动物的个人主义",为了贯彻自己的意气进行"无聊的自负的斗争"和"派别的吵架",这样不但浪费了宝贵的精力,也妨碍了正当的理论批判,从而影响了进步文学力量的"扩大"、"协力"和"健康"⑤。另外,有署名"齐物论"者刊文直言施蛰存为自己主编《国学珍本丛书》时错点句子的辩护语"活活的画出了'洋场恶少'的嘴脸"⑥;有署名"何干"者直言国立中央大学校长罗家伦大力推荐希特勒的《我之奋斗》一书是"奇杀人哉"⑦,而描写岳飞、文天祥的故事可以"励现任的文官武将,愧前任的降将逃官",但它们刊登在印给少年看的刊物上恐怕是一种"错登",因为作者决不至于如此"低

---

① 鲁迅:《"题未定"草(七)》,《海燕》1936年1月20日第一期。
② 鲁迅:《"题未定"草(八)》,《海燕》1936年2月20日第二期。
③ 鲁迅:《"题未定"草(九)》,《海燕》1936年2月20日第二期。
④ 胡风:《文艺界底习风一景》,《海燕》1936年1月20日第一期。
⑤ 胡风:《漫谈个人主义》,《海燕》1936年2月20日第二期。
⑥ 齐物论:《文人比较学》,《海燕》1936年1月20日第一期。
⑦ 何干:《大小奇迹》,《海燕》1936年1月20日第一期。

能"①；有署名"石铎"者针对邱韵铎批评鲁迅的《出关》会导致读者"堕入孤独和悲哀去"的观点，讥嘲邱韵铎根本就没有"看懂"这部小说②。

1936年3月出版的《夜莺》直言要将阻碍救亡的一切垃圾给予清除："本刊是一把扫帚，在这民族垂亡的紧迫关头，不管老的，新的，有形的，无形的垃圾砖块障碍我们救亡的进路，它将无情的给以清除，如果遇着铁椿石块，我们也不惜以大刀板斧来迎击，只要我们的能力许可的话。"③ 在"清除垃圾"的预设目标之下，《夜莺》上常常会出现火气很盛的内部论争和骂世杂文。周文在《谈傅东华先生的所谓"常识"》中对《文学》月刊主编傅东华基于所谓"常识"大肆删改其《山坡上》等作品的行为进行了严厉批评，认为这种删改是"多余的'自作聪明'"，改变了原作品的神髓、主题和意蕴，甚至完全改错了，这是一种"强奸"和"砍杀"作者的侮辱性行为④。方之中在《论新闻小说》中认为极端动荡的中国所涌现出来的"复杂现象"、"伟烈事变"需要新闻小说去书写，其直叙描写和单刀直入的手法有利于读者了解事实，是故他强调说："'向前走，'我们的新闻小说的作者应该这样说，在民族解放斗争尖锐化的今日，中国的革命民众除了'挽着手向前走'之外，没有其他办法！"⑤ 朱慧在《谈"联合"》中警示一些知识分子，不要因为盲目追求"联合战线"致使"自己取消了八九年来（一九二七——一九三六）用血染出来的我们这

---

① 何干：《登错的文章》，《海燕》1936年2月20日第二期。
② 石铎：《送别"批评家"》，《海燕》1936年2月20日第二期。
③ 编者：《编后》，《夜莺》1936年3月5日第一卷第一期。
④ 周文：《谈傅东华先生的所谓"常识"》，《夜莺》1936年3月5日第一卷第一期。
⑤ 方之中：《论新闻小说》，《夜莺》1936年4月5日第一卷第二期。

'主体'所由来的正确而光辉的那个巨人底人格",光说"联合"是不行的,"能够保障联合后发生一致的力量"才是最重要的①。劳赶的《真正的开始》借助"朋友"的"愤慨"对田汉的剧本《洪水》提出了批评,认为《洪水》没有揭示水灾决不是天灾的事实,没有批判地方官员把堤款提去贩卖毒品致使溃堤的恶行,没有描写灾民被武装军警阻止逃荒而冻饿死亡的惨景,没有揭露官僚和恶棍借助水灾的机会敛钱与争赈灾款等现象,其把水灾视为天灾的写法等于在用"洪水"替某些恶势力洗刷罪恶②。鲁迅在《三月的租界》中针对狄克指责萧军"不该早早地从东北回来"的荒谬说法和抹杀《八月的乡村》艺术技巧及内容的错误做法进行了精当的批评③。此外,《夜莺》(第一卷第四期)上还专门做了一个"民族革命战争的大众文学特辑"。鲁迅在《几个重要问题》中肯定了学生救亡运动的进步,点明了"联合战线"所要剔除的对象——"狭义的不正确的国民主义者"和"翻来覆去的投机主义者",指出了民族解放战争的"正确"、"现代"战略,强调了当时中国最需要的是"反映民族危机,鼓励争斗的文学作品"的观点,解析了"新文字运动"须与民族解放运动"配合起来同时进行"的缘由④。龙贡公、聂绀弩、悉如、龙乙等人纷纷从理论上阐析了"民族革命战争的大众文学"口号的合理性与正确性;而尹庚、钱江、悉如、方之中、葛琴、萧曼若、欧阳山、田间、陈企霞、雷石榆、王亚平等人则用创作实践彰显了"民族革命战争的大众文学"的风骨。

---

① 朱慧:《谈"联合"》,《夜莺》1936年4月5日第一卷第二期。
② 劳赶:《真正的开始》,《夜莺》1936年4月5日第一卷第二期。
③ 鲁迅:《三月的租界》,《夜莺》1936年5月10日第一卷第三期。
④ 鲁迅:《几个重要问题》,《夜莺》1936年6月15日第一卷第四期。

1930—1937年间的杂文充满了抗争立场尤其是抗日意识和救国情结的原因并不难理解。"九一八"事变以后，中国国土沦丧的情形日益严重，国势更是衰弱颓圮之极，进步知识分子逐渐意识到，在面对外来侵略时，国人只有团结起来奋起反抗才能获得新生，而因循守旧、军阀割据、内战不止、观望苟安只能加快国家的衰颓和灭亡。寒生在《我们该向那儿走？》中明言，在帝国主义妄图重新瓜分中国的危机时刻，在国内统治者只知屠杀反帝民众和广播思想鸦片的情形下，在"文氓"无耻地帮助吃人阶级制造文艺鸦片的氛围中，"我们的出路只有一条，我们只有用我们的笔，用我们的口，用我们的脑，用我们的力，与广大的劳苦大众打成一块，在澈底的反帝国主义运动的前线上去打开一条血路"①。唐弢在《论"非常时"》中针对华北事变以后国土日益沦丧的现实激愤地表示，清末以来中国没有一年不是"非常时"，鸦片战争、甲午之役、庚子之役、"五三"事件、"五卅"事件让人透不过气来，"九一八"事变之后日寇变本加厉地侵略中国的国土，而中国过去的错误是"拿礼义来当做干戈，拿忠信来当做甲胄，去和新式武器相抗衡"，眼前的错误是"只知道新式武器的利害，而忘记了我们的战争是抵抗"②。1936年成立的中国青年作家协会在宣言中告诉读者，他们的敌人一共有三个，即帝国主义和法西斯主义、汉奸和封建主义，为此他们宣称："我们将永远站在前线上为我们的祖国的和全世界的被压迫的民众做最勇猛的斗争"，"我们就喜爱斗争，

---

① 寒生：《我们该向那儿走？》，《北斗》1932年1月20日第二卷第一期。
② 唐弢：《论"非常时"》，《夜莺》1936年3月5日第一卷第一期。

斗争便是我们最大的信仰"①。及至 1937 年抗日战争全面爆发，这种明确宣称要与日本帝国主义和汉奸斗争以挽救民族国家危局的战斗檄文更是不胜枚举；同时，新成立的进步文艺组织几乎无一例外地以推进抗日救亡运动的发展或"致力于中国民族解放为宗旨"②，而旧有的组织也纷纷发表抗日宣言来吸引新的入会者，比如中国文艺协会上海本会在"启事"中解释该会扩招新会员的原因时说："中国已至生死存亡之最后阶段，我文艺界为思想之前驱，国难当前，亟应集中力量，唤起民众援助政府，抗敌图存，并树立中国文艺界大团结永久之基业。"③ 显然，对于激进的左翼作家而言，他们根本不会想到去隐逸，在他们看来，隐逸者与准汉奸没什么区别，他们批评那些风花雪月的抒情散文和冲淡平和的小品文，他们甚至无法容忍作家在创作中书写与"抗战"无关的内容，"与抗战无关论"的大爆发和梁实秋言论被左翼文艺界故意误读以便树立反面典型就是最好的例证。

同理，1936 年前后发生的"两个口号"论争更是生动地把左翼文艺界的抗战立场和救世心态展露得淋漓尽致。"民族革命战争的大众文学"口号经冯雪峰和胡风商定、鲁迅支持并于 1936 年 6 月由胡风在《人民大众向文学要求什么？》（《文学丛报》第三期）一文中提出后，"两个口号"论争迅速在左翼文艺界内部铺排开来，当时所有的左翼文艺刊物都卷入这场论争之

---

① 《中国青年作家协会宣言》，载中国社会科学院文学研究所现代文学研究室编《"两个口号"论争资料选编》（下），人民文学出版社 1982 年版，第 1020—1021 页。
② 张枬、余修、王介：《北平作家协会成立大会速写》，《光明》1937 年 1 月 25 日第二卷第四号。
③ 《中国文艺协会上海本会为扩大征求会员启事》，《光明》1937 年 8 月 10 日第三卷第五号。

中，其中比较有代表性的刊物除了上面所提到的《杂文》(《质文》)和《夜莺》之外，还有《作家》①《文学界》②《光明》③《现实文学》④《中流》⑤等。"两个口号"论争其实主要体现了以周扬为代表的"国防文学"派和以鲁迅为代表的"民族革命战争的大众文学"派在文学观上的不同，尤其是在文学与政治的关系上，前者力主"文学"与"政治"同一的观点，而后者坚持文学的独立性并强调了"文学与政治的歧途"。尽管论争双方存在宗派情绪、意气之争和观点歧异，但他们在抗日救亡的终极目标上是一致的，他们的抗争立场和救世之维是相同的，是故"统一战线"很快就成为继"抗日斗争"、"国防文学"之后最

---

① 《作家》上刊载的"两个口号"论争文章有：鲁迅的《答徐懋庸并关于统一战线问题》(第1卷第5号)、吕克玉(冯雪峰)的《对于文学运动几个问题的意见》(第1卷第6号)、莫文华的《我观这次文艺论战的意义》(第2卷第1号)。

② 《文学界》上刊载的"两个口号"论争文章比较多，计有30篇。值得一提的是，《文学界》第1卷第3号上专门刊载了17个作家对于国防文学的意见"特辑"。在这30篇文章中，比较有代表性的是周扬的《关于国防文学》(创刊号)、郭沫若的《国防·污池·炼狱》(第1卷第2号)和茅盾的《关于引起纠纷的两个口号》(第1卷第3号)等。

③ 《光明》上刊载的"两个口号"论争文章有：徐懋庸的《"人民大众向文学要求什么"》(创刊号)和《理论以外的事实——致耳耶先生的公开信》(第1卷第4号)、立波的《中国新文学的一个发展》(创刊号)、周扬的《现阶段的文学》(1卷2号)、茅盾的《给青年作家的公开信》(第1卷第5号)、沈起予的《我在创作上达到的见解——致〈光明〉的投稿者》(第1卷第6号)、北鸥的《国防文学的典型性格》(第1卷第9号)、光寿的《谈"差不多"并说到目前文学上的任务》(第2卷第7号)等。

④ 《现实文学》上刊载的"两个口号"论争文章有：《民族革命战争的大众文学问题(特辑)》(第一期)，其中含路丁的《现实形式与民族革命战争的大众文学》、鲁迅的《论现在我们的文学运动》等5篇；此外，还有辛人的《论当前文学运动底诸问题》(第二期)等。

⑤ 《中流》上刊载的"两个口号"论争文章有：唐弢的《对于两个口号的一点意见》(创刊号)、茅盾的《谈〈赛金花〉》(第1卷第8期)、姚克的《宗派主义和阴性的斗争》(第1卷第9期)等。

常见的一个关键词。而这种"联合"取向和民族立场正是已经大规模扩展开来的"两个口号"论争能够迅速平息下来的根本原因。也是在这一过程中，我们清晰地看到，在抗日民族战争不断受挫之际，当时的进步知识分子并没有像古代文人那样去寻求隐逸之路。"中国文人得意时是儒家，失意时是道家，几乎从来如此，始终如此。"① 但左翼作家没有重走传统文人的老路，他们是知其不可而为之的"行动家"，他们在中华危邦之中着力构建联合战线和推进"文学合流"，进而使得抗战文学成为新文学发生以来真正的文学"主潮"。

在 1930—1937 年间的左翼作家身上，"抗争"和"救国"成为介入现实的直接手段。他们通过杂文创作不但彰显了自我的爱国情怀、民族立场和抗争立场，还通过激昂的情绪表达点燃了日益颓废迷茫的民众尤其是进步青年的抗日激情和胜利信心。在这些看似繁芜杂乱的杂文中，当然有错误的批判和过火的指责，有简单的判断和武断的结论，但总的来说，左翼作家们用他们的意志和精神超越了暗黑无边的痛苦，无论他们持有正确或错误的文学观点和政治立场，他们都能够在愤世嫉俗之后化深沉的悲哀为开展阶级斗争或民族斗争的动力。在这一过程中，政治固然对文学构成了纷扰和制约，但正是政治意义上对民族战争胜利前景的"乐观"和"确信"的预设，使得左翼作家们找到了去除忧愤情绪的表达方式，他们获得的不仅是"战士"的荣耀，更占领了道德、文学和历史的"高地"。这无疑是那个时代众多左翼作家的"诗家之幸"。还值得玩味的是，20 世纪 30 年代杂文曾一度令作为文学主体组成部分的小说、诗歌、戏剧相形见绌，1930 年以后的左翼文人已经不再像前人那样把杂文看作文学的"边角余料"，而是将其视为能够满足大众"文化的欲望"以及

---

① 刘纳：《1912—1919 年：骂世与避世》，《学习与探索》1998 年第 4 期。

他们理解千奇百怪的"日常事变"的"精神的粮食"①。他们在政治压力空前的时代里用杂文开辟了另外一条文学道路,并在重重的政治规约和迫压中推行了他们的游击谋略、骂世心态与抗争立场,从而获得了应有的身份认同、时代光环和文学史地位。

---

① 耳耶(聂绀弩):《谈杂文》,《太白》1934年10月5日第一卷第二期。

结语　左翼文学的嬗变与多重意义的生成

在左翼文学发难与演进过程中，左翼作家们对一些外国文学作品有较高的认同度和较公允的评价，但对于当时既成文坛尤其是反面阵营作者的创作并不怎么宽容，甚至会常常用比较偏颇和辛辣的言辞去进行"酷评"。这无疑体现了左翼文学倡导者与助阵者同呼吸共命运的自觉意识和爱憎分明的阶级立场。不过，日后的研究者往往会因为这些"酷评"而调低对左翼文学的评价，加之左翼文艺报刊中充斥着大量之于今天的读者已经毫无吸引力的文学"残次品"，所以自20世纪80年代以来，学界对左翼文学的评价整体上呈现为一种逐渐走低的态势。但左翼文学的上述存在情形显然是一个历史时期的正常现象。正如有学者所辨析的那样："考察一个时代文学的水准，既不能以'差'的作者为据，也不应在'优'与'差'之间取平均值，而只能看其中优秀的与比较优秀的作家实现了怎样的成就。"① 以是观之，左翼文学所取得的成绩无疑是20世纪30年代众多文学形态中最突出的，它并不比京派文学艺术水平低，但肯定要比海派文学、民族主义文学和通俗文学所取得的成绩高，因为它通过自身的嬗变，聚合和吸纳了20世纪30年代绝大部分优秀作家参与其中。

抗战文学思潮的兴起、1938年"文协"的成立和国民政府

---

① 刘纳：《嬗变——辛亥革命时期至五四时期的中国文学》，中国社会科学出版社1998年版，第232页。

军事委员会政治部"第三厅"的设立,使得当时的主流意识形态和民族国家本位主义者破例将左翼作家纳入了可利用来抵御日寇文化侵略和"策进抗战之力量"①的范畴,左翼作家暂时改变了以往只配被打压、诬蔑、咒骂乃至屠杀的命运,他们被"不计前嫌"地推到了抗日文艺战线和阵营之中,但1927—1937年间的左翼文学作品和译介并未逃脱被查禁和封杀的命运。在1927—1936年约十年的时间里,总计约有1800种书籍或杂志被查禁②,其中绝大部分为左翼书籍或刊物。另据1939年国民党中宣部的图书审查工作报告统计,从1938年1月到1939年8月间,国民党通过中央图书杂志审查委员会、军委会政治部等机构禁毁书刊253种,其中90%以上都是所谓触犯"异党问题处理办法"的共产党的宣传品③。这说明在国民党的专制统治和权力意志之下,左翼文学只能从民间社会获得他者认可和在未来获得文学史意义的认定。有意味的是,在左翼文学的发难、演进和嬗变过程中,南京国民政府也制定了一些文艺方面的政策,并倾国家之力组织了一些颇有声势的文艺运动,如三民主义文学运动和民族主义文艺运动等,但这些政策和运动并未收到预期效果,只是起到了些许"点缀点缀政治场面"的效用,难免"一场热闹了事"④,这确实是一个"莫大的讽刺"⑤。以是观之,1927—

---

① 中国第二历史档案馆编:《中华民国史档案资料汇编》第五辑第二编"文化"(一),江苏古籍出版社1998年版,第1页。

② 〔美〕易劳逸:《1927—1937年国民党统治下的中国流产的革命》,陈谦平等译,中国青年出版社1992年版,第38页。

③ 中国历史第二档案馆编:《中华民国史档案资料汇编》第五辑第二编"文化"(一),江苏古籍出版社1998年版,第713页。

④ 沈从文:《"文艺政策"探讨》,《文艺先锋》1943年1月10日第2卷第1期。

⑤ 倪伟:《"民族"想象与国家统制——1928年~1948年南京政府的文艺政策及文学运动》,上海教育出版社2003年版,第297页。

1937年间的中国左翼文学正如大河奔腾向海流，虽然从源头开始就要经历无尽险阻却"万水千山只等闲"。她也如一个血气方刚、大义凛然、粗粝莽荡的青年，她的言行举止没有什么雅致悠闲之处，但她的生命正绽放着青春的活力和朝气，而这活力和朝气正是她走向辉煌的基石。

"五卅"前后，革命文学先行者为左翼文学发难的意图就已经初具雏形。早在1924年，蒋光慈在《无产阶级革命与文化》一文中论证无产阶级文化发生的可能性和必然性时[①]，就已经暗示出了他提倡无产阶级文学的意愿。1926年，郭沫若刊发《革命与文学》等系列文章大力提倡革命文学运动。是时，他们都曾表达过对新文学发展现状的强烈不满和批判立场，认为当时的作者多系"时代的落伍者"，未能把社会革命、阶级革命和文学革命充分结合在一起。1927年新年伊始出版的《洪水》第3卷第25期上发表了成仿吾批评出版界和文艺界的《完成我们的文学革命》一文，一方面他暗自支持郭、蒋二人对于"五四"文学的批评，另一方面他以一贯的炮轰式言辞指斥国语运动以来文艺界和年轻作家"堕落"到追求资产阶级趣味这条绝路上去了。沿着这种批评理路，他语带讥讽地反问道："这是文艺的正轨吗？""这是在中国文学进化的过程上应该如是的吗？""我们现在所需要的是不是这样的文学？"基于这种进化论的文学观，他号召进步文艺界打倒"不诚实的，非艺术的态度"，"努力于新的形式与新的内容之创造"，看清时代的要求，牢记文艺的本质，进而去完成"我们的文学革命"[②]。接着，有署名"长风"

[①] 蒋光慈：《无产阶级革命与文化》，载《蒋光慈文集》（第四卷），上海文艺出版社1988年版，第141—142页。

[②] 成仿吾：《完成我们的文学革命》，《洪水》1927年1月16日第3卷第25期。

者将所谓"革命文学"、"无产阶级文学"等投机文学和商品式、游闲阶级式的作品作为反面典型,批判了它们的虚伪、造作,并为新时代的文学提出了如下要求:"我们要求那些站在人生战阵的前锋者的文学,我们要求在机器旁边作工的劳工小说家,我们要求负着枪为民众流血的战士的文学家,我们要求提着锄头在绿野里耕种的农民诗人。"① 这等于是在告诉作者们,不从事无产阶级革命文学创作将无法为新时代所容纳。是时,"无产阶级革命文学"被进步文艺界所认可的标识还有很多,1927年初鲁迅和成仿吾、王独清、何畏等签署了"中国文学家对于英国智识阶级及一般民众宣言"就是一例,宣言的起首就说道:"我们从事于中国无产阶级国民革命的文学家等今致书于英国底无产阶级,Intelligentsia及一切工人,想对你们表示些意见和希望。"② 显然,能得到鲁迅的首肯并被抬举为"中国无产阶级国民革命的文学家",表明以创造社为首的团体将在"创造"时代之后开创一个新的无产阶级革命文学时期。一年以后,成仿吾发表了《全部的批判之必要》一文,批判的锋芒横扫文坛,甚至包括创造社以前的"为艺术而艺术"等思想主张和文艺活动,显然他的重点不是为了寻求批判的快意,而是在于强调当时的文艺界必须进行方向转换——提倡无产阶级革命文艺运动,因为这体现了它由"自然生长的成为目的意识"③ 的必然性。今天看来,他们对于当时既成文坛作家的批评有明显的偏激成分。但吊诡的是,他们这代革命知识分子的确抓住了"五四"以后新文学变革和左翼文学发展的主流趋势。

---

① 长风:《新时代的文学的要求》,《洪水》1927年2月16日第3卷第27期。
② 成仿吾等:《中国文学家对于英国智识阶级及一般民众宣言》,《洪水》1927年4月1日第3卷第30期。
③ 成仿吾:《全部的批判之必要——如何才能转换方向的考察》,《创造月刊》1928年3月1日第1卷第10期。

结语　左翼文学的嬗变与多重意义的生成　　217

　　作为一种社会及民间的文化力量，1927—1937年间的左翼文学其实是非常有力量的，因为没有力量它就无法在当时恶劣的文学生态环境中生存下来，但这种力量从表面上看是直接体现在文艺批评领域的。长期以来，有学人把中国现代文学发展中的重大缺陷统统归结为左翼文学思潮冒进和否定传统文化、"五四"文化的结果。但重读当年左翼文学的发难檄文，我们的真正疑问是：成仿吾、郭沫若、蒋光慈等左翼文学先驱者的批判矛头到底应该指向哪个群体？他们指向既成文坛和批判"五四"先驱的方式是否合理？这种批判又对左翼文学的演进与嬗变起到了怎样的作用？要回答这些问题，其实需要明确左翼文艺界批判对象与政府权力者之间的关系。首先，左翼文艺界批判的终极对象是中国的大地主大资产阶级、反动军阀和帝国主义势力，这是没有问题的，他们代表了权力者的中心和主体。其次，左翼文艺界批判的是以胡适、梁实秋等为代表的资产阶级自由知识分子，这也没有太大问题，因为胡适等人要维护南京国民政府这个专制、腐败的既成政府的威权，他们是依附于权力者的"诤友"①。再次，左翼文艺界内部对鲁迅、茅盾等人的批判，这是有极大问题的，因为他们全部处于权力中心的对立面，但看看鲁迅、茅盾与创造社等在文艺观上的重大歧异，以及前者对革命形势的悲观看法，就会明白他们为什么会被创造社等严厉批判，当然后者的很多批判并不合理，这在学界已经成为共识乃至常识。最后，谈到成仿吾、郭沫若、田汉等人的自我批判，一方面，这些批评是基于进化论和阶级论而意图主动扬弃"过去之我"的必要手段，有其合理之处；另一方面，他们对自身过往文艺观念的全盘否定是不正确的，反而未能体现唯物辩证法的发展观。今天看来，左翼文

---

①　鲁迅：《致章廷谦（1929年8月17日）》，载《鲁迅全集》（第11卷），人民文学出版社1981年版。

艺界在选择批判对象上所犯错误的本源是双方对知识分子与政治/革命的关系的理解有所不同。1927年鲁迅作题为《文艺与政治的歧途》的演讲，他认为文艺和革命原本不是相反的，两者之间都有不安于现状的相同之处，倒是文艺和政治时时在冲突之中："惟政治是要维持现状，自然和不安于现状的文艺处在不同的方向"；"政治想维系现状使它统一，文艺催促社会进化使它渐渐分离；文艺虽使社会分裂，但是社会这样才进步起来。文艺既然是政治家的眼中钉，那就不免被挤出去"①。在鲁迅看来，知识分子不可能同时践行自由的文艺观和强力的政治观，因为知识分子一旦选择依附于既成政体，就会丧失独立的批判精神和自由立场，而胡适等资产阶级知识分子妄图鱼与熊掌兼得，结果难免沦为统治阶级的"帮忙"或"帮闲"。与新月派相比，后期创造社的错误在于，他们在1928年前后攻击鲁迅时将革命与政治混为一谈，他们认为文艺与政治是分不开的②，文艺的宣传和煽动具有改造社会的强力，为此他们号召作家先去参加革命再来做革命文学家，而他们曾经参与"北伐"的社会革命行为受到了青年的礼赞，并为他们的理论主张增加了说服力。可问题在于，思想革命与政治革命根本就不是一回事，所以他们很快就被善于玩弄政治的蒋介石、汪精卫等国民党右派置于"通缉犯"的境地。一旦明了他们所开展的思想革命运动正在受到专制政府的残酷镇压，加之鲁迅只是反对投机的"革命文学家"的行为、创作方法和作品，而非否定"革命文学"与"阶级文学"的存在合法性，他们与鲁迅、茅盾之间的矛盾也就得到了疏解，更何况

---

① 鲁迅：《文艺与政治的歧途——十二月二十一日在上海暨南大学讲》，载《鲁迅全集》（第7卷），人民文学出版社1981年版，第113—114页。

② 钱杏邨：《批评的建设》，《"革命文学"论争资料选编（上）》，人民文学出版社1981年版，第385页。

双方在思想革命的选择和阵营上本就是同一的。

左翼文学的发难者并非意在全盘否定"五四"文学,而是想通过对文学力量的重新整合来挑选自己所需要团结和"打倒"的对象。然而1928年的革命文学论争虽然使得左翼文艺界明确了一场新的文学革命或曰提倡"普罗文学"的必要性,但发难者并未正确指出实现这场文学革命胜利的路径,而这正确的"新"路最终是由鲁迅指出的。1930年,鲁迅在"左联"成立大会上的那次著名讲话中,针对"左联"理论纲领中的高调和理想化内容,他以新月派诸文学家、意大利的邓南遮(又译丹农雪乌)和俄罗斯作家叶遂宁、毕力涅克、爱伦堡等为例,劈头便警告了"右倾"的危险性:假如左翼作家"不和实际的社会斗争接触",关在房子里"高谈彻底的主义",不明白革命的实际情形,自以为诗人或文学家高于一切,那么是很容易变成"右翼"作家的。在思想建设方面对左翼作家提出中肯意见之后,鲁迅接着在"左联"的组织建设问题上精当地概括了四种正确做法:"对于旧社会和旧势力的斗争,必须坚决,持久不断,而且注重实力";"战线应该扩大";"要造出大群的新的战士";"联合战线是以有共同目的为必要条件的"①。1931年,"左联五烈士"被杀,但鲁迅认为这种最剧烈的压迫并未阻挡无产阶级革命文学的滋长,反而证明它正是"革命的劳苦大群的文学"②。1931年鲁迅在为美国《新群众》所写的文章里公开宣称:国民党对左翼作家的诬蔑、压迫、囚禁和杀戮,只能证明后者正在与一样被压迫、杀戮的无产者肩负着相同的命运,因为"惟有左翼文艺现在在和无产者一同受难(Passion),将

---

① 鲁迅:《对于左翼作家联盟的意见——三月二日在左翼作家联盟成立大会讲》,载《鲁迅全集》(第4卷),人民文学出版社1981年版,第233—237页。

② L.S.:《中国无产阶级革命文学和前驱的血》,《前哨》1931年4月25日创刊号。参见《前哨·文学导报》影印本,上海文艺出版社1981年第2版。

来当然也将和无产者一同起来"①。这意味着唯有与无产阶级相结合、共患难和同革命才是左翼文学的立身之本和滋长路径。今天看来,左翼文学的走向印证了鲁迅的先见之明。

事实上,尽管左翼文学取得了不容否定的创作实绩,但1927—1937年却是左翼知识分子精神历程上一个极度受难的历史时期。与左翼文学的发难、演进与嬗变相伴生的并不是什么鲜花和掌声,而是层出不穷的恶讽、讥嘲、谩骂、打压和查禁。在1928年革命文学论争这场火爆的文艺论战中,国民党没有提出什么值得令人注意的主张,更无法控制这场论战的局面和走势。共产党在意识形态领域摧城拔寨的态势和国民党文艺政策的故步自封令一些国民党内的文艺人士备感忧虑,他们强调文艺虽然不是宣传,但有长久和显著的宣传效力,并以苏联和意大利的文艺政策为例要求国民党加强文艺控制,因为全国的文艺刊物大都被"共产派,无政府派,以及保守派"所控制,国民党的文艺刊物可谓寥若晨星,所以他们号召文艺界联合在一起,"成一个大规模中国国民党文艺战争团,再推而广之","政府要给这种团体相当的援助,以及指导。此外对于一切反革命派的刊物,要检查,禁止,以免影响青年,致有错误的思想"②。为了实现训政的政治效果,更是为了打压"普罗文学",从1928年下半年到1930年下半年,在国民党所"把持"的一些报纸副刊上,如上海《民国日报》副刊"青白之园"和"觉悟"以及南京《中央日报》副刊"大道"和"青白"等③,出现了很多鼓吹三民主

---

① 鲁迅:《黑暗中国的文艺界的现状——为美国〈新群众〉作》,载《鲁迅全集》(第4卷),人民文学出版社1981年版,第288页。
② 廖平:《国民党不应该有文艺政策吗》,《革命评论》1928年8月20日第16期。
③ 倪伟:《"民族"想象与国家统制——1928年~1948年南京政府的文艺政策及文学运动》,上海教育出版社2003年版,第7页。

义文艺的文章,它们猛烈攻击普罗文学、"左联"和左翼作家,可谓极尽侮辱、诋毁与詈骂之能事。比如,绵炳诋毁创造社等创作的"革命文学"内容不外乎是关涉"革命"、"手淫"和"颓废"①的东西。锡旺称冯乃超等人到暨南大学的演讲和散发"自由大同盟"传单的行为完全是"骗人的勾当"②。敌天诬蔑鲁迅、柔石、郁达夫、田汉、夏衍、冯雪峰等人之所以在上海发起成立中国自由运动大同盟,是因为"失意"于做不到部长或委员的职位,是为了作"反动的宣传",是要请"大家向歧路上走",并称这是一种"最卑鄙最龌龊的行动",是一种"态度不光明,行动不磊落"的"反时代的勾当"③。陈德徵贬斥追求自由运动者是在破坏民族的自由和侵害国家的自由④。甲辰生认为鲁迅演讲《美的认识》无非"像火车上的卖轧格灵药水,生发汕,香肥皂的零售商,和打卖拳的卖狗皮膏药一样",在为自己作宣传以便多销几本书⑤。男儿将鲁迅列为文坛上的"贰臣"⑥之首。陈穆如造谣称"新兴文学家"提倡无产阶级文学是为了欺骗无产阶级和独占"现实的文坛"⑦。真珍威吓说:"现在共产党的文

---

① 绵炳:《从"创造"说到"新月"》,上海《民国日报》副刊《觉悟·青白之园》,1929年2月17日第10期第4张第2版。
② 锡旺:《呜呼"自由运动"竟是一群骗人的勾当——报告之一》,《民国日报·觉悟》1930年3月18日第4张第2版。
③ 敌天:《呜呼"自由运动"竟是一群骗人的勾当——报告之二》,《民国日报·觉悟》1930年3月18日第4张第2版。
④ 陈德徵:《自由的真义》,《民国日报·觉悟》1930年3月18日第4张第2版。
⑤ 甲辰生:《鲁迅卖狗皮膏药》,《民国日报·觉悟》1930年4月1日第3张第4版。
⑥ 男儿:《文坛上的贰臣传》,《民国日报·觉悟》1930年5月7日第3张第4版。
⑦ 陈穆如:《中国今日之新兴文学》,《民国日报·觉悟》1930年5月7日第3张第4版。

艺政策,岂但是愚民,简直可以亡国!有用阶级的文艺作品,非但是愚民,并且可以灭种!"① 管理"忠告"文艺人士,称已经成名的左翼作家只会"衰待"、"欺骗"、"压迫"而不会提拔无名作家们②。东方认为提倡普罗文学者"东施效颦",想生吞活剥苏俄文艺,结果只学了几句"不健全的口号"和套了一层"粗暴的纲幕糟粕"③,以至于普罗文艺"空虚而粗陋"④。陶愚川更是把一众左翼作家和"左联"评得极为不堪:"田汉是一个急色儿,鲁迅的翻译是大不懂,钱杏邨(邨,引者注)是一个毫无主见信口雌黄自命为批评家的家伙,蒋光慈是一个小资产阶级,郁达夫天天的在讴歌着女人,冯乃超的诗听说是狗屁不通的,叶灵凤许幸之等只会画几张模特耳,文学是哟哟乎的;余如王一榴沈叶沉等,更是毫无学识,自己还没有脱离学校,而偏偏要老着脸皮谈文学,物以类聚,以这几个天字第一号的宝货合起来,组织这样一个联盟,则其联盟的内容,亦从可想矣!"⑤ 他还构陷说普罗作家的人生观就是"为卢布而卖身"⑥,并预言普罗文学将因其反时代性而在将来"一定不攻自破"⑦。唐薰南不

---

① 真珍《大共鸣的发端》,《民国日报·觉悟》1930年5月14日第3张第3版。

② 管理:《解放中国文坛》,《民国日报·觉悟》1930年5月14日第3张第3版。

③ 东方:《我们的文艺运动(一)》,《民国日报·觉悟》1930年5月21日第2张第3版。

④ 东方:《我们的文艺运动(二)》,《民国日报·觉悟》1930年5月28日第3张第4版。

⑤ 陶愚川:《谈谈左翼作家联盟》,《民国日报·觉悟》1930年5月21日第2张第3版。

⑥ 陶愚川:《如何突破现在普罗文艺嚣张的危机》,《民国日报·觉悟》1930年8月6日第3张第3版。

⑦ 陶愚川:《我们走那条路》,《民国日报·觉悟》1930年8月13日第3张第3版。

屑地说:"所谓普罗文学……也不过是换汤不换药,文字上故意装饰着什么斗争,手枪,传单等字样,而事实上则不免把戏重玩。这在他们固然名利两图,然在我们这些穷小子却是绝大的损失,上了当着不得声,还深恐人家的指责,冠上阿木林的尊号。"① 刘公任称普罗作家衣食无忧,"只要高兴,上咖啡店,逛跳舞场,吃酒猜拳,选色徵歌……都是照例常事"②。仲断言普罗作家的作品只有两种功用:"一是自己写来自己看看;二是向书店老板硬卖几个钱以充作进咖啡馆跳舞场的经费罢了。"③ 此外,他们还诬蔑左翼作家是住在"象牙塔里的阔人",只会"瞎着眼跟人乱喊"④,等等。这些文章的攻击范围之广,不要说"左联"和"语丝派"等进步文艺团体的作家首当其冲,就连新月社成员和"浪漫的文学家"⑤亦无法幸免。比如,他们将胡适思想纳入中国现代思想上的"歧流"范畴,将胡适和罗隆基批评国民党的言论斥为"谬论"⑥,将胡适的《新文化运动与国民党》一文贬为"理论之幼稚浅薄更不值一驳"⑦。1930年以后这类谩骂性文章有所减少,这是因为

---

① 唐薰南:《当今中国文坛的分析》,《民国日报·觉悟》1930年5月28日第3张第4版。
② 刘公任:《对普罗文学的惊讶失望与怀疑》,《民国日报·觉悟》1930年6月11日第3张第3版。
③ 仲:《普罗文学杂谭》,《民国日报·觉悟》1930年8月13日第3张第3版。
④ 匡良:《我们需要的文学》,《民国日报·觉悟》1930年8月6日第3张第3版。
⑤ 王兆麒:《浪漫的文学家滚开去吧》,上海《民国日报》副刊《觉悟·青白之园》1929年4月14日第4张第4版。
⑥ 进珊:《中国现代思想上的歧流——斥胡适一流的谬论》,《民国日报·觉悟》1930年1月19日第3张第3版。
⑦ 张振之:《"张振之与胡适之"——振之先生自述笔战经过》,《民国日报·觉悟》1930年5月20日第3张第2版。

国民党已经做足了舆论准备，无须再来大规模组织文艺队伍开展批判运动，而是干脆直接查禁了事。面对这样一些否定性批判，我们不能不承认这其中充满了歹毒和恶意的成分。所以，左翼作家们将文学视为阶级斗争工具的做法其实是为了寻求社会正义，这不仅是一种文学现象，还代表了一种价值选择，更体现了一种前卫意识。

1927—1937年间左翼文学的意义在于：它开启了一条文学的实用之路和建构了一种新的文学形态。新世纪以来，一些研究者又找到了很多左翼文学对"五四"文学乃至传统文学有所传承的证据，这固然有其意义，但它们之间的差别和冲突其实更能说明一些问题。第一，左翼文学倡导者的意图并不完全在文学自身，而是力图通过文学启蒙和改革运动来推进思想革命、社会革命与阶级革命，这明显超出了文学的范畴。但左翼文学倡导者并不认为这有什么问题，因为他们习惯于从革命效应的角度来建立评判左翼文学实绩高低的标准。第二，左翼文学对"五四"文学精神的变革生动地在1927—1937年间铺展开来，这反而证明"五四"文学精神的宝贵之处在于它无须继承者来证明它的伟大，同时，也标志着在曲折道路上成长的新文学将用一种更加刚健的姿态来与世界文学接轨和对话。第三，纵观左翼文学的生命历程可知，其发难、演进和嬗变是与当时社会政治思潮的变化趋同的。或者说，左翼文学演变的界标与政治历史演变的界标几乎是重合的。如此说并不等于重提将历史分期当作文学分期依据的老调，也不等于不重视文学自身的本质变化，这正如学者所分析的那样："以历史分期为依据并非无视文学自身的发展变化，而是出于对这样的文学历史发展事实的尊重：我国近现代文学的发展变革，始终与政治历史、社会思潮的变化，与中国知识分子寻找救国道路的历程相一致。"① 第四，左翼文学的发难、演进与嬗变发生在"五四"以后两代革命知识分子的矛盾绞缠和诸多论争之中，发生在他们寻找阶级解放和民族出路的历史进程之中，发生在时代浪潮波云诡谲的变幻之中。左翼文学是为反映弱势群体、无产阶级的反抗斗争和进步作家表现时代浪潮的需求而产生的，它的这类特性在"左联"成立或曰共产党加强了对左翼文艺界的领导之后变得更为明显。第五，对"五四"文学和传统文学的"全部批判"，是一种简单排斥和拒绝接受文学遗产的错误态度，这使得左翼文学失去了学习经典作品创作方法的一翼，同时也是造成左翼文学中"半成品"居多的一个原因。综上所述，当左翼文学发难者误以为需要以决绝的方式斩断与既成文坛的联系才能获得轰轰烈烈的革命胜利时，他们将当时已经成名的"五四"作家、资产阶级作家、小资产阶级作家和国民党文人通通推向了只配接受批判的位置，使得他们中的绝大部分作家成了日后文学史中的边缘人、"反动作家"乃至"被遗忘者"，而这也再次证明了文学实用主义的巨大威力乃至轰毁性力量。

　　左翼文学倡导者蔑视"改良派"、"落后派"、国民党"御用派"和汉奸文人的原因，有进化论、阶级论、唯物论视域下的思考，也有趋新、趋变、趋时的现实考量。这使得1927—1937年间从事文学写作的非左翼人士很难避免被批评。当然，这其中有一个例外，他就是老舍。在个别学者的研究成果中，老舍有时会被视为一个著名的左翼作家②。可老舍并非左翼作家，他对于

---

① 刘纳：《嬗变——辛亥革命时期至五四时期的中国文学》，中国社会科学出版社1998年版，第8页。

② 张慧珠：《老舍创作论》，上海三联书店1994年版，第139页。

左翼文学其实是很不屑的，但他对于底层平民尤其是满族贫民的同情和书写，他对于中国伪革命派及其衍生物的讽刺，他对于不合理制度的质疑，他对于社会不公现象的批判，尤其是他强烈的民族国家关怀精神，如此种种都与左翼文学的精神追求存有内在的相通性乃至同一性。因此，左翼文艺界在很长一段时间内并没有把老舍当作敌人来加以拒斥和抨击，这也是老舍能够在"文协"获得郭沫若、茅盾、夏衍、阳翰笙、田汉等"左派"人士认可和支持的重要原因。有趣的是，左翼文艺界尽管批判意识极强，但面对"自家人"时是毫不吝惜歌赞之语的。比如鲁迅去世后，进步文艺界对他交口称赞，即使以前批判过他的左翼作家也开始一边倒地歌颂其丰功伟绩：郭沫若称鲁迅为高尔基之外的另一颗"宏朗的大星"，夸赞鲁迅为中国文学开辟了一个新纪元，是中国近代文艺"真实意义的开山"[1]；质文社为鲁迅作挽联"平生功业尤拉化，旷代文章数阿Q"；刑桐华赞颂《呐喊》奠定了"现代中国文学基础"，是现代中国文学的"起点"和"不磨的纪念碑"，并称鲁迅是一位"战神Mars"[2]；陈北鸥将鲁迅之死与法国文豪巴比塞之死相提并论[3]；林焕平则将鲁迅之死与巴比塞和高尔基之死同等视之[4]。其他诸如"人生导师"、"文坛之父"、"大文豪"等荣耀称号也都被左翼作家们慷慨地赠给了死去的鲁迅。这里，我们还可以罗列出很多左翼文人的夸赞之文，它们当然有夸张和吹捧的成分，但它们从反面证明了左翼文人并非只会批判不会夸赞，也表明了左翼文人的评价尺度是以外

---

[1] 郭沫若：《民族的杰作——纪念鲁迅先生》，《质文》1936年11月10日第二卷第二期。
[2] 桐华：《悼鲁迅先生》，《质文》1936年11月10日第二卷第二期。
[3] 北鸥：《纪念我们底鲁迅》，《质文》1936年11月10日第二卷第二期。
[4] 林焕平：《巴比塞·高尔基·鲁迅》，《质文》1936年11月10日第二卷第二期。

结语　左翼文学的嬗变与多重意义的生成　　　　　　　　　227

国尤其是苏联文学家的成就为度量和依据的,所以在左翼作家当中渴求中国的高尔基、陀思妥耶夫斯基、果戈理的呼声不绝于耳。当1927—1937年间的左翼文学真诚地以世界无产阶级文学为榜样时,中国新文学也放弃了"五四"以来树立的元人戏曲、明清小说等模本。中国左翼文艺界对外国革命文化界的仿效是全方位的,甚至是亦步亦趋的。尽管左翼作家和批评家口头上倡导"世界性"的革命基调,但在精神维度上他们的作品充满了中国元素。沿着发难者定下的革命基调,左翼作家们希望追赶革命浪潮和外国无产阶级革命文学的步伐。不过,他们首先要面对的仍然是发难期即提出的创作手法和"文艺大众化"问题,或者说,它们再次成为了左翼文艺界必须解决的重大难题。

　　左翼文学发难者选择创作方法问题作为一场新的文学革命的切入点,其现实逻辑是无产阶级革命运动正在中国兴起,这使得当时的中国社会成为一个制造革命文学家的好场所,而要产生伟大的、反抗的、革命的文学家,作者们必须转变社会思想和文艺观念,必须使用新写实主义方法来反映这场风起云涌的革命的情状,并且他们认定只有这种方法才能真正叙写出这种波澜壮阔的革命场景。所以,郭沫若才会在南下广州参加革命后痛斥自己曾信奉过的浪漫主义文学已经变成"反革命的文学",才会声称欧洲刚刚兴起的在精神上同情于无产阶级的社会主义文艺和在形式上彻底反对浪漫主义的写实主义文学是现代"最新最进步的革命文学",才会"转换方向"极力号召青年文学家到士兵、农民、工厂和革命的漩涡中去,并断言"你们要晓得我们所要求的文学是表同情于无产阶级的社会主义的写实主义的文学"[①]。而从文学自身的嬗替来看,左翼文艺界提倡新写实主义其实也是文学内在规律起作用的必然结果。早在1925年蒋光慈就在《民

[①]　郭沫若:《革命与文学》,《创造月刊》1926年5月16日第1卷第3期。

国日报》副刊"觉悟"上刊文《现代中国社会与革命文学》提倡革命文学,并宣称写实主义可以"救中国文学内容空虚的毛病"[1]。一年以后,穆木天在《写实文学论》中认为:"写实是一种深刻的哲学,是一种真挚的态度";"写实文学是静者的产物,是理性的艺术。写实是人间性的一种内的要求";写实文学是人类认识自己的"内意识的结晶";写实文学的发生是源于庶民阶级"嘲骂自己"、"冷讽社会"的精神;写实的方法是科学的方法;"写实文学,在中国,非常要紧"[2]。1928年7月,林伯修专门译介藏原惟人的《到新写实主义之路》,向文艺界推介新写实主义。同时,《太阳月刊》编者在"编后"中表示:"这停刊号的稿件,我们要介绍的是,伯修译的《到新写实主义之路》。革命文学的创作应该是写实主义。但以前的写实主义,不但不能应用到革命文学来,而且简直说一句,是反革命。那末,革命文学的创作,应该是一种新的写实主义了。以前的写实主义是什么,新的写实主义又是什么,这一篇《到写实主义之路》,便明白地告诉了我们。"[3] 1929年,林伯修又在《1929年急待解决的几个关于文艺的问题》中强调说:"普罗文学,从它的内在的要求,是不能不走着这一条路——普罗列塔利亚写实主义之路。"[4]响应这些主张之后,创造社、太阳社、我们社等成员的创作明显发生了变化,蒋光慈的《咆哮了的土地》、洪灵菲的《大海》、龚冰庐的《炭矿夫》、楼建南的《盐场》、戴平万的《山中》等都是明证。及至"左联"成立,出于矫正革命文学中的罗曼蒂克倾向

---

[1] 蒋光慈:《现代中国社会与革命文学》,载《蒋光慈文集》(第四卷),上海文艺出版社1988年版,第151页。
[2] 穆木天:《写实文学论》,《创造月刊》1926年6月1日第1卷第4期。
[3] 编者:《编后》,《太阳月刊》1928年7月1日停刊号。
[4] 林伯修:《1929年急待解决的几个关于文艺的问题》,《海风周报》1929年3月23日第12号。

和批判"革命+恋爱"公式的需要,是否采用现实主义方法已经成为衡量左翼作家立场、态度正确与否的重要标准,一旦被认定转型不彻底就会受到批评,这也是蒋光慈及其《丽莎的哀怨》饱受批评而丁玲及其《水》却备受夸赞的根本原因。

重提清末民初和"五四"时期没有解决的"文艺大众化"问题,并开展了三次大讨论是左翼文艺界的另一大功绩,这些讨论推动了左翼文学的发展与演进。在1930年、1932年、1934年的三次大讨论中,第一、二次讨论都是由"左联"直接领导和发动的,第三次讨论也是在"左联"的影响和支持下展开的①。可以说,从1926年革命文学阵营提出文艺与工农兵结合到1934年因文言白话之争而提倡大众语运动,"文艺大众化"讨论涉及了大众文艺的内容、形式、语言、艺术价值等诸多方面的问题。左翼文艺界因此明确了无产阶级革命文学的"新路线"中第一个重大问题就是"文学的大众化":"只有通过大众化的路线,即实现了运动与组织的大众化,作品,批评以及其他一切的大众化,才能完成我们当前的反帝反国民党的苏维埃革命的任务,才能创造出真正的中国无产阶级革命文学。"②此外,瞿秋白强调了要实现文艺大众化必须要"向群众去学习同着群众一块儿奋斗"③以及学会利用"旧的形式的优点"④的主张;茅盾点明了在大众文艺文字问题上"技术是主"、"'文字本身'是末"⑤的

---

① 文振庭编:《文艺大众化问题讨论资料》,上海文艺出版社1987年版,第482页。
② 左联执委会:《中国无产阶级革命文学的新任务——一九三一年十一月中国左翼作家联盟执行委员会的决议》,《文学导报》1931年11月15日第1卷第8期。
③ 史铁儿:《普洛大众文艺的现实问题》,《文学》半月刊1932年4月25日第一卷第一期。
④ 宋阳:《大众文艺的问题》,《文学月报》1932年6月10日创刊号。
⑤ 止敬:《问题中的大众文艺》,《文学月报》1932年7月10日第二号。

道理；周扬解析了报告文学、群众朗诵等"要尽量地采用国际普罗文学的新的大众形式"①的重要性；而鲁迅是从"四万万中国人"②利害关系的角度来肯定提倡大众语和白话文的必要性的，他主张多培养"为大众设想的作家"，鼓励作家"竭力来作浅显易解的作品，使大家能懂，爱看，以挤掉一些陈腐的劳什子"，由于大多数人不识字，因此"现在是使大众能鉴赏文艺的时代的准备"，"倘若此刻就要全部大众化，只是空谈"③等。至此，左翼文艺界通过倡导文艺大众化和大众语（新式白话）运动，再次彰显了他们顺应和推进时代潮流的智慧，也凸显了汪懋祖等御用文人为配合国民党当局的"新生活运动"再提"文言复兴"和丑化大众语等逆时代潮流而动的愚痴。还值得注意的是，虽然左翼文艺界提供了相对具有可操作性的建议和实践方法，可由于"大众化"和"化大众"是20世纪以来有名的世界难题，所以批评家的理论主张与创作者的文学实践之间还是存在一定距离的。但我们更要看到，在左翼文学的演进与嬗变过程中，尽管左翼文学并未实现真正的大众化，但它已经通过20世纪30年代扎实的文学实绩实现了对"五四"文学的超越，我们熟知的丁玲、柔石、张天翼、吴组缃、胡也频、魏金枝、叶紫、欧阳山、葛琴、草明、孙席珍、艾芜、沙汀、黑婴、白薇、陈白尘、李守章、谢冰莹、徐懋庸、陈企霞、杨骚、芦焚、蹇先艾、周文、聂绀弩、蒋牧良、许钦文、阿英、曹聚仁、萧军、王任叔、夏衍、刘白羽、周立波、孟超、唐弢、端木蕻良、舒群、戈宝权、蒲风、冯至、周而复、荒煤等左翼作家的创作水平一点都

---

① 起应：《关于文学大众化》，《北斗》1932年7月20日第二卷第三四合刊。
② 鲁迅：《现在的屠杀者》，载《鲁迅全集》（第1卷），人民文学出版社1981年版，第350页。
③ 鲁迅：《文艺的大众化》，载《鲁迅全集》（第7卷），人民文学出版社1981年版，第349页。

不比"五四"时期鲁迅、郭沫若、冰心等一流作家以外的作者差,并且他们在语言表述、情节建构、叙述技巧等方面要比"五四"一代作者普遍强得多。

随着时间的推移,当1927—1937年间的左翼文学离"今天"的现实越来越远时,很多学者以超越性的眼光看到了它的"退化"、"粗糙"和"粗暴",甚至把新中国以来的"左"祸之源归结在它的身上,这是非常不公平的。就当时左翼文学的存在情形来看,新的文艺术语在显示其独特的意味,新的故事情节、叙述技巧和文体形式则在不断扩展新文学的边界与意蕴。当然,我们无法否认左翼文学思潮与共和国文学之间的关联性,但把后世文人的恶德恶行纳入左翼文学的"原罪",于情于理都不合适。也许左翼文学对"五四"文艺界的批判给后人提供了诸多可以反驳的"马脚",也许左翼文学的诸多作品并未呈现出与中华民族文学历史相称的艺术水准,也未推动中国现代文学走出平稳如意的艺术之路,更未令中国现代作家获得"诺奖"。但是,倘若在1927年以后没有左翼文学的存在,而只有三民主义文学之类的"国家文学",那么中国现代文学会获得更多的肯定和认可吗?答案不言而喻。20世纪中国文学有其自身的发展轨迹,中国左翼文学则有其发难、演进、嬗变和衰落的过程,处于这一过程中间的作者们不能不承受历史中间物的境遇和窘况,但1927—1937年间左翼文人所取得的文学成就证明强权是无法压抑革命欲求的,证明"新"文学和"新"形式才能容纳不断高涨的革命激情,证明"五四"文学即使没有被左翼文学倡行者所批判,它也会走向辉煌的顶点和变革的十字路口。历史不容我们假设没有左翼文学会怎样,但我们可以肯定的是,如果真的没有左翼文学这样一场影响整个20世纪文学乃至社会人生的文学思潮和文学"革命",中国现代文学只会显得更加颓圮和缺少风骨。

左翼文学从"大众化"和"化大众"入手，旨在建构与世界无产阶级文学相匹配的文化系统、美学维度和道德体系，这带来了一种文学的新格局。属意于无产阶级革命文学的文人被推到了历史舞台的中心地带，他们中间的很多人因为这段文学历史而成名，至于他们是否能够创作出经典的文学作品并不重要，因为他们不是依仗充满历史光影的作品而名垂青史的，他们更多的是靠政治革命、读者接受和人生经历的不可复制性而在文学史上占有一席之地的。就这样，左翼文学的发展道路被打开了。当然，"打开"还是从历史发展的角度来说的。作为现代革命精神传统的核心部分，左翼文学所表现出来的价值观念、革命精神和生命体验已然是国人精神中的重要组成部分，革命文化的巨大感召力早已浸染在现代人的情感系统之中，因而在20世纪30年代以后，不管留美知识分子如何努力否决无产阶级革命文学的合法性和文学阶级性的存在合理性，左翼文学的创作都表现出了无法遏制的扩张性和同化力。不但一些"五四"文人由反感到认同再到积极加入"左联"，而且连通俗文学作家也受左翼文艺界的影响开始自觉地揭露黑暗现实和批判社会人生，例如张恨水的《啼笑因缘》《太平花》《现代青年》《燕归来》《夜深沉》《锦片前程》《新人旧人》等。鲁迅更是早在1931年就断言："现在，在中国，无产阶级的革命的文艺运动，其实就是惟一的文艺运动。因为这乃是荒野中的萌芽，除此以外，中国已经毫无其他文艺。"[①]显然，鲁迅的话并不符合是时文艺界的实际情形，但他对国民党当局卑劣行径的义愤和对无产阶级革命文艺运动的高扬，无疑体现了他对左翼文艺运动的认可、希冀和厚望。及至《子夜》出版以后，左翼文学终于有了可以睥睨文坛的资本。最重要的是，

[①] 鲁迅：《黑暗中国的文艺界的现状——为美国〈新群众〉作》，载《鲁迅全集》（第4卷），人民文学出版社1981年版，第285页。

结语　左翼文学的嬗变与多重意义的生成

1927—1937年间的左翼文学凝铸了备受人们高扬的中国现代文学的精魂和风骨，以至于出现过左翼文学"一统文坛"的局面。可以说，在左翼文学形成一种思潮之后，无论国民党当权派怎样竭力去打压它，无论是时的读者如何迷恋传统文学或现代小品文，无论武侠小说如何"盛极一时"打破了左翼文学对文坛的"垄断"，它们都不得不在文学史中退居到左翼文学的地位之后，因为左翼文学所衍生的新格局、新思潮、新形态、新系统和新美学已经占据了20世纪中国历史舞台最显眼的位置。

中国左翼文学是纵横于20世纪30年代的一种激进的文学形态，并形成了半皈依于政治的文学思潮。两种政治意识形态的缠斗和文学自身的内在规律推动左翼文学"重塑"了一些极为强悍的"新文体"，同时，政治意识形态限制了左翼文学的发展之维，也拘束了它的艺术品格，因此左翼文学的缺憾和光环是如影随形的。尤其是某些左翼批评家试图将政治意图强加于其他作者的精神接受过程，无疑消解了文学的独立性和抹杀了作者的主体性，这不仅给左翼文学本身带来了深深的伤害，也给共和国文学建立了非常糟糕的榜样。20世纪80年代以后，在"告别革命"、思想解放运动和改革开放的历史背景下，左翼文学的社会影响力随着受众的减少越来越弱，但正如学者所说的那样："虽然在多元形态的当代文化语境下，左翼文艺思想作为一种体系化的文学观念业已失去独尊地位，但其思想因素经过历史演化散落在当代文艺思想中，并长期地影响当代文学。因为现代以来的中国社会一直是天然的革命温床，太多的历史和现实因素，轻而易举地激活我们革命历史的记忆和想象。"① 也就是说，左翼文学思潮作为现代中国社会、文化、历史、思想转型期中最重要的一种文学

---

① 颜敏：《论左翼文艺的历史缘由与现实启示》，《江西师范大学学报》2011年第4期。

思潮，它的历史光影和当下意义依然存在，这使得当下备受瞩目的社会问题似乎总是能从左翼文学的发难和演进中找到相似或相同的缘由、经验和教训。以是观之，面对后现代语境下各种意图"终结"左翼文学的说法，面对各种强力的"祛魅"和形而下的消解，左翼文学的前卫性、革命性、独异性、悖论性及其在强权压迫下彰显出来的激愤力量和抗争精神，也许在表现形态上会发生些许新的变化，但依然会显露出助推社会变革的持久效力，而这正是左翼文学强旺生命力和魅惑力的真正所在。

参考文献

一、报刊

[1] 上海时务报社编:《时务报》,上海时务报社出版,1896—1898,1~30册。

[2] 日本横滨清议报馆主编:《清议报全编》,日本横滨新民社辑印,1898—1902。

[3] 冯紫珊编:《新民丛报》,日本横滨新民丛报社出版1902年版。

[4] 上海民国日报社编:《民国日报("觉悟"、"文学"周刊等副刊)》,1930—1931。

[5] 上海申报社编:《申报("自由谈"等副刊)》,1933—1934。

[6] 赵毓林编:《新小说》,日本横滨新小说社、上海广智书局出版,1902.11—1906.1,第1~24期。

[7] 文学研究会编:《文学周报》,1921.5—1929.12,1~380期。

[8] 向导周报社编:《向导》,1922.9—1927.7,第1~201期。

[9] 郁达夫等编:《创造季刊》,1922.3—1924.2,第1~2卷6期。

[10] 郭沫若等编:《创造周报》,1923.5—1924.5,第1~52号。

［11］广州新青年社编：《新青年（季刊）》，1923.6—1924.12，第1～4期。

［12］成仿吾等编：《创造日》，1923.7—1923.11，第1～101期。

［13］中国青年社编：《中国青年》，1923.10—1927.10，第1～8卷3期。

［14］沈雁冰、郑振铎编：《小说月报》，1921.1—1930.12，第12卷1号～21卷12号。

［15］语丝社：《语丝（周刊）》，1924.11—1930.3，第1～260期。

［16］周全平、郁达夫等编：《洪水（半月刊）》，1925.9—1927.12，第1～3卷36期。

［17］郁达夫等编：《创造月刊》，1926.3—1929.1，第1～2卷6期。

［18］周全平等编：《幻洲（周刊）》，1926.6，第1～2期。

［19］周全平等编：《幻洲（半月刊）》，1926.9—1927.8，第1～12期。

［20］周全平等编：《洪水周年增刊》，1926.12，第1册。

［21］成绍宗等编：《新消息（周刊）》，1927.3—1927.7，第1～5号。

［22］丁悊编：《文化批判（月刊）》，1928.1—1928.5，第1～5号。

［23］太阳社编：《太阳月刊》，1928.1—1928.7，第1～7号。

［24］李一氓、华汉编：《流沙（半月刊）》，1928.3—1928.5，第1～6期。

［25］新月社编：《新月（月刊）》，1928.3—1933.6，第1～4卷7期。

[26] 战线编辑部编:《战线(周刊)》,1928.4,第1~2期。

[27] 我们社编:《我们月刊》,1928.5—1928.8,第1~3号。

[28] 鲁迅编:《奔流(月刊)》,1928.6—1929.12,第1~2卷5期。

[29] 朱镜我等编:《思想(月刊)》,1928.8—约1928.12,第1~5期。

[30] 刘呐鸥编:《无轨列车(半月刊)》,1928.9—1930.12,第1~8期。

[31] 郁达夫、夏莱蒂等编:《大众文艺(月刊)》,1928.9—1930.6,第1~2卷5、6期合刊。

[32] 蒋光慈主编:《时代文艺(月刊)》,1928.10,第1卷1号。

[33] 向培良编:《青春月刊》,1929.10—1929.12,第1~3期。

[34] 华汉、李一氓编:《日出旬刊》,1928.11—1928.12,第1~5期。

[35] 海风周报社编:《海风周报》,1929.1—1929.5,第1~17期。

[36] 蒋光慈等编:《新流月报》,1929.3—1930.12,第1~4期。

[37] 引擎社编:《引擎(月刊)》,1929.5,创刊号。

[38] 向明编:《新兴文化(月刊)》,1929.8,第1期。

[39] 现代小说社编:《现代小说(月刊)》,1928.2—1930.3,第1~3卷4期。

[40] 朱镜我等编:《新思潮(月刊)》,1929.11—1930.7,第1~7期。

[41] 鲁迅编：《萌芽月刊》，1930.1—1930.5，第 1～5 期。

[42] 拓荒者月刊社编：《拓荒者（月刊）》，1930.1—1930.5，第 1～4、5 期合刊。

[43] 鲁迅编：《文艺研究（季刊）》，1930.2，第 1 卷 1 本。

[44] 沈端先主编：《艺术月刊》，1930.3，第 1 卷 1 期。

[45] 田汉主编：《南国月刊》，1929.5—约 1930.7，第 1～2 卷 4 期。

[46] 冯乃超主编：《文艺讲座》，1930.4，第 1 册。

[47] 巴尔底山社编：《巴尔底山（旬刊）》，1930.4—1930.5，第 1～5 号。

[48] 《文艺讲座》等 13 种期刊联合发行：《五一特刊》，1930.5，第 1 期。

[49] 鲁迅编：《新地月刊》，1930.6，第 1 期。

[50] 洛浦月刊社编：《洛浦》，1930.5，创刊号。

[51] 沈端先主编：《沙仑月刊》，1930.6，第 1 卷 1 期。

[52] 世界文化月刊社编：《世界文化（月刊）》，1930.9，创刊号。

[53] 上海前锋社编：《前锋月刊》，1930.10—1931.4，第 1～7 期。

[54] 前哨编辑委员会编：《前哨·文学导报（半月刊）》，1931.4—1931.11，第 1～8 期。

[55] 李赞华主编：《现代文学评论》，1931.4—1931.10，第 1～3 卷 1 期。

[56] 丁玲主编：《北斗（月刊）》，1931.9—1932.7，第 1～2 卷 3、4 期合刊。

[57] 周起应等编：《文学月报》，1932.6—1932.12，第 1～5、6 号合刊。

[58] 王礼锡、陆晶清等编：《读书杂志》，1931.4—

1933.11，第 1~3 卷 9 期。

［59］陈质夫编：《文化月报》，1932.11，创刊号。

［60］文学杂志社编：《文学杂志》，1933.4—1933.7，第 1~3、4 期合刊。

［61］文艺月报社编：《文艺月报》，1933.6—1933.11，第 1~3 期。

［62］上海图书馆影印：《申报自由谈（上、下）》，1932.12.1~1938.10.30。

［63］上海文学社编：《文学（月刊）》，1933.7—1937.11，第 1~9 卷 4 号。

［64］现代文艺研究社编：《文艺（月刊）》，1933.10—1933.12，第 1~1 卷 3 期。

［65］黄源编：《译文（月刊）》，1934.9—1937.6，第 1 卷 1 期~3 卷 4 期。

［66］文学新地社编：《文学新地（月刊）》，1934.9，创刊号。

［67］世界书局发行：《文艺讲座》，1934.10，创刊号。

［68］杜宣等编：《杂文（月刊）》，1935.5—1936.11，第 1~2 卷 2 期。

［69］史青文编：《海燕（月刊）》，1936.1—1936.2，第 1~2 期。

［70］方之中编：《夜莺（月刊）》，1936.3—1936.6，第 1 卷 1 期~1 卷 4 期。

［71］王元亨、马子华编：《文学丛报（月刊）》，1936.4—1936.8，第 1~5 期。

［72］孟十还编：《作家（月刊）》，1936.4—1936.11，第 1 卷 1 号~2 卷 2 号。

［73］周渊编：《文学界（月刊）》，1936.6—1936.9，第 1~

1 卷 4 号。

[74] 洪深、沈起予编:《光明(半月刊)》,1936.6—1937.8,第 1~3 卷 5 号。

[75] 尹庚、白曙编:《现实文学(月刊)》,1936.7—1936.8,第 1~2 期。

[76] 黎烈文编:《中流(半月刊)》,1936.9—1937.8,第 1~2 卷 10 期。

[77] 欧阳山编:《小说家(月刊)》,1936.10—1936.12,第 1~2 期。

[78] 文艺科学社编委会编:《文艺科学》,1937.4,创刊号。

二、著作

[1] 阿英:《阿英全集(1~12 卷)》,柯灵主编,安徽教育出版社 2003 年版。

[2] [英]艾瑞克·霍布斯鲍姆:《革命的年代:1789—1848》,王章辉等译,江苏人民出版社 1999 年版。

[3] 艾晓明:《中国左翼文学思潮探源》,湖南文艺出版社 1991 年版。

[4] 白嗣宏编选:《无产阶级文化派资料选编》,中国社会科学出版社 1983 年版。

[5] 北京大学、北京师范大学、北京师范学院中文系中国现代文学教研室编:《文学运动史料选(1~5 册)》,上海教育出版社 1979 年版。

[6] 〔苏〕B. 科瓦廖夫编:《苏联文学史》,张耳等译. 天津人民出版社 1982 年版。

[7] 蔡清富辑录:《草鞋脚》,湖南人民出版社 1981 年版。

[8] 曹清华:《中国左翼文学史稿(1921—1936)》,中国社

会科学出版社 2008 年版。

[9] 陈宝良：《中国流氓史》，中国社会科学出版社 1993 年版。

[10] 陈独秀：《陈独秀文章选编（上、中、下）》，生活·读书·新知三联书店 1984 年版。

[11] 陈方竞：《多重对话：中国新文学的发生》，人民文学出版社 2003 年版。

[12] 陈方竞：《鲁迅与浙东文化》，吉林大学出版社 1999 年版。

[13] 陈建华：《二十世纪中俄文学关系》，学林出版社 1998 年版。

[14] 陈建华：《"革命"的现代性——中国革命话语考论》，上海古籍出版社 2000 年版。

[15] 陈景磐编：《中国近代教育史》，人民出版社 1979 年版。

[16] 陈平原：《中国小说史论集（1~3 卷）》，河北人民出版社 1997 年版。

[17] 陈瘦竹主编：《左翼文艺运动史料》，南京大学学报编辑部 1980 年版。

[18] 陈学恂编：《中国教育史研究·现代分卷》，华东师范大学出版社 1994 年版。

[19] 程国君：《新月诗派研究》，长江文艺出版社 2003 年版。

[20] 辞海编辑委员会：《辞海》，上海辞书出版社 1979 年版。

[21] 〔美〕丹尼尔·贝尔：《资本主义文化矛盾》，赵一凡等译，生活·读书·新知三联书店 1989 年版。

[22] 丁丁编：《革命文学论》，泰东图书局 1930 年版。

［23］方林等编:《夏衍研究资料》,中国戏剧出版社 1983 年版。

［24］方铭编:《蒋光慈研究资料》,宁夏人民出版社 1983 年版。

［25］〔美〕费正清编:《剑桥中华民国史（上、下）》,中国社会科学出版社 1994 年版。

［26］耿云志编:《胡适遗稿及秘藏书信（影印本）》,黄山书社 1994 年版。

［27］古世仓、吴小美:《老舍与中国革命》,民族出版社 2005 年版。

［28］郭沫若:《郭沫若集外序跋集》,四川人民出版社 1983 年版。

［29］郭沫若:《郭沫若全集（文学编）（1～20 卷）》,人民文学出版社 1982—1992 年版。

［30］〔美〕赫伯特·马尔库塞:《审美之维》,李小兵译,广西师范大学出版社 2001 年版。

［31］黄淳浩:《创造社:别求新声于异邦》,社会科学文献出版社 1995 年版。

［32］黄一心编:《丁玲写作生涯》,百花文艺出版社 1984 年版。

［33］〔美〕吉尔伯特·罗兹曼编:《中国的现代化》,江苏人民出版社 2001 年版。

［34］霁楼编:《革命文学论文集》,上海书店出版社 1986 年版。

［35］〔德〕伽达默尔:《真理与方法:哲学解释学的基本特征》,王才勇译,辽宁人民出版社 1987 年版。

［36］贾植芳、俞元桂编:《中国现代文学总书目》,福建教育出版社 1993 年版。

[37] 蒋光慈:《蒋光慈文集（1~4卷）》,上海文艺出版社1982—1988年版。

[38]〔美〕柯伟林:《蒋介石政府与纳粹德国》,陈谦平等译,中国青年出版社1994年版。

[39] 旷新年:《1928:革命文学》,山东教育出版社1998年版。

[40] 李桂林:《中国现代教育史》,吉林教育出版社1991年版。

[41] 李何林编著:《近二十年中国文艺思潮论（1917—1937）》,陕西人民出版社1981年版。

[42] 李何林:《中国文艺论战》,陕西人民出版社1984年版。

[43] 李辉凡:《二十世纪初俄苏文学思潮》,社会科学文献出版社1993年版。

[44] 李正西、任合生编:《梁实秋文坛沉浮录》,黄山书社1992年版。

[45] 廖沫沙:《廖沫沙文集（1—4）》,北京出版社1985年版。

[46] 林伟民:《中国左翼文学思潮》,华东师范大学出版社2005年版。

[47] 刘半农:《初期白话诗稿》,星云堂1932年版。

[48] 刘洪涛编:《沈从文批评文集》,珠海出版社1998年版。

[49] 刘纳:《嬗变——辛亥革命时期至五四时期的中国文学》,中国社会科学出版社1998年版。

[50] 刘炎生:《中国现代文学论争史》,广东人民出版社1999年版。

[51] 鲁湘元:《稿酬怎样搅动文坛》,红旗出版社1998

年版。

[52] 鲁迅：《鲁迅全集（1～15卷）》，人民文学出版社 1981 年版。

[53] 鲁迅：《鲁迅杂感选集》，瞿秋白编，上海出版公司 1950 年版。

[54] 鲁迅博物馆等编：《鲁迅回忆录（专著）（上、中、下）》，北京出版社 1999 年版。

[55] 陆梅林等译：《西方马克思主义美学文选》，漓江出版社 1988 年版。

[56] 〔法〕罗兰·巴尔特：《符号学原理》，李幼蒸译，生活·读书·新知三联书店 1988 年版。

[57] 罗荣渠：《从"西化"到现代化》，北京大学出版社 1990 年版。

[58] 罗荣渠：《现代化新论》，北京大学出版社 1993 年版。

[59] 马德俊：《蒋光慈传》，安徽人民出版社 2001 年版。

[60] 马恒君：《周易辨证》，河北人民出版社 1995 年版。

[61] 马克思、恩格斯：《马克思恩格斯全集》，人民出版社 1980 年版。

[62] 马良春、张大明编：《三十年代左翼文艺资料选编》，四川人民出版社 1980 年版。

[63] 茅盾：《茅盾全集（1～38卷）》，人民文学出版社 1984～1997 年版。

[64] 毛泽东：《毛泽东选集（1～4卷）》，人民出版社 1991 年版。

[65] 穆木天：《穆木天文学评论集》，北京师范大学出版社 2000 年版。

[66] 〔俄罗斯〕尼·别尔嘉耶夫：《俄罗斯思想》，雷永生、邱守娟译，生活·读书·新知三联书店 2004 年版（第

2 版)。

[67] 倪墨炎:《现代文坛灾祸录》,上海书店出版社 1996 年版。

[68] 倪伟:《"民族"想象与国家统制——1928 年~1948 年南京政府的文艺政策及文学运动》,上海教育出版社 2003 年版。

[69] 逄增玉:《现代性与中国现代文学》,东北师范大学出版社 2001 年版。

[70] 蒲风:《蒲风选集(上、下)》,海峡文艺出版社 1985 年版。

[71] 〔苏〕普列汉诺夫:《普列汉诺夫哲学著作选集》,生活·读书·新知三联书店 1961 年版。

[72] 钱基博:《现代中国文学史》,岳麓书社 1986 年版。

[73] 钱理群等:《中国现代文学三十年》,北京大学出版社 1986 年版。

[74] 钱谦吾:《怎样研究新兴文学》,南强书局 1930 年版。

[75] 瞿秋白:《瞿秋白文集(文学编)(1~4 卷)》,人民文学出版社 1953 年版。

[76] 饶鸿竞等编:《创造社资料(上、下)》,福建人民出版社 1985 年版。

[77] 任钧:《新诗话》,新中国出版社 1946 年版。

[78] 沈从文:《沈从文文集(1~12 卷)》,花城出版社,香港:三联书店香港分店,1982—1984 年版。

[79] 〔美〕史华慈(Schwartz):《寻求富强》,叶凤美译,江苏人民出版社 1996 年版。

[80] 舒新城编:《中国近代教育史资料》,人民教育出版社 1981 年版。

[81] 司马长风:《中国新文学史(上、中、下)》,香港:

昭明出版社有限公司，1980年版。

［82］〔苏〕斯·舍舒科夫：《苏联二十年代文学斗争史实》，冯玉律译，上海译文出版社1994年版。

［83］苏国勋：《理性化及其限制——韦伯思想引论》，上海人民出版社1988年版。

［84］孙中山：《孙中山全集（1～11卷）》，中华书局1986年版。

［85］孙中山：《孙中山选集（上、下）》，人民出版社1956年版。

［86］孙中田：《论茅盾的生活与创作》，百花文艺出版社1980年版。

［87］田汉：《田汉文集（1～10卷）》，中国戏剧出版社1983年版。

［88］〔苏〕托洛茨基：《文学与革命》，刘文飞等译，外国文学出版社1992年版。

［89］王宏志：《思想激流下的中国命运——鲁迅与"左联"》，台北：风云时代出版公司1991年版。

［90］王锦厚：《五四新文学与外国文学》，四川大学出版社1996年版。

［91］王晓明：《刺丛里的求索》，上海远东出版社1995年版。

［92］王晓明：《无法直面的人生——鲁迅传》，上海文艺出版社2001（第2版）。

［93］王训昭编：《一代诗风——中国诗歌会作品及评论选》，华东师范大学出版社1996年版。

［94］王跃、高力克编：《五四：文化的阐释与评价——西方学者论五四》，山西人民出版社1989年版。

［95］韦民：《游民阴魂》，华文出版社1997年版。

[96] 文振庭编:《文艺大众化问题讨论资料》,上海文艺出版社 1987 年版。

[97] 吴腾凤:《蒋光慈传》,安徽人民出版社 1982 年版。

[98] 夏志清:《中国现代小说史》,刘绍铭编译,香港:友联出版社有限公司 1982 年(第 2 版)。

[99] 谢冰莹:《谢冰莹文集(上、中、下)》,安徽文艺出版社 1999 年版。

[100] 许纪霖编:《二十世纪思想史论(上、下)》,东方出版中心 2000 年版。

[101] 许纪霖、陈达凯编:《中国现代化史(第 1 卷)》,上海三联书店 1995 年版。

[102] 许寿裳:《许寿裳文集(上、下)》,倪墨炎、陈九英编,百家出版社 2003 年版。

[103] 〔捷〕雅罗斯拉夫·普实克:《普实克中国现代文学论文集》,李燕乔等译,湖南文艺出版社 1987 年版。

[104] 严复:《严复集(1~5 册)》,王栻主编,中华书局 1986 年版。

[105] 严家炎:《论现代小说与文艺思潮》,湖南人民出版社 1987 年版。

[106] 严家炎编:《中国现代各流派小说选(1~4 卷)》,北京大学出版社 1986 年版。

[107] 阳翰笙:《阳翰笙选集(1~4 卷)》,四川人民出版社 1982—1989 年版。

[108] 杨义:《中国现代小说史(1~3 卷)》,人民文学出版社 1986 年版。

[109] 姚辛:《左联史》,光明日报出版社 2006 年版。

[110] 〔美〕易劳逸:《1927—1937 年国民党统治下的中国流产的革命》,陈谦平等译,中国青年出版社 1992 年版。

［111］殷夫：《殷夫诗文选集》，人民文学出版社1954年版。

［112］应国靖：《现代文学期刊漫话》，花城出版社1986年版。

［113］余英时：《钱穆与中国文化》，上海远东出版社1994年版。

［114］郁达夫：《郁达夫文集（1～12卷）》，花城出版社，三联书店香港分店，1982—1984年版。

［115］张大明：《不灭的火种——左翼文学论》，四川文艺出版社1992年版。

［116］张慧珠：《老舍创作论》，上海三联书店1994年版。

［117］张静庐：《在出版界二十年》，上海杂志公司1938年版。

［118］张秋华等编选：《"拉普"资料汇编（上）》，中国社会科学出版社1981年版。

［119］章克标：《文坛登龙术》，黑龙江教育出版社1988年版。

［120］章太炎：《中国现代学术经典：章太炎卷》，刘梦溪主编，河北教育出版社1996年版。

［121］赵家璧编：《编辑忆旧》，生活·读书·新知三联书店1984年版。

［122］赵家璧主编：《中国新文学大系（1917—1927）（1～10卷）》，上海文艺出版社2003年版。

［123］赵家璧主编：《中国新文学大系（1927—1937）（1～20卷）》，上海文艺出版社1985—1989年版。

［124］郑登云：《中国近代教育史》，华东师范大学出版社1994年版。

［125］郑振铎：《郑振铎文集（1～3卷）》，人民文学出版

社 1983 年版。

［126］〔日〕中村新太郎：《日本近代文学史话》，卞立强、俊子译，北京大学出版社 1986 年版。

［127］中共上海市委党史资料征集委员会等编：《上海革命文化大事记》，上海书店出版社 1995 年版。

［128］中国第二历史档案馆编：《中华民国史档案资料汇编（第五辑）》，江苏古籍出版社 1994 年版。

［129］中国社会科学院文学研究所现代文学研究室编：《"革命文学"论争资料选编（上、下）》，人民文学出版社 1981 年版。

［130］中国社会科学院文学研究所现代文学研究室编：《革命文学研究资料（上、下）》，人民文学出版社 1981 年版。

［131］中国社会科学院文学研究所现代文学研究室编：《"两个口号"论争资料选编（上、下）》，人民文学出版社 1982 年版。

［132］中国社会科学院文学研究所《左联回忆录》编辑组编：《左联回忆录（上、下）》，中国社会科学出版社 1982 年版。

［133］朱寿桐：《中国现代社团文学史》，人民文学出版社 2004 年版。

［134］邹容：《邹容文集》，周永林编，重庆出版社 1983 年版。

［135］左文：《非常传媒——左联期刊研究》，北京出版集团公司、北京出版社 2010 年版。

后　记

本书是2009年立项的教育部人文社会科学研究青年项目"中国左翼文学的发难与演进（1927—1937）"的"最终成果"。起初申报的时候，我是牵头人，合作者是王智慧、韩冷、刘景兰、张劲松四位博士。在项目研究过程中，他们四人都完成了自己应做的工作，有的还将相关成果以单篇论文的形式发表出来，这些论文都颇有见地，但我在2013年准备结项并拟将相关成果整理成书时才发现，由于我的组织不力，致使这些论文在语言风格、研究思路和热点关注等方面与本项目的"最终成果"有着明显差异，所以为了保持本书风格和思路的"统一性"，只好将它们忍痛割爱了。结果，这个课题俨然成了我的"个人项目"，又由于我一段时间内杂务缠身，所以书稿的修订和完善延宕至今才得以完成。

回想课题立项之初的写作意图，是想先梳理一番1927—1937年间中国左翼文学的发难和演进情形，以便延展一下拙著《中国左翼文学的发生（1923—1933）》（暨南大学出版社2010年版）中未尝详论和透析的一些问题。但在拟定出版时才发现，书稿的命名居然成了一个问题，原有题名中的"发难与演进"字样，无论是从书稿的内在结构还是从"时间性"角度抑或世俗的"历史体验"来看，都显得不那么协调与和谐，所以就改成了现在的"演进与嬗变"，而这一命名也符合我认同的一个基本判断：中国左翼文学及其演变过程充分证明，它与"五四"新文学或同时代的其他文学形态之间存有内在的本质性区别。同时，我也越来越坚信，左翼文学是中国新文学发展过程中的一个重要"拐点",因为在某种意义上它开启了中国现代政党借用文学开辟意识形态战场的发端。尽管我并不赞同那些将1949—1976年间文艺界内斗的本源归结到左翼文学身上的观点,但我也同样无法否认二者之间的内在关联性。实际上,左翼文学之所以能够推动中国新文学走向20世纪30年代的繁荣,很重要的原因是它将文学/艺术与政治/革命紧密结合在一起,这使它爆发出了惊人的"非文学性"的社会影响力。或者说,不管"文学纯化主义者"如何贬低左翼文学的实绩,我们都无法否认政治在制约左翼文学成就高企的同时,也促进了左翼文学的现代特质和文学史意义的生成,进而强化了文学史家们划分20世纪中国文学史阶段的"政治依据"。

　　追溯中国左翼文学发展演变的历史逻辑是本课题研究的另一基本目标。面对20世纪30年代中国左翼文学与政治、经济、文化、社会等思潮的绞缠互动,我们只有把左翼文学置于历史的演变之中来加以探寻,才能真正接近左翼文学被多重遮蔽的本真面目。在这里,"文学的历史化"和"历史的文学化"是一种行之有效的研究视角。也因其如此,我以"左联"的成立为分界点将"左翼文学"分为两个发展阶段:"左联"成立以前的革命文学时期和"左联"成立以后的左翼文学时期。这种阶段划分当然是人为的,更不敢说有什么权威性,但文学史的史学品性使得这种阶段划分不可避免,一方面这种划分有其必要性,另一方面这也是为了论述的方便。显然,太过于纠缠阶段划分的依据、标准会形成无尽的分歧和争论,这并非我的本愿。换言之,我并不否认这种阶段划分时的主观性,但"革命文学"之所以能演变为日后文学史意义上的"左翼文学","左联"的引导、推动和规约确实功不可没。当然,所谓客观的历史视角并非"万能钥匙",因为文学写作是极其私人化的行为,作家在创作过程中会很自然地对古代文学、外国文学进行借鉴、吸纳或批判地继承,而外在的引导、推动或规约必须要转化为作家自身的文学经验才能对"文学"产生实际效用,这意味着历史并不能决定文学如何演变,大至文学思潮小至作者个体的情形都是如此。因此,我在强调左翼文学演变过程中的历史因素时,并未放松对文学自身发展规律的探究,这也是本书极为重视通过列举、读解作品来证明一些看似简单的论断的缘由。

还值得一提的是,早在相关论题的研究过程中,我就对左翼文学的现实归宿问题产生了兴趣。我曾在不同的场合表示过,我不会因为左翼文学是自己的研究对象就钟爱它,但我对于左翼作家的革命理想、现实关照和生命风度确实极为钦佩。毫无疑问,左翼文学的"未完成性"和强烈的政治取向极易引起学界的诟病,但问题在于,那些在今天看起来几乎是"半成品"的作品,为什么会在当年深受进步文艺青年的欢迎和迷恋?为什么会受到当时革命文艺界的歌赞和推崇?为什么会令20世纪30年代独裁的统治阶层及其附庸们恐慌和仇视?为什么是时中国最进步、最前卫和最有良知的知识分子会纷纷投入左翼文艺阵营之中?这肯定不是几句断语就能说清楚的,它逼使我们要尽量"回到"左翼文学得以发生和演变的文化生态环境中去,去正视左翼文学的现实关照和革命理想所散发出来的诱人光辉,不然,我们对上述问题的回答很难令人信服。顺延这种思路,我们还会发现左翼文学与"五四"新文学的最大不同在于,左翼文艺界并不注重提出问题,而是在努力解决问题,并且"找到"了一个极为简洁实用的办法——通过文学的宣传、鼓动来实现大众的聚合和"集体革命"的成功。从形式逻辑的角度来进行考量,这种办法和理路当然不够严谨,但它对于当时找不到出路的人们来说是具有指引意义的。后来,这种指引意义更是在政治意识形态层面上形成了巨大镜像,以至于影响了学界对左翼文学首先作为一种文学形态的认知和评判。

问题还在于,尽管我已经充分意识到"左翼文学为什么会如此演进和嬗变"是一个非常有意思的话题，但由于自身知识结构和理论学养方面的局限，加之以往惯性思维的束缚，我还是很难避免重走以因果律阐释历史事件和文学现象的老路，我无法不将左翼文学与"启蒙"、"救亡"、"抗日"、"民族国家关怀"等宏大主题结合在一起并将它们视为推动左翼文学演变的"本因"，我无法忽视经济因素通过"中间的环级"对左翼文学演变产生的重要影响，我也无法从语言、文体变革的角度深入探究左翼文学演变的"本体规律"。因此，本书的写作根本不敢说是在"以论带史"，恐怕更多的是在"以述带论"：既然是以梳理左翼文学十年间的"演变"为旨归，不妨尽量少作评判和少下论断，多描述文学现象和进行作品叙述。这是一种偷懒取巧的办法，也是一种限于学力不足的无奈选择。是故，本书的总体篇幅虽然不长，但文笔难免有些啰嗦，特别是本书的"下编"最为明显。此外，由于急于出版以便结项，所以本书还有许多重要的学术问题，比如左翼文学与其他文学形态的比较研究、左翼文学的特性和左翼文学的读者接受现象等，尚未来得及加以细论，这同样是令我颇感遗憾的，但在某种意义上这也为我指明了今后努力的研究方向。

后记写到这里该是停止漫谈和表示感谢的时候了。感谢在学术界一路走来时陈方竞、刘纳、逄增玉三位恩师对我的帮助和提携，感谢王初薇博士对这部书稿的修改和润饰，感谢我的"学生"——陈燕华、李杏萍、黄恩恩对全书注释的辛勤校对，感谢亲爱的家人和朋友们对我的全力支持！

最后，感谢本书的责编——中国社会科学出版社的关桐先生和陈肖静女士为编辑本书所付出的辛苦努力，要是没有他们的古道热肠和不畏劳烦，就没有这本小书的顺利出版。

陈红旗

2014 年 8 月 19 日夜半